TOD AM AEGI

Marion Griffiths-Karger verbrachte ihre Kindheit auf einem ostwestfälischen Bauernhof. Nach Kaufmannslehre und Studium der Literatur- und Sprachwissenschaft wurde sie Werbetexterin in München, später Autorin und Teilzeitlehrerin. Die Deutsch-Britin ist Mutter von zwei erwachsenen Töchtern und lebt mit ihrem Mann bei Hannover.

MARION GRIFFITHS-KARGER

TOD AM AEGI

Niedersachsen Krimi

emons:

Bibliografische Information der Deutschen Nationalbibliothek
Die Deutsche Nationalbibliothek verzeichnet diese Publikation in der Deutschen Nationalbibliografie; detaillierte bibliografische Daten sind im Internet über http://dnb.d-nb.de abrufbar.

MIX
Papier | Fördert gute Waldnutzung
FSC® C083411
FSC www.fsc.org

Umschlagmotiv: shutterstock.com/Igor Marx
Umschlaggestaltung: Nina Schäfer, nach einem Konzept von Leonardo Magrelli und Nina Schäfer
Umsetzung: Tobias Doetsch
Gestaltung Innenteil: DÜDE Satz und Grafik, Odenthal
Lektorat: Dr. Marion Heister
Druck und Bindung: CPI – Clausen & Bosse, Leck
Printed in Germany 2024
ISBN 978-3-7408-2101-2
Niedersachsen Krimi
Originalausgabe

Es ist Arznei, nicht Gift,
was ich dir reiche.

Gotthold Ephraim Lessing,
»Nathan der Weise«

EINS

Was hatte sie sich bloß dabei gedacht? Wenn es ganz schlimm kam, würde sie sich hier übergeben. Mitten in der Vorstellung. Und das würde der Komiker, der sich da auf der Bühne derart penetrant über seine eigenen Witze amüsierte, bestimmt nicht lustig finden. Sie wusste ja nicht mal, wie der hieß, hatte sich von Anne überreden lassen, mitzukommen. Anne hatte die beiden Karten von ihren Kolleginnen zum Geburtstag geschenkt bekommen. Oh Mann, wenn die wüssten, wie scharf Anne darauf war, mit ihrem Mann ins Theater zu gehen. Ganz davon abgesehen, dass er nicht mal mitgehen würde. Er hing lieber in Kneipen oder bei seinen Kumpels herum, und was er da machte, außer sich zu betrinken, das wollte Anne gar nicht wissen. War bestimmt auch besser so, dachte Ella, Hauptsache, er ließ ihre Freundin in Ruhe. Also war Ella in den Genuss dieser Vorstellung gekommen. Obwohl sie viel lieber mit ihrer Kollegin Tanja auf eine Singleparty gegangen wäre. Aber das konnte sie Anne nicht antun, nicht zu ihrem fünfunddreißigsten Geburtstag.

»Nun stell dich nicht so an«, hatte Anne gesagt, »das wird uns guttun. Wir haben seit ewigen Zeiten nichts mehr zusammen unternommen.«

Kein Wunder, dachte Ella, die genau wusste, warum Anne aus dem Haus wollte. Um ein bisschen Abstand zwischen sich und ihren tyrannischen Gatten zu bringen. Wenn auch nur für ein paar Stunden. Ella fragte sich sowieso, wie ihre Freundin es mit diesem Mann aushielt. Sie hatte mehrfach versucht, Anne dazu zu bringen, den Kerl vor die Tür zu setzen. Er nahm sie doch nur aus. Aber wahrscheinlich hatte sie noch immer nicht die Kraft dazu, sich zu trennen, obwohl sich Anne recht gut erholt hatte, von ihrer Katastrophe, wie sie selbst es nannte.

Noch vor einem halben Jahr hatte das anders ausgesehen.

Da hatte Ella sich Sorgen gemacht und sich gefragt, ob Anne jemals wieder die alte, lebenslustige Freundin sein würde, die sie vor diesem bösen Geschehnis gewesen war. Und es war ja noch nicht vorbei, schwebte über ihr wie ein Damoklesschwert. Aber Anne schien sich damit arrangiert zu haben, was blieb ihr auch übrig? Ella hatte schon immer Annes Fähigkeit bewundert, Dinge, die schwer zu ertragen waren, einfach zu verdrängen. So zu tun, als wären sie nie passiert. Nur im Hier und Jetzt zu leben. Obwohl ihr in den letzten drei Jahren diese Fähigkeit abhandenzukommen drohte.

Ella verzog den Mund und faltete ihre Hände über dem Bauch. Vielleicht half ja ein bisschen Wärme gegen die Übelkeit. Sie hatte Anne jedenfalls unterstützt, so gut sie konnte, obwohl sie auch nicht besonders glücklich war. Zwar musste sie sich nicht mehr mit ihrem eifersüchtigen Ex rumschlagen, aber das Alleinsein war auf die Dauer ebenso schwer zu ertragen. Sie hatte sich auf einer Dating-App angemeldet, wie sollte man sonst in solchen Zeiten jemanden kennenlernen? Keine Kneipe, kein Club, keine Bar war geöffnet gewesen. Sie hatte ja nicht gewusst, wie sehr ihr das fehlen würde. Immerhin, im Park zum Spaziergang konnte man sich damals verabreden. Aber auf einer kalten Parkbank flirtete es sich nicht so angenehm.

Okay, das alles gehörte Gott sei Dank der Vergangenheit an, aber dieses bescheuerte Virus hatte ihr fast zwei Jahre ihres bis dahin feuchtfröhlichen Lebens geklaut. In der Dating-App war sie immer noch aktiv, obwohl das Kneipendasein wieder zu ihrem Alltag gehörte. Leider war ihr letztes Date fürchterlich in die Hose gegangen. Der Kerl hatte sich nach fünf Minuten verabschiedet. Begründung: »Mit uns wird das nichts.« Hatte sich einfach umgedreht und war gegangen. Dabei hatte sie ihn sofort anziehend gefunden. Gepflegt, teuer angezogen und gut aussehend. Sie war danach heimgegangen, in ihre kleine Wohnung in der Nordstadt, hatte sich mit einer Flasche Rotwein ins Bett gelegt und sich gefragt, welchen Eindruck sie zum Teufel eigentlich auf die Männer machte. Sie war doch ganz hübsch, fand sie. Blond und schlank, okay, nicht besonders groß, aber mit ihren ein Meter zweiundsechzig doch noch annehmbar. Anne fand sie jedenfalls auch hübsch. Na gut, Anne war ihre Freundin und würde bestimmt auch lügen, um ihr nicht wehzutun. Wie auch immer, sie hatte mehr als die halbe Flasche Wein getrunken. Im Fernsehen lief »Frühstück bei Tiffany«.

Das Publikum lachte und applaudierte. Musste ein guter Witz gewesen sein, leider bekam Ella rein gar nichts mit und fragte sich mittlerweile, was sie hier eigentlich tat. Meine Güte, wieso war ihr bloß so übel? Sie war doch nicht schwanger. Ha, das war mal lustig. Ella versuchte, gleichmäßig und tief zu atmen. Half alles nichts. Sie beugte sich zu Anne hinüber.

»Lass mich mal vorbei, ich muss hier raus, mir ist schlecht.«

Anne sah sie beunruhigt an. »Echt? Muss das jetzt sein?«, wisperte sie. Aber Ella drängte sich bereits an ihr vorbei, stolperte über mehrere Füße, was ihr einige Verwünschungen eintrug, und verließ fluchtartig die Loge. Eine junge Frau im dunklen Kostüm kam ihr draußen entgegen.

»Geht es Ihnen nicht gut? Sie sind so blass. Kann ich helfen?«

»Toilette«, war das Einzige, was Ella hervorwürgen konnte.

»Gleich da drüben um die Ecke.«

Die Frau wies in die besagte Richtung und wartete, bis Ella hinter der Tür verschwunden war.

***

Es wurde schlimmer mit ihm. Monika saß auf der Gartenbank unter dem Sonnenschirm, in den Händen einen Becher Kaffee. Hubert lag auf den Knien und zupfte Grashalme aus dem Schotter, der den Weg zwischen den üppigen Lavendelreihen bedeckte. Monika liebte Lavendel, deswegen waren sie früher so oft in die Provence gereist. Wegen der Lavendelfelder und der Sonne und der guten Küche. Aber das war vorbei. So wie eigentlich alles, was Freude machte, für sie beide vorbei war. Nur dass sie selbst besser mit dem Status quo zurechtkam als er.

Nun ja, viel besser wohl auch nicht, aber immerhin hatte sie das Denken nicht aufgegeben. Natürlich war Hubert einige Jahre älter als sie, aber das war in ihrer Ehe nie ein Thema gewesen. Und nun wurde es zu einem, denn Hubert wurde zunehmend vergesslich. Ohne Frage hatte der Schock etwas damit zu tun, er hatte sich davon nicht erholt, wie sollte er auch. Sie selbst befand sich in einer Art Schwebezustand, der sich nach der Verzweiflung eingestellt hatte. Eine Dumpfheit, die den Schmerz betäubte. Sie funktionierte immer noch, bewältigte das, was der Alltag erforderte, wenn auch oft widerwillig, aber doch routiniert. Nur das Lachen war ihr abhandengekommen. Auch das ein Grund, warum sie ihren Beruf als Köchin aufgegeben hatte. Mit dem Appetit hatte sie auch die Lust am Kochen verloren, und eine Lähmung hatte sie erfasst, die nur noch Platz und Kraft ließ für die Trauer und die Angst in ihrem Herzen. Mittlerweile arbeitete sie wieder, hin und wieder, wenn im Restaurant Not am Mann war. Sagte man das eigentlich noch heutzutage? Not am Mann? Oder hieß es Not am Menschen oder Not an der Frau, je nachdem? Monika seufzte. Wenn das nur alle Probleme wären, die sie hatte.

Hubert stand mühsam auf, schob mit dem Fuß das Styroporkissen einen halben Meter weiter und ließ sich wieder auf die Knie nieder. Monika fragte sich, warum er sich überhaupt die Mühe machte, es war doch eigentlich vollkommen gleichgültig, dass Gras auf dem Schotterweg wuchs oder Wildkräuter die Rosen überwucherten. Der Zustand des Gartens sollte ruhig den in ihrem Innern widerspiegeln. Aber Hubert entfernte akribisch jedes Gewächs, das er nicht selbst gepflanzt hatte, jeden Grashalm, jeden Löwenzahn und vor allem den Giersch, dem er mit Verve zu Leibe ging. Wenn schon in seinem Leben keine Ordnung herrschte, dann wenigstens in seinem Garten. Das war wohl seine Art, mit dem Schmerz umzugehen. Wenigstens war er beschäftigt, obwohl er sich besser wieder seinem Buchprojekt widmen sollte, das er vor fünf Jahren begonnen hatte und seit dem Schock nicht mehr weiterverfolgte. Dabei kam er wenigstens auf andere Gedanken. Gartenarbeit ließ zu viel Raum zum Grübeln.

Wenn sie doch nur endlich abschließen könnten. Abschied nehmen könnten von Verena. Immer noch hatte Monika Alpträume, durchlebte wieder und wieder den Tag, an dem Verena verschwunden war, überlegte, ob und wie sie die Katastrophe hätte verhindern können. Verena hatte Musik gehört, oben in ihrem Zimmer, zu laut, wie immer. Monika hatte noch an ihre Zimmertür geklopft und sie aufgefordert, die Musik leiser zu stellen. »Jaja!«, hatte sie zurückgerufen, ohne die Tür zu öffnen, aber die Musik keinen Deut leiser gestellt. Monika hatte resigniert. Verena war fast sechzehn und ließ sich ungern Vorschriften machen, glaubte, die Welt besser zu kennen als ihre Großmutter.

Sie war dann mit diesem Alex auf seinem Motorrad abgefahren. Bekleidet mit Shorts, rotem Top und schwarzer Lederjacke, die dunklen Haare offen, die Augen großzügig mit Kajal geschminkt. Hubert hatte den Kopf geschüttelt, noch versucht, sie umzustimmen, sie würde sich die Nieren verkühlen, aber sie hatte nur gelacht, den Helm aufgesetzt, und beide waren losgebraust. Das war das Letzte, was sie von ihr gesehen hatten.

Von diesem Tag an war sie verschwunden und blieb es bis heute. Nicht nur die Polizei hatte Alex mehrmals befragt, auch Hubert hatte sich an seine Fersen geheftet, wollte nicht glauben, was er sagte, dass Verena von der Grillparty bei Freunden einfach verschwunden war. Niemand wusste, wohin. Hubert hatte keine Ruhe gegeben, Alex verfolgt und beschimpft, bis zu der einstweiligen Verfügung, die ihm sein Stalking, wie die Richterin es nannte, untersagte. Laut Vernehmungsprotokoll hatte Alex mit Verenas Verschwinden nichts zu tun. Es gab genügend Zeugen, die bestätigten, dass er zusammen mit Verena gekommen war und den ganzen Abend, bis ihr Verschwinden aufgefallen war, mit Freunden Tischfußball in der Garage gespielt hatte. Er hatte sich sogar ein bisschen schuldig gefühlt, weil er sich nicht um seine Freundin gekümmert hatte, aber sie hatte mit ihren Freundinnen rumgehangen, und außerdem war er ja wohl nicht ihr Aufpasser. Und dann war sie plötzlich weg. Bis zum Ende der Party, gegen Mitternacht, war es keinem aufgefallen.

Anfangs hatten sie gehofft, sie würde wiederauftauchen. Die Polizei hatte sie beruhigt und war zunächst überzeugt, dass Verena einfach abgehauen war. Das war ja in dem Alter nicht ungewöhnlich. Ob ihnen vor ihrem Verschwinden irgendeine Veränderung an ihr aufgefallen sei, ob sie vielleicht einen anderen Freund erwähnte hatte, außer Alex, ob sie Drogen genommen hätte. Monika und Hubert hatten alles verneint, natürlich, und zweifelnde Blicke der Beamten geerntet, die sagten: Jaja, das sagen alle Eltern, aber die wissen erfahrungsgemäß wenig über ihre pubertierenden Kinder. Und Großeltern erst recht nicht.

Die Polizei hatte versucht, ihr Handy zu orten, aber es war ausgeschaltet, was darauf schließen ließ, dass sie wohl nicht gefunden werden wollte, hatte der Kommissar gesagt. Auf Monikas Einwand, dass sie vielleicht nicht gefunden werden *sollte*, hatte er nur mit den Schultern gezuckt. Sie hatten ein Bewegungsprofil erstellt, das nichts hergab, ihr Zimmer durchsucht und ihren Computer mitgenommen. Ergebnisse: keine. Sie hatten mit Spürhunden und Helikoptern die Gegend abgesucht, ebenso die Gewässer, alle Nachbarn, Freunde und Bekannten befragt und in den Krankenhäusern, sogar im Ausland, nachgeforscht. Sie blieb verschwunden.

Wenn Monika an die ersten Wochen danach zurückdachte, begann ihr Herz wild zu pochen. Deshalb versagte sie sich das mittlerweile. Lange hatten sie die Hoffnung nicht aufgegeben. Daran geglaubt, dass vielleicht irgendein Irrtum vorlag, sie irgendwas übersehen hatten. Aber was sollte das sein? Sie klammerten sich einfach daran, dass es irgendwie wieder gut werden würde. Sie hofften einfach, dass sie noch lebte, und versuchten, nicht darüber nachzudenken, unter welchen Bedingungen sie leben mochte, wenn sie nicht freiwillig fortblieb.

Und dann kam die Sorge um ihre Tochter dazu. Verenas Mutter. Sie war selbst erst siebzehn gewesen, als Verena zur Welt kam. Monika und Hubert hatten sich ihrer angenommen und das kleine Mädchen aufgezogen. Anne hatte ihr Studium beenden können und danach eine Stelle als Sonderpädagogin in Hannover angenommen. Anfangs hatte sie ihre Tochter bei ihren Großeltern in Celle oft besucht, aber mit den Jahren hatten sich die beiden entfremdet, und Anne war immer seltener aufgetaucht.

Verena hatte bei den Großeltern ihr Zuhause gefunden, und allen schien dieses Arrangement zu nutzen. Und dann war Ben aufgetaucht, Anne hatte sich rettungslos verliebt, und die beiden hatten geheiratet. Verenas Vater war schon lange vor Verenas Geburt beruflich ins Ausland gegangen. Er wusste nichts von seiner Tochter, und nach dem Willen der Großeltern sollte das auch so bleiben.

Ben war kein einfacher Schwiegersohn. Monika hatte ihn von Anfang an nicht gemocht, Hubert genauso wenig. Aber seinen Schwiegersohn musste man nicht mögen, man musste ihn nur akzeptieren, und Anne schien glücklich mit ihm. Allerdings kühlte ihr Verhältnis zu Verena durch diese Ehe vollends ab. Ben wollte von einem Stiefkind nichts wissen, und Anne fügte sich. Für Monika und Hubert war wenigstens das ein Vorteil dieser Beziehung.

Monika goss den Rest ihres Kaffees in die Hortensien, stand auf und ging zu Hubert.

»Komm, es ist spät, es wird kühl, und du kriegst wieder Probleme mit deiner Prostata.«

Hubert hielt mit seiner Arbeit inne und blickte seine Frau feindselig an. »Ich mag es nicht, wenn du so mit mir redest, ich bin kein Invalide.«

Bist du doch, dachte Monika, auch wenn du's nicht wahrhaben willst.

»Nein, natürlich nicht«, sagte sie laut. »Also ich gehe jetzt rein und decke den Tisch.«

Du kannst ja noch bis zum Sankt-Nimmerleins-Tag weiter auf den Knien rumrutschen und sinnlose Arbeiten verrichten, fügte sie im Stillen hinzu und wandte sich ab.

Wenn er wenigstens nicht so starrköpfig wäre, dachte sie, aber das gehörte wohl zu einer beginnenden Demenz dazu. Es fing früh an, mit seiner Verwirrtheit. Er war noch keine siebzig. Auch das eine Folge ihrer Tragödie. Ein Jahr nach Verenas Verschwinden hatte Hubert einen Schlaganfall erlitten und war seitdem oft unsicher und verwirrt. Glücklicherweise hatte seine Mobilität kaum Schaden davongetragen, aber Monika fragte sich manchmal, ob das nicht besser gewesen wäre. Womit ließ sich leichter leben, mit einem körperlich oder einem mental eingeschränkten Menschen? Wahrscheinlich war beides eine Herausforderung.

Monika warf einen letzten Blick auf ihren Mann, der unverdrossen und ärgerlich weiterrupfte. Vielleicht sollte ich ihn daran hindern, meine Verbenen zu massakrieren, überlegte sie, aber im Grunde waren die Verbenen auch total egal.

ZWEI

Charlotte Wiegand, Erste Hauptkommissarin der Kripo Hannover, schlug übel gelaunt die Tür ihres Golfs zu und betrat das alte Fachwerkhaus durch eine marode Haustür. Die bräuchte es eigentlich gar nicht, dachte sie. So morsch und verlottert, wie sie aussieht, reicht ein beherzter Tritt, und sie fällt aus den Angeln.

»Hängt sowieso total schief«, murmelte sie vor sich hin und versuchte, die Tür wieder ins Schloss zu drücken, was einige Zeit in Anspruch nahm. Dann tastete sie sich den dunklen Flur entlang und stieß mit dem Knie an die alte Kommode, die ihrer Meinung nach auf den Müll gehörte. Fluchend humpelte sie weiter, nahm den Weg durch die Küche, Richtung Garten, wo sie erfahrungsgemäß ihren Lebensgefährten antreffen würde.

Zugegeben, der Garten war ein echtes Paradies, hinter einem Wall aus Lavendel und Rosenbüschen erhob sich ein Wald aus Rhododendren und Hortensien. Die Rhododendren blühten jetzt Ende Mai noch üppig in Weiß und Purpur, und dazwischen funkelten rote Mohnblüten. Bei sonnigem Wetter war der Garten eine Wellness-Oase, vorausgesetzt, man nahm es mit der Pflege nicht so genau, die dann in Arbeit ausartete. Und genau das schien Rüdiger Bergheim für sich entdeckt zu haben: Gartenarbeit gepaart mit Renovierung und Instandsetzung eines baufälligen alten Fachwerkhauses.

»Rüdiger!« Charlotte beschirmte mit der Hand die Augen und blinzelte gegen die Sonne.

»Ja?« Rhododendronzweige wurden beiseitegeschoben, und ein blonder Schopf lugte hervor.

»Meine Güte, du hast es vergessen.«

»Was? Nein, hab ich nicht.«

»Hast du doch, ich sehe doch, wie angestrengt du darüber nachdenkst, was du nicht vergessen hast. Ich kenne den Blick.«

»Stimmt nicht, wir wollten essen gehen«, kam es triumphierend zurück.

»Pah, geraten.«

»Stimmt aber, oder?« Bergheim stieg über die Lavendelbüsche, ging zu Charlotte und küsste sie.

»Ich habe heute angefangen, die Wand zwischen Küche und Wohnzimmer einzureißen. Der Raum wird richtig groß.«

»Oh Mann, keine Baupläne jetzt, bitte«, Charlotte verdrehte die Augen.

Rüdiger nervte sie seit Wochen mit seinem Umbauprojekt. Ein verstorbener Onkel, der bedauerlicherweise keine eigene Familie gehabt hatte, hatte ihm sein altes Haus in Amelinghausen in der Südheide, nicht weit von Lüneburg, vererbt. Für Charlotte war es eher eine Ruine, aber Rüdiger war dermaßen hingerissen von dem alten Fachwerkgemäuer, dass er sich ein Sabbatical genommen hatte, um sein Erbstück wieder instand zu setzen.

Charlotte und ihr Team in der Polizeidirektion Hannover waren von dieser Idee nicht begeistert, aber Bergheim ließ sich nicht umstimmen. Seit drei Monaten pendelte er jetzt zwischen Hannover und Amelinghausen. Mittlerweile war das Haus zumindest insoweit bewohnbar, als es über einen Stromanschluss, über fließendes Warm- und Kaltwasser und eine – wenn auch momentan noch etwas unzuverlässige – Heizung verfügte. Aber die Heizung war jetzt im Frühling Gott sei Dank kein Problem. Mittlerweile hatte sich Bergheim in seinem Heim eingerichtet, was hieß: Er schlief auf einer Gartenliege, kochte auf einem Campingkocher beziehungsweise erhitzte Konserven auf einem Campingkocher und nannte einen funktionierenden, gut gefüllten Kühlschrank sein Eigen.

»Okay, keine Baupläne, was hältst du von Pizza? Ich hab Bier und Grauburgunder im Kühlschrank. Kannst auch einen Merlot haben, eine Flasche steht in der Rumpelkammer.«

»Dann lieber Grauburgunder aus dem Kühlschrank«, murmelte Charlotte und kramte ihr Handy hervor. »Ich bestelle, du deckst den Tisch.«

»Mach ich, wir können hier im Garten essen.«

Bergheim legte die Astschere beiseite und begab sich zum Gartenschuppen, um Klappstühle und einen alten Tisch zu holen.

Nach einigen Minuten kam Charlotte mit zwei Wassergläsern und der Flasche Grauburgunder in den Garten zurück. »Das ist seltsam, ich hab dir doch mal von dem Restaurantbesitzer erzählt, der seine Frau umgebracht hat.«

»Von dem du glaubst, dass er seine Frau umgebracht hat«, berichtigte Bergheim.

»Dass ich es ihm nicht beweisen kann, heißt nicht, dass er's nicht getan hat«, blaffte Charlotte.

»Schon gut, was ist mit dem Typen?«

»Er hat hier in Amelinghausen eine Pizzeria eröffnet.«

»Ja, und?«

»Ich hab natürlich bei der Konkurrenz bestellt.«

»Natürlich.«

Charlotte öffnete die Weinflasche, füllte die beiden Gläser und nahm einen Schluck.

»Du weißt, dass das mein einziger Cold Case ist und dass ich die Akte immer in meinem Schreibtisch liegen habe.«

»Ja, weiß ich, du musst eben immer recht behalten.«

Bergheim grinste und prostete Charlotte augenzwinkernd zu. Eine Weile schwiegen beide, tranken ihren Wein und genossen die Stille, die nur vom leisen Rauschen der Lorbeerblätter und vom wütenden Gezwitscher einiger Spatzen unterbrochen wurde, die sich um das Vogelfutter zankten, das Bergheim vor dem alten Schuppen verstreut hatte.

Charlotte beobachtete versonnen eine Drossel, die ärgerlich an der Fußmatte zupfte, die vor dem Schuppen lag. Wollte wohl eine der Bastfasern zum Nestbau benutzen. Ja, rupf nur, nimm den blöden Fußabtreter auseinander, dachte Charlotte, die sich fragte, warum das verdreckte Ding, von dem man mehr Schmutz nach drinnen trug, als man draußen abtreten konnte, überhaupt da rumlag. Na, vielleicht erledigten die Drosseln und

Meisen und Schwalben und sonstiges Gefieder, das den Garten bevölkerte, das Problem.

»Was ist los?«, fragte Bergheim. »Du machst ein Gesicht wie eine Katze, die vorm Mauseloch auf ihr Opfer wartet.«

»Seit wann weißt du, wie eine Katze guckt, die auf ihr Opfer wartet? Und was ist das für ein Klopfen?«

»Das war bildlich gesprochen.« Bergheim nahm einen Schluck Wein und stand auf. »Das ist mein Türklopfer. Die Pizza ist da.«

Türklopfer. Charlotte verdrehte die Augen.

»Na, mal sehen, wie lange die Tür das aushält«, murmelte sie und fragte sich im selben Moment, warum sie so schlecht gelaunt war.

»Hier, du musst was essen, du bist schlecht gelaunt.« Bergheim legte zwei Pizzakartons auf den Tisch, klappte sein Taschenmesser auf und zerteilte die Pizzas fachgerecht.

Sie aßen schweigend, und es schmeckte sogar, obwohl Charlotte kein Fan von lauwarmer Pizza war.

Sie war zwar jetzt besserer Laune, konnte aber die Verärgerung über den Fall, der nun schon fast fünfzehn Jahre zurücklag, nicht ganz abschütteln. Charlotte war damals noch Oberkommissarin gewesen, und Regina – im sechsten Monat schwanger – war Erste Hauptkommissarin gewesen.

»Du kannst nicht loslassen«, sagte Bergheim. »Das ist nicht gesund.«

»Was du nicht sagst«, erwiderte Charlotte pikiert, »du warst damals noch nicht im Team und kannst also gar nicht mitreden.«

»Ich habe die Akte gelesen, und ich muss sagen, du steigerst dich da in etwas hinein. Die Frau hat einen Einbrecher überrascht, und der hat sie mit einer Weinflasche erschlagen, die auf dem Wohnzimmertisch stand. Er hatte die Mordwaffe nicht mal mitgebracht, also lag wohl keine Tötungsabsicht vor.«

»Ja, aber wieso stand diese Flasche da überhaupt? Die Frau hatte nichts getrunken, und ihre Fingerabdrücke waren nicht auf der Flasche. Komischerweise waren überhaupt keine Fingerabdrücke drauf.« Charlotte füllte erneut die Gläser. »Findest du das nicht irritierend?«

»Nein, wahrscheinlich hat sie sie aus dem Keller geholt und mit einem Geschirrtuch abgewischt.«

»Warum sollte sie?«

»Warum nicht? Wahrscheinlich war sie staubig oder was weiß ich. Was glaubst du denn, warum die Fingerabdrücke fehlten? Dass vom Einbrecher keine drauf waren, ist ja wohl nicht ungewöhnlich. Einbrecher sind zwar oft nicht besonders helle, aber Handschuhe tragen sie mittlerweile alle. Die gucken ja Krimis.« Bergheim leerte sein Glas und musste husten.

Inzwischen war es kühl geworden, die Sonne stand schon tief und lieferte einen Sonnenuntergang, der Rosamunde Pilcher alle Ehre gemacht hätte. Die Aussicht jenseits des Gartens, den die Reste eines morschen Jägerzauns einhegten, war eindrucksvoll. Die sanften beweideten Hügel, durchsetzt mit einzelnen Holunderbüschen, hatten etwas Beruhigendes. Hinter den Weiden konnte man kleine Heidekrautfelder vor einem Birkenwald erahnen. Im August, wenn die Heide blühte, bot dieser Anblick für Landschaftsmaler ein wunderbares Motiv.

»Was glaubst du denn, warum keine Fingerabdrücke auf der Flasche waren? Und wieso glaubst du überhaupt, dass das wichtig ist?« Bergheim räusperte sich, während Charlotte ihn vorwurfsvoll ansah.

»Ich glaube, dass diese ganze Einbrechergeschichte ein totaler Fake war. Ich glaube, der Ehemann hat das genau geplant. Er hat einen Tag ausgesucht, an dem das Restaurant geschlossen war, und hat sich in Bremen auf diesem Lehrgang ein bombensicheres Alibi verschafft. Aber ich bin mir sicher, er hat den Killer beauftragt und die Mordwaffe, in diesem Fall die Flasche, auf den Tisch gestellt und damit gleich mitgeliefert. Immerhin hat er das Restaurant seiner Frau geerbt. Vorher war er nur bei ihr angestellt, und er hat sich ziemlich was eingebildet auf seine Kochkünste, musste sich aber von seiner Frau rumkommandieren lassen. So hat das die Kellnerin ausgedrückt, die er eingestellt hatte, und ich wette, die beiden hatten was miteinander.«

»Du bist ja heute die reinste Menschenfreundin.« Bergheim stand auf. »Es macht doch keinen Sinn, über Schnee von gestern nachzugrübeln. Es gibt ein hilfreiches Wort für Menschen, die zum Grübeln neigen. Loslassen. Das hilft.«

»Seit wann betätigst du dich als Psychotherapeut?«

»Schon seit grauer Vorzeit, ich bin Kriminaler, weißt du?«

»Ja, mach dich nur lustig. Aber gut für dich, wenn du solche Sachen so abschütteln kannst. Oder loslassen, wie du es nennst. Alles nicht so einfach.«

»Wer hat gesagt, dass es einfach ist? Aber es ist der Weg. Kannst dich natürlich auch noch 'ne Weile quälen.«

Charlotte schwieg. Rüdiger hatte sich verändert. Als er vor ein paar Jahren in ihrem Team anfing, war er das Sensibelchen gewesen, der Grübler und Haderer, der mit der Schlechtigkeit der Welt nicht zurande kam. Jetzt erschien er irgendwie geläutert, gelassen. Wie hatte er das gemacht?

Bergheim stand immer noch da und blickte sie prüfend an. »Willst du mir nicht helfen, die Jasminbüsche zu beschneiden, statt über versäumte oder nicht versäumte Gelegenheiten nachzugrübeln? Das entspannt irgendwie.«

Aha, das war also der Grund für die Läuterung: Gartenarbeit.

»Darfst du das überhaupt? Büsche beschneiden, jetzt im Mai? Ich denke, das darf man nur im Winter.«

»Pff, sieht mich doch keiner, und wenn doch, kann er mich ja verklagen.« Er schulterte seine Astschere und wartete.

»Ich wollte gleich zurück nach Hannover, muss mich um Mutter kümmern.«

Charlottes Mutter war vor einem Jahr Witwe geworden. Sein schwaches Herz hatte ihren Vater das Leben gekostet. Ihre Mutter hatte ihn leblos auf dem Küchenfußboden gefunden. Der Notarzt konnte ihm nicht mehr helfen. Charlotte hatte den

Eindruck, dass ihre Mutter darunter am meisten gelitten hatte, dass sie sich nicht hatte verabschieden können. Mehr noch als unter dem Alleinsein, das seinem Tod folgte.

Zwei Monate danach hatte sie Bielefeld verlassen und sich in Hannover eine Wohnung gesucht, weil sie es in ihrem Haus, das sie so viele Jahre mit ihrem Mann bewohnt hatte, nicht mehr aushielt, wie sie sagte, und eine neue Umgebung brauchte. Mittlerweile hatte sie sich in Hannover sehr gut eingelebt, besuchte regelmäßig ihren Yogakurs und den »Witwenclub«, wie sie ihren Kreis verwaister Ehepartner nannte.

Ihre Mutter hatte sich wieder gefangen und war in diesem Frühjahr zum ersten Mal allein verreist. Nach Fuerteventura. Es hatte ihr so gut gefallen, dass sie im Herbst wieder hinwollte. Charlotte hatte den Verdacht, dass die Wärme dort nicht der einzige Grund für ihre plötzliche Vorliebe für die Insel war. Wie auch immer, man würde sehen.

»Wie, du willst zurück nach Hannover? Ich dachte, wir verbringen hier das Wochenende, hab extra ein großes Luftbett gekauft«, murrte Bergheim.

»Vielleicht nächstes Mal.« Charlotte stand auf, nahm sein Gesicht in beide Hände und gab ihm einen Kuss auf den Mund. »Du hast hier so viel zu tun, da störe ich nur.«

»Wie du meinst.«

»Jetzt sei nicht beleidigt, ich bin auch nicht beleidigt, obwohl du dich in letzter Zeit verdächtig oft in dein Waldhaus verziehst.«

Bergheim riss die Augen auf. »Was meinst du mit ›verdächtig‹?« Dann grinste er. »Bist du etwa eifersüchtig?«

»Quatsch.« Charlotte kramte nach ihrem Autoschlüssel.

»Schade.«

Es war kurz vor Mitternacht, als sie ihre Wohnung in der Gretchenstraße in Hannovers Oststadt betrat. Müde warf sie ihre Schlüssel auf die Kommode in der Diele und hängte ihre Lederjacke an die Garderobe. Auf dem Weg zum Bad fing sie an, sich zu entkleiden, und stellte sich unter die Dusche. Herrlich, wenn alles nach Wunsch funktionierte, das Licht anging, wenn man es anknipste, und warmes Wasser aus der Leitung kam, wenn man warmes Wasser erwartete. Nicht wie in den ersten Wochen in Rüdigers Waldhaus, wo sie anfangs Mineralwasser zum Waschen benutzten und abends bei Kerzenlicht auf zwei Gartenliegen zusammensaßen.

Na ja, hatte durchaus etwas Romantisches, aber Charlotte war dem Alter entwachsen, wo man Campingurlaube für das höchste der Gefühle hielt. Sie zog ein komfortables Badezimmer, eine eigene Toilette und vor allem ein bequemes Bett öffentlichen Sanitäranlagen und einer Luftmatratze in einem engen Zelt vor. Rüdiger war immer noch ein großer Junge, dachte sie, kaufte ein Luftbett. Charlotte lächelte in sich hinein, während sie sich trocken rubbelte.

Sie zog ihren Pyjama an, warf sich aufs Sofa und zappte eine Weile durch die Programme. Eigentlich sollte sie schlafen gehen, aber sie zögerte den Moment hinaus, weil am nächsten Tag eine unangenehme Aufgabe auf sie wartete. Ihre Mutter hatte es sich in den Kopf gesetzt, ihr kleines Apartment in der Hildesheimer Straße aufzugeben und eine Wohnung in der Nähe ihrer Tochter zu kaufen. In der Nähe hieß, auf der gegenüberliegenden Seite von Charlottes Zuhause, das sie zusammen mit Bergheim bewohnte.

Morgen war die Besichtigung. Zwar hatte Charlotte zaghaft versucht, ihre Mutter davon zu überzeugen, doch zurück nach Bielefeld und dort zu Charlottes Schwester Andrea zu ziehen, aber sie wollte auf keinen Fall weg aus Hannover.

»Es ist doch so schön hier. Und jetzt kann man auch wieder in die Oper, ins Theater, und was soll ich ohne den Maschsee machen?«

Okay, den Maschsee gab es in Bielefeld nicht, aber doch bestimmt etwas Ähnliches, das ihre Mutter für ihre sportliche Ertüchtigung nutzen konnte.

»Das ist die perfekte Route«, war die Meinung ihrer Mutter,

»sechs Kilometer, in etwa, überall Grün und Wasser, Segelboote, Ruderer. Man hat immer was zu gucken. Und in regelmäßigen Abständen Restaurants, wo man was trinken kann, und man ist nie allein.«

Genau, dachte Charlotte, die diesen Punkt eher auf der Minusseite verbuchen würde. Denn offensichtlich teilten neunzig Prozent der Hannoveraner die Meinung ihrer Mutter. Deswegen war der Weg um den See auch ständig bevölkert mit allem, was Beine und Räder hatte.

Sie zog die Eilenriede, den Stadtwald mitten in der City, vor. Der war so groß, dass einem nicht andauernd jemand auf die Füße trat. Na gut, Hunde und Radfahrer gab's da auch, und nicht wenige. Aber dafür lebte man nun mal in einer Landeshauptstadt. Wem das zu viel wurde, der konnte ja gleich aufs Land ziehen. Oder in die Heide. Zu Rüdiger.

Charlotte verzog den Mund, machte den Fernseher aus und ging schlafen.

Am Samstagmorgen um kurz nach sieben Uhr meldete sich ihr Handy. Schlaftrunken nahm sie das Gespräch an. Es war der Kriminaldauerdienst. Im Theater am Aegi war die Leiche einer Frau gefunden worden. Charlotte meinte zunächst, sich verhört zu haben.

»Wie, im Theater?« Auf der Bühne? Im Zuschauerraum zwischen den Stuhlreihen? Eine bizarre Vorstellung.

»Auf der Damentoilette«, kam eine etwas genervte Antwort von der diensthabenden Beamtin.

»Okay, ich bin in einer halben Stunde da. Benachrichtigen Sie Oberkommissar Bremer.«

»Schon passiert.«

Von ihrer Wohnung in der Gretchenstraße zum Aegidientorplatz brauchte sie um diese Zeit am Samstagmorgen keine zehn Minuten. Sie fuhr über die Bödekerstraße mit ihren schmucken Jugendstilhäusern, über die Hohenzollernstraße, vorbei am

Platz Neues Haus zum Schiffgraben Richtung Aegidientorplatz, oder schlicht zum Aegi, wie die Hannoveraner ihn nannten. Das Theater am Aegi war ein großes Veranstaltungsgebäude mit Platz für über tausend Zuschauer.

Charlotte parkte ihren Golf an der Hildesheimer Straße und betrat das Theater, dessen gläserne Front mit Werbeplakaten von verschiedenen Veranstaltungen bestückt war. An diesem Wochenende gab ein bekannter Komiker zwei Vorstellungen. Wahrscheinlich waren beide ausverkauft, dachte Charlotte. Nach den Pandemiejahren hungerten die Menschen nach Unterhaltung, und die Künstler hatten endlich wieder die Möglichkeit, ihrem Beruf, der Bühnenkunst, nachzugehen und ihre lädierten Finanzen zu sanieren.

Der Uniformierte, der den Eingang bewachte, wies ihr den Weg zu den Toiletten, wo die Frau offensichtlich am Abend zuvor, während der Vorstellung, zusammengebrochen war. Vor den Toiletten standen zwei Frauen, eine ältere hatte den Arm mütterlich um eine junge, in Tränen aufgelöste Frau gelegt und sprach beruhigend auf sie ein. Die Spurensicherung war bereits vor Ort, ebenso natürlich Frau Dr. Schneider, die Rechtsmedizinerin, eine ebenso dürre wie mürrische Frau in den Fünfzigern, die Charlotte mit einem stummen Nicken begrüßte. Charlotte grüßte ebenso stumm zurück. Bei Rüdiger wäre die Begrüßung anders ausgefallen, dachte Charlotte, freundlich, sogar liebenswürdig. Frau Dr. Schneider hatte eine Schwäche für Rüdiger Bergheim, nicht aber für seine Lebensgefährtin. In der Kriminalfachinspektion eins, oder kurz KFI 1, kursierten darüber die wildesten Gerüchte. Die Kollegen amüsierten sich köstlich über das ungleiche Paar, das natürlich nur in ihrer Phantasie existierte. Charlotte ignorierte die Schenkelklopfer im Büro weitgehend.

Bergheim nutzte den »guten Draht«, wie er es nannte, zur Rechtsmedizinerin und wusste Einzelheiten über Obduktionen meist lange, bevor ein Bericht in der KFI 1 vorlag. Leider mussten Charlotte und ihre Kollegen bis auf Weiteres auf diesen Extraservice verzichten.

»Was haben wir hier?«, fragte Charlotte und räusperte sich. Sie ärgerte sich über ihre Nervosität. Wieso sollte sie nervös sein? Weil sie eine pampige Antwort erwartete, gab sie sich selbst die Antwort, wäre schließlich nicht das erste Mal. Aber Frau Dr. Schneider gab sich gnädig, wahrscheinlich wusste sie, dass sie für längere Zeit mit Charlotte oder einem ihrer Kollegen vorliebnehmen musste.

»Das kann ich noch nicht genau sagen.« Frau Dr. Schneider zog sich die Handschuhe aus und griff nach ihrem Koffer. »Der Tod ist gestern Abend eingetreten, wahrscheinlich zwischen zehn Uhr und Mitternacht.«

»Heißt das, sie hat seit gestern Abend die ganze Nacht hier gelegen, und niemand hat was bemerkt?«, fragte Charlotte ungläubig.

»Offensichtlich.«

Charlotte ging in die Knie, um sich die Tote genauer anzusehen. Sie war um die dreißig, hatte kurze, mittelblonde Haare und trug auffällige Goldcreolen. Charlotte schätzte den Durchmesser auf etwa sieben Zentimeter. Sie lag zusammengekrümmt auf dem Toilettenbecken, hatte sich auf ihre schwarze Jeans übergeben und hielt ihren Leib umfangen. Offensichtlich war sie keinen leichten Tod gestorben.

»Und was heißt, das können Sie nicht sagen? Es könnte also auch ein natürlicher Tod gewesen sein?

»Schon möglich.«

Charlotte schnappte nach Luft. »Warum bin ich denn hier? Wenn sie womöglich einen Herzinfarkt oder sonst was hatte.«

»Deswegen.« Frau Dr. Schneider wies auf die deutlichen Fesselungsspuren an den Handgelenken der Frau.

»Okay.«

»Die Spuren sind zwar schon einige Tage alt, aber es ist gut möglich, dass die Frau vor einiger Zeit irgendwo festgehalten wurde.«

Charlotte betrachtete die roten, schmalen Striemen, die wahrscheinlich von Plastikschnüren verursacht worden waren.

»Sieht aus, als hätte sie versucht, daran zu zerren«, sagte Charlotte.

»Das ganz bestimmt.« Dr. Schneider gähnte und wandte sich zum Gehen.

»Wann kann ich mit dem Bericht rechnen?«

»So bald wie möglich.«

»Na, dann hoffen wir mal das Beste«, murmelte Charlotte vor sich hin und fragte sich, wo eigentlich Oberkommissar Bremer blieb. Sie verließ die Toilette und ging zu den beiden Frauen, die auf dem Gang warteten.

»Hauptkommissarin Wiegand, Kripo Hannover«, sagte sie und wies sich aus. »Können Sie mir kurz schildern, wie Sie die Tote gefunden haben?«

Die junge Frau schniefte. »Ich versteh das alles nicht, wieso denn dieser ganze Aufmarsch hier? Und Kripo und alles. Die Frau ist doch einfach gestorben. Herzinfarkt. Kommt doch vor so was. Oder nicht?«

»Das ist alles Routine«, versuchte Charlotte die Frau zu beruhigen. Auf Charlotte wirkte sie eher wie ein junges Mädchen.

»Wie heißen Sie?«

»Mona, Mona Vogedes.«

»Sie arbeiten hier als Reinigungskraft?«

»Ja, aber nur am Wochenende. Eigentlich bin ich Studentin.«

»Wann beginnt Ihr Dienst?«

»Um sechs Uhr. Ich fange immer mit den Toiletten an. Das ist am unangenehmsten, und dann hab ich die weg.« Sie warf der älteren Frau, die immer noch ihren Arm um sie gelegt hatte, einen kurzen Blick zu. »Und dann hab ich alle Türen aufgemacht, aber die eine war verschlossen … Ich hab dann unter der Tür durchgelinst und hab die Füße gesehen … und … wir haben dann den Hausmeister gerufen, der hat die Tür aufgemacht …« Mona Vogedes schluckte. »Und da lag sie da, halb auf dem Toilettenbecken …«

Sie fing an zu zittern. Charlotte wandte sich der älteren Frau zu, die der jüngeren beruhigend auf die Schulter klopfte.

»Wo waren Sie zu dem Zeitpunkt?«

»Unten, wollte mir gerade Kittel überziehen«, sagte die Frau mit osteuropäischem Akzent, »als Mona fing an zu schreien. Da, ich bin sofort hochgelaufen.«

»Sind Sie beide allein?«

»Nein, Kollegen warten unten.«

»Wo ist der Hausmeister?«

Die beiden Frauen sahen sich um. »Weiß nicht«, sagte die ältere. »War eben noch hier.«

In diesem Moment betrat Oberkommissar Thorsten Bremer den Schauplatz.

»Hallo, tut mir leid, ich konnte meine Autoschlüssel nicht finden«, entschuldigte er seine Verspätung.

Charlotte glaubte ihm kein Wort, ließ es aber durchgehen.

»Nimm bitte die Personalien auf und finde raus, welches Personal hier gestern Abend zuständig war und wo der Hausmeister sich rumtreibt. Und dann ruf Maren und Pablo an. Treffen in einer Stunde in der KFI 1. Wir müssen ein paar Leute befragen.«

Eine halbe Stunde später, Charlotte hatte sich unterwegs ein Croissant besorgt, betrat sie die KFI 1 in der Polizeidirektion Hannover, holte sich an der direktionseigenen Kaffeemaschine einen Latte macchiato und setzte sich an ihren Schreibtisch, der für Charlottes Verhältnisse ziemlich aufgeräumt war. Das lag nicht etwa daran, dass sie in einem Anfall von Ordnungsliebe ihre liegen gebliebene Arbeit erledigt hatte, sondern dass im Moment schlicht nicht viel zu tun war. Offensichtlich waren die Hannoveraner zahm geworden und begingen weniger schwere Straftaten wie Mord und Entführung, die in Charlottes Zuständigkeitsbereich fielen. Na ja, dachte sie und biss in ihr Croissant, konnte ihr nur recht sein.

Zwei Minuten später klopfte es, und Kommissarin Maren

Vogt betrat, ohne ein »Herein« abzuwarten, Charlottes Büro. »Moin. Stimmt das? Thorsten meinte, im Theater am Aegi lag eine Tote auf der Toilette.«

»Allerdings«, antwortete Charlotte kauend und nahm einen Schluck von ihrem Kaffee.

»Na, wie geht 'n so was? Da war doch gestern Vorstellung. Haben sie die vergessen, oder was?«

»Sieht so aus. Geh schon mal vor, in den Besprechungsraum, die anderen müssten auch gleich aufkreuzen.«

»Eigentlich hatte ich heute frei. Laura und ich wollten zum Steinhuder Meer. Kann ich ja jetzt wohl wieder vergessen.« Maren schloss murrend die Tür.

Charlotte stopfte sich den Rest ihres Croissants in den Mund, wischte mit dem Unterarm die Krümel von ihrer Arbeitsplatte, schnappte sich ihren Kaffeebecher und folgte Maren zum Besprechungsraum. Sie hatten kaum Platz genommen, als die Tür aufgerissen wurde und Pablo mit seiner obligatorisch guten Laune hereinplatzte.

»Moin, Mädels, Mensch, so geiles Wetter heute, da macht das Leben so richtig Spaß, was?«

Er setzte sich grinsend neben Maren und knuffte sie in die Seite. Die verdrehte die Augen.

»Lass mich bloß in Ruhe«, murrte sie.

»Auch gut«, sagte Pablo und wandte sich an Charlotte, »was sagst du dazu, Boss?«

»Na, was wohl«, Charlotte leerte ihren Kaffeebecher, »wir sitzen hier, und es gibt Arbeit. Und sag nicht immer Boss zu mir, wir sind nicht in Amerika.«

»Oha, schlechte Laune, Thorsten hat mich schon gewarnt.«

»Ja, wo bleibt der überhaupt?«

Charlotte konsultierte ihr Handy. Fast halb zehn. Ihre Mutter hatte zwei Mal angerufen. Klar, Charlotte hatte den Besichtigungstermin vergessen, aber sie hatte ja eine gute Entschuldigung. Sie schrieb ihrer Mutter eine kurze Nachricht, dass es ihr leidtue, was allerdings gelogen war.

»Also gut, wir fangen an.« Sie legte ihr Handy weg und gab den beiden Kollegen einen Überblick über die Fakten. »Wir haben eine Tote im Theater am Aegi. Eine der Reinigungskräfte hat sie heute Morgen auf der Toilette gefunden und den Notarzt gerufen, der aber nur den Tod feststellen konnte. Todesursache: unbekannt. Identität der Toten: unbekannt. Todeszeitpunkt: gestern Abend zwischen zweiundzwanzig Uhr und Mitternacht.«

»Dann muss sie ja während oder nach der Vorstellung gestern Abend gestorben sein. Heißt das, sie hat die ganze Nacht da auf der Toilette gelegen?«, fragte Pablo ungläubig.

»Sieht ganz so aus. Es sei denn, sie ist woanders gestorben, und jemand hat sie nach der Vorstellung, als das Haus leer war, dort hingeschleppt. Das ist aber unwahrscheinlich, sie hatte sich auf ihre Hose erbrochen, und das wird sie ja wohl im lebenden Zustand gemacht haben.«

»Und sie hatte keine Handtasche, keine Geldbörse und kein Handy dabei?«, fragte Maren.

»Nein. Nur ein Schlüsselbund in ihrer Jackentasche, leider hat sie vergessen, einen Zettel mit ihrer Adresse dranzuhängen.«

»Sehr witzig«, murmelte Maren.

»Das ist merkwürdig, Frauen nehmen doch immer ihre Handtaschen mit aufs Klo, um sich ›die Nase zu pudern‹.« Pablo malte Anführungszeichen in die Luft.

»In welcher Zeit lebst du denn?«, fragte Maren leicht schockiert.

Pablo ignorierte ihren Einwand. »Vielleicht ein Raubmord?« Er schien zu frohlocken. Wenn schon ermitteln, dann doch bitte ein Kapitalverbrechen.

Maren seufzte.

Charlotte stützte ihr Kinn auf die gefalteten Hände und musterte Pablo interessiert. »Das ist morbide, deine Lust an menschlichen Abgründen.«

»Reine Neugierde. Das hat nichts mit Lust zu tun.« Er grinste Charlotte vielsagend an.

Pablo gehörte seit knapp drei Monaten zu Charlottes Team. Er war, wie sein Name vermuten ließ, gebürtiger Spanier, aber in Deutschland aufgewachsen. Als zweijähriger Knabe war er mit seinen Eltern nach Deutschland gekommen. Sein Vater war Professor für Romanische Sprachen an der Uni Hannover, seine Mutter Zahnärztin. Pablo entsprach in allen Punkten dem Klischee des Südeuropäers: dunkles, volles Haar, ebenso dunkle Augen, ein feuriges Temperament. Ein erfrischender Kontrast zu den eher blassen, bedächtigen deutschen Kollegen. Er war eine Augenweide. Das hatte schon mehrfach zu Missstimmungen unter den weiblichen Mitgliedern der Polizeidirektion geführt, denn Pablo flirtete mit allen. Aber er war immerhin schlau genug, es beim Flirten zu belassen. Soweit Charlotte informiert war, war er Single, was die Sache nicht einfacher machte. Dass er sich offensichtlich nicht festlegen wollte, machte ihn geheimnisvoll und heizte den Ehrgeiz der jungen Kolleginnen an. Jede wollte ihn knacken. Maren allerdings gehörte nicht zu seinen Bewunderinnen, was bei Pablo anfangs für Verwirrung gesorgt hatte. Er war es nicht gewohnt, dass eine Frau sich nicht für ihn interessierte. Charlotte hatte sich dann erbarmt und ihm gesteckt, dass Maren seit einem Jahr mit ihrer Freundin Laura zusammenlebte. Das hatte ein Lächeln auf sein Gesicht gezaubert. Dann war ja alles klar.

Darüber hinaus war Pablo mit Leib und Seele Polizist. Er war auf dieser Welt, um das Böse zu bekämpfen. Manchmal betrieb er seine Passion, der Gerechtigkeit zum Sieg zu verhelfen, etwas zu eifrig, dann gewann sein Temperament die Oberhand. Charlotte erinnerte sich ungern an eine Festnahme in einem Fall von häuslicher Gewalt. Ein betrunkener Mann hatte seine Frau derart zusammengeschlagen, dass sie beinahe verblutet wäre. Als Pablo ihr zerschundenes Gesicht gesehen hatte, war er dem Kerl an die Kehle gesprungen. Charlotte konnte ihn nur bremsen, indem sie ihm einen heftigen Tritt in die Kniekehle verpasste.

Natürlich hatte er sich hinterher zerknirscht bei Charlotte

entschuldigt, und sie hatte den Vorfall für sich behalten. »Das bleibt unser Geheimnis«, hatte sie gesagt. »Aber nur dieses eine Mal, damit das klar ist.«

»Ist klar, Boss.« Dabei hatte er sich eine Träne aus den Augenwinkeln gewischt und Charlottes Herz gewonnen.

Endlich betrat Thorsten Bremer den Besprechungsraum. In der Hand seinen PC. »Moin, zusammen.« Er setzte sich neben Maren und klappte seinen PC auf. »Ich habe rausgefunden, wer gestern Abend vor und während der Vorstellung dort Dienst an der Garderobe hatte und was da sonst noch so an Arbeit anfällt. Eintrittskarten kontrollieren, Plätze anweisen, in der Pause Bier und Wein ausschenken, Tische abräumen, spülen et cetera pp. Das waren insgesamt zwanzig Leute. Ich hab euch die Namen und Adressen gemailt.« Er blickte Charlotte fragend an. »Womit fangen wir an?«

»Na, das passt ja, wir sind zu viert, macht fünf für jeden. Maren, du nimmst die ersten fünf auf der Liste, Pablo die zweiten, dann Thorsten, ich nehm den Rest.«

Maren blickte ungläubig in die Runde. »Ja, Entschuldigung, hab ich da was nicht mitgekriegt? Vielleicht ist die Frau ja eines natürlichen Todes gestorben. Schlaganfall, Herzinfarkt, Aneurysma, was weiß ich.«

»Dazu wollte ich gerade kommen«, sagte Charlotte, »die Frau hatte Fesselungsspuren an den Handgelenken. Die waren zwar schon ein paar Tage alt, aber Dr. Schneider geht davon aus, dass sie irgendwo festgehalten wurde. Ganz davon abgesehen, dass die Umstände ihres Todes mehr als merkwürdig sind.«

»Genau.« Pablo, der bisher schweigend an seinem dunklen Dreitagebart gezupft hatte, trommelte jetzt energisch mit den Fingern auf den Tisch. »Die kontrollieren doch nach der Vorstellung, ob das Haus leer ist, auch die Toiletten. Wie kann das sein, dass die Frau übersehen wurde?«

»Eben«, stimmte Charlotte zu, »entweder hat jemand seinen Job nicht erledigt, oder sie wurde bewusst von einem der Diensthabenden dort liegen gelassen, was ich nicht glaube. Die

Vorstellung war um dreiundzwanzig Uhr zu Ende. Es kann also sein, dass sie selbst sich dorthin zurückgezogen hat und gestorben ist, nachdem sich das Haus langsam leerte. Das werden wir herausfinden, wenn wir die Aufsicht dort befragt haben.«

»Aber wenn die Vorstellung erst um dreiundzwanzig Uhr beendet war und sie womöglich schon um zweiundzwanzig Uhr gestorben ist, wieso ist sie dann niemandem auf der Toilette aufgefallen?«, überlegte Maren. »Die Zuschauer stürmen doch nicht gleich nach der Vorstellung aus dem Gebäude. Da gehen doch viele noch mal zur Toilette, bevor sie sich auf eine womöglich längere Heimreise machen.«

»Stimmt, aber niemand kümmert sich um eine abgeschlossene Toilettentür. Ist doch das Normalste von der Welt«, sagte Bremer.

»Hast du übrigens mit dem Hausmeister gesprochen?«, fragte Charlotte.

»Nein, der war nicht aufzufinden, aber ich habe Namen und Adresse. Ist wohl nur eine Vertretung. Er heißt Dieter Rebloch, wohnt am Altenbekener Damm. Der eigentliche Hausmeister ist seit einer Woche im Krankenhaus, Schlaganfall.«

»Was ist mit dem Betreiber des Theaters? Hast du den erreicht?«

»Ja, der ist übers Wochenende bei seinen Schwiegereltern in München. Die feiern Goldene Hochzeit. War völlig geschockt von der Sache und ziemlich wütend auf den Rebloch. Aber weiterhelfen kann er uns auch nicht. Seinem Stellvertreter ging es genauso. Die Vorstellung für den Samstag ist auf jeden Fall abgesagt, am Sonntag ist keine.«

»Okay«, Charlotte schnappte sich ihren Autoschlüssel, »ich nehme mir zuerst diesen Hausmeister vor. Ist doch komisch, dass der nicht aufzufinden war. Und, Thorsten, sorg bitte dafür, dass eine Hotline eingerichtet wird. Vielleicht hat ja doch jemand am Abend was gesehen oder gehört und hat was Nützliches beizutragen.«

»Wer's glaubt, wird selig«, brummte Thorsten Bremer. »Melden sich doch bloß wieder Wichtigtuer, und wir vergeuden wertvolle Zeit, indem wir Spuren nachgehen müssen, die uns nicht weiterbringen.«

»Vielleicht landen wir ja mal einen Treffer, ausnahmsweise«, sagte Charlotte, die schon in der Tür stand. »Sei nicht so negativ.«

***

Sie hatte schlecht geschlafen. Nicht nur, weil Ben erst weit nach Mitternacht nach Hause gekommen war und offensichtlich getrunken hatte, auch, weil Ella gestern Abend nicht mehr aufgetaucht war und auch nicht ans Handy ging. Anfangs war sie wütend gewesen. Sie hatte sich auf einen schönen Abend im Pier 51 gefreut. Es war so lange her, dass man gemeinsam am Maschsee hatte sitzen können, sich einen Aperol oder ein Glas Wein genehmigen. Und dann haute sie einfach ab, ohne was zu sagen.

Na gut, sie hatte ein bisschen krank ausgesehen, aber wenigstens hätte sie sich bei ihr abmelden können. Aber wie hätte sie das machen sollen? Schließlich war ja Vorstellung gewesen, und sie hatten beide ihre Handys ausgeschaltet. Trotzdem, irgendwann war die Vorstellung zu Ende, und sie hatte auch keine Nachricht hinterlassen.

Anne hatte ihr seither mindestens vier WhatsApp-Nachrichten geschrieben und zwei Mal angerufen. Musste sie sich Sorgen machen? Vielleicht ging es ihr ja richtig schlecht? Anne stand am Fenster ihrer Drei-Zimmer-Wohnung in Linden, die sie gemeinsam mit Ben bewohnte. Sie trank einen Schluck Kräutertee, stellte den Becher auf den Tisch und griff nach ihrem Handy. Immer noch nichts.

Aus dem Schlafzimmer drang lautes Schnarchen zu ihr herüber. Anne verzog den Mund und schlich über die kleine Diele zum Schlafzimmer, um leise die Tür zu schließen. Je länger Ben schlief, umso länger hatte sie Frieden. Sie fürchtete seine schlechte Laune, und mit Sicherheit würde er schlecht gelaunt sein. Das war er fast immer am Wochenende, wenn er die Abende in der Kneipe verbrachte und mehr trank, als er vertrug. Seit sechs Jahren waren sie verheiratet, und irgendwann hatte er angefangen, sie zu schlagen. Nicht nur, wenn er getrunken hatte.

Sie wusste nicht mehr genau, wann es passiert war. Vage konnte sie sich an eine Party erinnern, auf der sie sich besonders gut amüsiert hatte. Sie hatte getanzt, nicht mit Ben, und hatte gescherzt, auch nicht mit Ben. Im Taxi war er schweigsam gewesen. Sie hatte versucht ihn aufzumuntern, aber er hatte sie unwirsch abgewiesen und zornig vor sich hin geblickt. In ihrer Wohnung war er dann ausgerastet und hatte ihr eine Ohrfeige verpasst, die sie zu Boden schickte. Er hatte sie an den Haaren gefasst und mit heißem Atem in ihr Ohr gezischt.

»Was glaubst du denn, wer du bist, dass du mich so behandeln kannst? Mit anderen Kerlen rummachen, während ich danebenstehe.«

»Aber, ich hab doch gar nicht …«, hatte sie versucht, sich zu rechtfertigen, doch er hatte sie wieder geschlagen. Dann hatte er sie aufs Bett gezerrt und sie vergewaltigt. Danach hatte er die Hände um ihre Kehle gelegt und sie gewürgt.

»Mach das nicht noch mal, sonst …«

Sie hatte Todesangst gehabt. Wenn sie ehrlich war, hatte sie die immer noch. Am Tag danach war sie im Bett geblieben und hatte sich gefragt, wie sie mit ihrem zerschundenen Gesicht am Montag unterrichten sollte. Ihre Lippe war geschwollen, die Wange blutunterlaufen. Ben war noch in der Nacht verschwunden und sollte erst gegen Abend wieder auftauchen. Betrunken, aber in gnädiger Stimmung.

»Na, das ist ja heute Nacht ein bisschen aus dem Ruder gelaufen, was.«

Dabei hatte er ihr kumpelhaft auf die Schulter geklopft. Dann hatte er sich auf die Couch geworfen und den Fernseher angeschaltet. Anne war fast übel geworden vor Ekel und Selbsthass.

Sie musste ihn verlassen, so viel war klar. Ihre Eltern hatten recht gehabt. Sie hatten ihn nie gemocht.

Wie lange lag diese Nacht zurück? Sie wusste es nicht mehr, und sie haderte mit ihrer Antriebslosigkeit. Und ihrer Feigheit. Einmal hatte sie die Koffer gepackt und war zu Ella geflohen. Aber er hatte sie natürlich gefunden und wieder nach Hause geholt. Sie war schwach. Ella hatte ihm gedroht, ihn zu verklagen, wenn er noch einmal handgreiflich werden würde. Er hatte nur gelacht.

Danach war es etwas besser geworden. Womöglich hatte er tatsächlich Angst vor dem Arm des Gesetzes. Sein guter Ruf war ihm wichtig. Er hatte versucht, sich eine Firma aufzubauen, indem er Handys und PCs reparierte und Websites konzipierte. Aber die Geschäfte liefen schlecht. Er war immer noch ein Ein-Mann-Betrieb. Von dem erfolgreichen, globalen Unternehmen, das er sich erträumt hatte, weit entfernt. Deswegen mussten sie ihr Haus in Gehrden, das er am Anfang ihrer Ehe erworben hatte, verkaufen und in die lausige Hundert-Quadratmeter-Wohnung in Linden umziehen.

Anne war klar, dass sein beruflicher Misserfolg seine Frustration befeuerte und sie als sein Blitzableiter fungierte. Dabei wollte sie sich gar nicht vorstellen, was er tun würde, wenn er alles wüsste. Das durfte er nie erfahren. Er nicht und auch sonst niemand. Ihr Herz hämmerte hysterisch. Sie bekam immer Herzklopfen, wenn sie daran dachte. Was war sie nur für ein Mensch.

Ihr Handy signalisierte, dass eine Nachricht angekommen war. Hastig griff sie danach. Aber es war eine Nachricht von einer Kollegin, die sie bat, die kurze Beurteilung über einen gemeinsamen, sehr schwierigen Schüler, die sie bis Montag anfertigen sollte, nicht zu vergessen. Unwirsch legte sie das Handy beiseite. Vielleicht sollte sie hinfahren, zu Ellas Wohnung, und nach dem Rechten sehen. Vielleicht lag sie ja wirklich krank im Bett, und niemand kümmerte sich um sie.

Die Schlafzimmertür öffnete sich, und Ben kam in Boxershorts herausgeschlurft, ignorierte sie aber und ging ins Bad. Anne packte ihr Handy in die Handtasche, griff nach dem Autoschlüssel und verließ die Wohnung.

Es war später Nachmittag. Charlotte stand vor der Wohnungstür im dritten Stock eines Mehrfamilienhauses an der Vahrenwalder Straße und wies sich aus.

»Sind Sie Marina Winkelmann?«, fragte sie die junge Frau, die ihr geöffnet hatte.

»Ja, ist was mit meiner Mutter?«

»Nein«, sagte Charlotte, die sich im selben Moment fragte, woher sie das wissen sollte. Aber die Tote auf der Toilette war doch etwas zu jung gewesen, um die Mutter dieser jungen Frau zu sein.

»Ich habe nur ein paar Fragen an Sie. Darf ich reinkommen?«

Marina Winkelmann blickte sich unsicher um. »Ja, aber ich hab nicht aufgeräumt, und meine Tochter schläft. Seien Sie bitte leise.«

»Kein Problem«, sagte Charlotte und betrat die Wohnung, in der es in der Tat chaotisch aussah.

»Tut mir leid«, entschuldigte sich Marina Winkelmann, »aber meine Tochter ist ein ziemlicher Wirbelwind, und ich bin froh, wenn sie mal eine Weile durchschläft.«

»Klar.«

»Um was geht es denn eigentlich?« Sie räumte einen Teddy, ein noch ungeöffnetes Paket Windeln und ein fleckiges Handtuch zur Seite und bot Charlotte einen Platz auf dem Zweiersofa an. Sie selbst ließ sich in einen Schaukelstuhl am Fenster sinken.

»Sie arbeiten als Garderobiere im Theater am Aegi, ist das richtig?«

»Ja, das mach ich wegen der Arbeitszeit, abends kann mein Freund auf Alexa aufpassen. Eigentlich bin ich noch im Mutterschutz.«

»Was genau sind Ihre Aufgaben?«

»Na ja, wie schon gesagt, ich bin an der Garderobe.«

»Und was machen Sie während der Vorstellung, da ist ja an der Garderobe kein Betrieb.«

»Wir sind ja mehrere, einige bleiben dort, falls jemand die Vorstellung vorzeitig verlässt, die anderen drehen dann ihre Runden durchs Haus oder gucken auch mal, was sich auf der Bühne so tut.«

»Haben Sie auch ein paar Runden gedreht?«

»Natürlich, den ganzen Abend rumzustehen ist ja langweilig. Warum fragen Sie? Ist irgendwas passiert?«

»Ja, allerdings, auf der Toilette im ersten Stock wurde eine Tote gefunden.«

»Was? Aber wie denn, wann denn …?« Marina Winkelmann starrte Charlotte ungläubig an.

»Sie ist gestern Abend zwischen zweiundzwanzig Uhr und Mitternacht gestorben.«

Marina schüttelte den Kopf. »Das kann nicht sein, dann hätte sie ja die ganze Nacht dort gelegen. Und die Toiletten werden immer kontrolliert, bevor das Haus geschlossen wird, natürlich. Sonst könnte sich ja jeder dort einschließen lassen und die Nacht verbringen.«

Charlotte beobachtete die junge Frau genau. Sie wirkte geschockt, verwirrt, ängstlich, wenn diese Nachricht für sie nicht neu war, war sie eine glänzende Schauspielerin. Sie war mittlerweile die fünfte und somit letzte Zeugin, die Charlotte befragte. Alle hatten gleichermaßen ungläubig reagiert. Niemand hatte irgendeinen Hinweis geben können. Und niemand wollte dafür verantwortlich sein, die Tote am Abend übersehen zu haben.

»Ist Ihnen während der Vorstellung oder danach irgendetwas aufgefallen? Haben Sie vielleicht Geräusche gehört?«

»Was denn für Geräusche? Es hat niemand um Hilfe gerufen, wenn Sie das meinen. Und dann hätten wir ja wohl auch reagiert«, empörte sich Marina Winkelmann. Dann stutzte sie plötzlich. »Aber jetzt, wo Sie fragen, mir ist tatsächlich eine Frau aufgefallen, die zur Toilette wollte. Sie sah echt übel aus, als wäre ihr schlecht. Ich hab sie noch gefragt, ob sie Hilfe braucht, aber sie hat nur abgewinkt und ist zur Toilette gestürmt.«

»Wann genau war das?«, fragte Charlotte gespannt. Endlich ein Hinweis.

Marina Winkelmann überlegte. »Das war kurz vor dem Ende der Vorstellung. Vielleicht zehn Minuten.«

»Wie sah die Frau aus?«

»Das weiß ich nicht mehr genau. Sie hatte eine Jeans an und einen rosa Blazer. Und dunkle Haare, glaub ich.«

Das war ihre Tote. »Was ist dann passiert?«

Marina Winkelmann zuckte mit den Schultern. »Nichts, ich musste zurück zur Garderobe. Die Vorstellung war ja bald zu Ende, und dann wird's da immer hektisch.«

»Wissen Sie, wer die Toiletten kontrolliert, bevor abgeschlossen wird?«

Marina Winkelmann versteifte sich. »Also, das gehört nicht zu meinen Aufgaben. Und die Schlüssel hat der Chef.«

Charlotte nickte, mit dem hatten sie bereits gesprochen. Er hatte beteuert, dass die Mitarbeiter strikte Anweisung hatten, alle Räume zu kontrollieren und dafür zu sorgen, dass niemand eingeschlossen wurde. Ein klassischer Fall von »der eine denkt, die andere hat's gemacht«, und am Ende hat's keiner gemacht.

Charlotte überlegte. »War der Hausmeister gestern Abend auch im Haus?«

Marina Winkelmann runzelte die Stirn. »Der Hausmeister? Keine Ahnung.«

»Kennen Sie ihn persönlich?«

»Nicht dass ich wüsste. Kann natürlich sein, dass er mir mal über den Weg gelaufen ist. Aber ich kenne ihn nicht. Wieso fragen Sie?«

»Routine.«

In diesem Moment setzte ohrenbetäubendes Geschrei aus dem Nebenzimmer ein. Marina Winkelmann schloss resigniert die Augen.

»War ja klar«, murmelte sie.

Charlotte erhob sich, legte ihre Karte auf den Couchtisch und machte, dass sie wegkam.

***

Rüdiger Bergheim stellte seine Einkäufe in den Kühlschrank. Milch, Butter, Schinken, Käse, ein paar Flaschen Herrenhäuser Bier. Eier, Brot und Konservendosen mit Eintopfgerichten und Nudeln in die kleine Rumpelkammer neben der Küche. Dann nahm er das Brotmesser zur Hand, säbelte eine Scheibe vom Gersterbrot ab, schmierte großzügig Butter darauf und belegte es mit Schinken und Käse. Zusammen mit einer Flasche Herrenhäuser war das sein spätes Mittagessen. Er setzte sich an den alten, wackligen Gartentisch, aß und betrachtete mit Wohlwollen die blühenden Rhododendren. Seine Rhododendren.

Natürlich vermisste er Charlotte und das lebhafte Treiben in Hannover, wobei die Lebhaftigkeit und das bunte Leben unter dieser elenden Pandemie beträchtlich gelitten hatten, aber glücklicherweise gehörte das der Vergangenheit an. Und hier, in der ländlichen Abgeschiedenheit, erwartete man sowieso kein lebhaftes Treiben. Hier ging es auch ohne Pandemie gemächlich zu. Sein kleines Anwesen, wie er die Kate mit dem Garten großzügig nannte, lag etwa einen Kilometer vom Dorfkern und einige hundert Meter vom nächsten Nachbarhaus entfernt, das ein junges Paar bewohnte, das Heidschnucken und Bienen hielt.

Er beglückwünschte sich immer wieder zu seinem Entschluss, sich ein Sabbatical zu gönnen, auch wenn Charlotte ihm den Wunsch nach einer Auszeit anfangs übel genommen hatte. Sie fühle sich von ihm im Stich gelassen, hatte sie gesagt. Schließlich war er ihr Vertrauter, nicht nur als Lebenspartner, sondern auch in der KFI.

»Auf wen kann ich mich denn dort noch verlassen, wenn du nicht da bist?«

»Na, jetzt übertreibst du aber«, hatte er geantwortet, auch

um sein schlechtes Gewissen zu beruhigen. »Du hast ein tolles Team, und das weißt du auch.«

»Das ist nicht dasselbe«, hatte sie gemurrt, womit sie natürlich recht hatte.

Es war ihm bewusst, dass er als Puffer und Vermittler zwischen Charlotte, der Ersten Hauptkommissarin, und dem Team fungiert hatte. Ein Puffer, der jetzt wegfiel, ebenso wie seine Vermittlerrolle, die ihm manchmal gehörig auf die Nerven gegangen war. Auch wenn Charlotte eine gute Teamleitung war, hatte sie der Tod ihres Vaters sehr mitgenommen. Sie war ungeduldiger geworden, strenger. Die Stimmung im Team war eine Zeit lang ziemlich trübe gewesen. Glücklicherweise hatte Hohstedt, mit dem Charlotte schon immer über Kreuz gelegen hatte, die Stelle gewechselt und war nach Oldenburg gegangen. Kein großer Verlust, war Charlottes Meinung dazu gewesen, und im Grunde gab Bergheim ihr recht. Dafür war Pablo, der schöne Spanier, jetzt im Team. Bergheim musste sich eingestehen, dass er sich durchaus Sorgen machte. Charlotte ging zwar schon auf die fünfzig zu, aber sie war immer noch eine schöne Frau. Und Pablo war ein Womanizer.

Er beschloss, diese trüben Gedanken hinter sich zu lassen und sich um die Realität vor Ort zu kümmern. Den Garten und vor allem das Haus. Und dann war da noch diese andere Sache, die er Charlotte bislang verschwiegen hatte. Dieses Haus hatte seine Geheimnisse, er war noch nicht dahintergekommen, was hier vor sich ging, aber er würde es herausfinden. Dinge verschwanden plötzlich und tauchten an den merkwürdigsten Orten wieder auf. Anfangs hatte er das mit seiner eigenen Vergesslichkeit zu erklären versucht. Natürlich verlegte man manchmal seinen Schlüssel. Oder sein Portemonnaie. Obwohl das für ihn völlig untypisch war. Er legte seinen Autoschlüssel grundsätzlich in die alte Zuckerdose, die er extra zu diesem Zweck neben der Spüle platziert hatte. Warum fand er sie dann neben dem Blumenkasten auf der Fensterbank vor dem Wohnzimmer wieder? Allerdings war »Wohnzimmer« ein wohlmeinender Ausdruck für den Raum hinter der Küche, der mit einem zerschlissenen braunen Cordsofa, einer umgedrehten Gemüsekiste, die als Tisch diente, und einem Monstrum von Schrank aus dunklem Eichenholz möbliert war. Den Boden bedeckten abgetretene, verschmutzte Teppichfliesen von undefinierbarer Farbe.

Wenn man das Zimmer betrat, hielt man in Erwartung eines drohenden Unheils unweigerlich den Atem an. Er mied das Zimmer, ebenso wie Charlotte, die bei ihrem ersten Besuch im Haus nur einen kurzen Blick in den Raum geworfen und ihn »schauerlich« genannt hatte. Auch er fragte sich, wie sich jemals ein Mensch in dieser Umgebung hatte wohlfühlen können. Aber sein Onkel Armin, der jüngere Bruder seiner verstorbenen Mutter, war offensichtlich kein empfindsamer Mensch gewesen. In der Familie, die im Grunde nur aus Bergheim selbst, seiner Großmutter und seiner Mutter bestanden hatte, war nur hinter vorgehaltener Hand über ihn gesprochen worden. Dubiose Geschichten rankten sich um ihn, doch Bergheim hatte nie etwas Konkretes erfahren.

Seine Mutter hatte stets nur mit ernster Miene den Kopf geschüttelt, wenn er nach seinem einzigen Onkel fragte. »Er war ein schöner, aber schlechter Mensch.« Dann hatte sie ihn angesehen und ihm zärtlich in die Wange gekniffen. »Du siehst ihm ähnlich, aber du bist ein ganz anderer Mensch.«

Sie hatte ihm nie verraten, in welcher Beziehung er anders war als Onkel Armin und warum der ein schlechter Mensch war. Irgendwann hatte er aufgehört zu fragen, es gab wichtigere Dinge als die Verwandtschaft. Mädchen zum Beispiel. Bergheim lächelte vor sich hin und nahm einen Schluck Bier. Er betrachtete das Gras, das üppig vor seiner Terrasse wuchs, und kam zu dem Schluss, dass er sich einen Rasenmäher besorgen musste. Oder vielleicht ein paar Gänse, das hatte er im Internet gelesen, wo er sich in den letzten Wochen über Gartenpflege informiert hatte. Gänse ersetzten einen Rasenmäher, aber dann brauchte er auch einen Teich. Er seufzte. Es gab noch viel zu tun.

Er stand auf, nahm sein Bier und ging in seine improvisierte Küche, wo er verdutzt stehen blieb. Auf dem Tisch lag eine umgekippte Milchtüte. Die Milch war ausgelaufen, und auf dem Boden hatte sich eine große Pfütze gebildet. Bergheim stellte seine leere Bierflasche in die Spüle und sah sich irritiert um. Wie zum Teufel war das passiert?

***

Charlotte stand vor einem der verklinkerten Reihenhäuser am Altenbekener Damm und wartete, dass jemand öffnete. Sie drückte zum dritten Mal auf den Klingelknopf und stemmte seufzend die Fäuste in die Hüften. Dann trat sie ein paar Schritte zurück und blickte an der Fassade empor. Rebloch wohnte im ersten Stock. Vor den Fenstern hingen schwere Stores, die wahrscheinlich seit dem vorigen Jahrtausend dort hingen, wenn man von der vergilbten Farbe ausging. Da oben rührte sich nichts, ebenso wie im Erdgeschoss. Charlotte kramte einen Bleistiftstummel und ihre Karte aus der Innentasche ihrer Jacke. »Bitte rufen Sie mich an«, schrieb sie an den Rand und warf die Karte in den Briefkasten.

»Vorsintflutlich«, murmelte sie vor sich hin, wandte sich zum Gehen und stieß beinahe mit einer älteren Frau zusammen, die einen Einkaufstrolley hinter sich herzog und Charlotte aus grauen Augen prüfend ansah.

»Wollen Sie zu Herrn Rebloch?«

»Ja«, sagte Charlotte, die sich gerade von dem Schreck dieser plötzlichen Begegnung erholt hatte, »aber er scheint nicht da zu sein.«

»Nicht? Das ist komisch, der geht doch nie irgendwohin, außer zur Arbeit.« Die Frau warf einen Blick auf ihre Armbanduhr. »Eigentlich arbeitet er nachts und schläft morgens. Um diese Zeit müsste er zu Hause sein.«

Charlotte musterte die Frau, ihre schwarz gefärbten streichholzkurzen Haare bildeten einen absurden Gegensatz zu dem blassen, faltigen Gesicht. Sie trug eine dunkelblaue Windjacke und hellblaue Jeans, dazu weiße Sneaker. Ihr Alter war unmöglich zu schätzen. Sie konnte Mitte fünfzig und Mitte siebzig sein.

»Worum geht es denn? Vielleicht kann ich ja helfen. Herr Rebloch wohnt schon sehr lange hier. Mein Name ist übrigens Solschy, Margit Solschy.«

Charlotte war versucht, Margit Solschy ein bisschen auszufragen, dafür musste sie sich ausweisen. »Ich bin von der Kripo, und wir brauchen von Herrn Rebloch eine Zeugenaussage.«

Margit Solschy kniff die Augen zusammen. »Hat er was verbrochen?

»Nein, es liegt nichts gegen ihn vor, wie gesagt, wir suchen ihn als Zeugen. Wissen Sie, wo er sich aufhalten könnte?«

»Nein, das weiß ich nicht. Herr Rebloch lebt sehr zurückgezogen und erzählt mir nicht, was er so treibt.«

Bestimmt ein großes Ärgernis für dich, dachte Charlotte.

»Ich habe meine Karte hinterlassen, vielleicht könnten Sie ihm sagen, er möchte mich anrufen, wenn Sie ihn sehen.«

»Das mache ich gerne.«

Charlotte verabschiedete sich in der Überzeugung, dass, wann immer Herr Rebloch wiederauftauchen würde, Margit Solschy keine Sekunde zögern würde, ihm ihre Bitte auszurichten. Eine neugierige Person, als Zeugin der Traum eines jeden Ermittlers, als Nachbarin ein Alptraum, aber vielleicht wäre Margit Solschy ja gerne mehr als nur Nachbarin für ihren Obermieter.

Charlotte sah auf die Uhr, kurz vor fünf. Zeit für eine Kaffeepause. Sie sprang in ihren Golf und fuhr zur Hildesheimer Straße, wo die Bäckereien am Samstag allerdings schon um dreizehn Uhr schlossen, sodass sie sich für einen Kaffee in der Direktion entschied. Ihr Team war bereits wieder vollständig an den Schreibtischen versammelt, als Charlotte mit einem Cappuccino und einem Milchbrötchen das gemeinsame Büro von Maren und Pablo durchquerte und sich in ihrem kleinen Chambre séparée, wie sie es nannte, auf ihren Stuhl fallen ließ.

Maren war die Erste, die klopfte und gleich darauf eintrat, Pablo folgte ihr auf dem Fuß.

»Also, ich hab vier Leute aus meiner zugeteilten Gruppe angetroffen, und … ich sag mal so, die waren alle baff und hatten keinen blassen Schimmer von der Toten auf der Toilette …«

»Glaubst du ihnen?«, fragte Charlotte mit vollem Mund.

»Allerdings, und sie konnten absolut nichts zu den Ermittlungen beitragen. Im Gegenteil, sie haben fast alle versucht, mich auszuquetschen.«

»Genau. So war's bei mir auch«, sagte Pablo, »mir fehlt nur noch eine Bedienung von der Sekttheke, die hab ich nicht angetroffen. Ihre Mitbewohnerin hat gemeint, sie wäre mit ihrem Freund zu ihren Eltern nach Oldenburg gefahren, kommt morgen zurück. Dann fahr ich noch mal zu ihr. Aber, ehrlich, Boss, ich glaube nicht, dass das noch irgendwas bringt.«

Charlotte nahm einen Schluck Kaffee und zerknüllte ihre Brötchentüte. »Das glaub ich auch nicht, aber wir dürfen nichts unversucht lassen. Wo ist Thorsten?«

»Der war gerade noch am Telefon.«

»Na gut, ich hatte zumindest eine Zeugin.« Charlotte berichtete, was Marina Winkelmann gesehen hatte.

»Ja, toll«, sagte Maren, »hilft uns das weiter? Wir haben immer noch keinen Hinweis auf die Identität der Toten. Das finde ich obermerkwürdig. Die müsste doch jemand vermissen.«

In diesem Moment öffnete Thorsten Bremer die Tür, blieb aber auf der Schwelle stehen. »Leute, wir haben eine Vermisstenmeldung. Eine junge Frau steht unten an der Anmeldung, sie heißt Anne Wieler. Ich hab dem Diensthabenden Bescheid gesagt, dass er sie raufbegleiten soll.«

»Okay«, sagte Charlotte, »ist wohl besser, wenn ich zuerst allein mit ihr rede. Immerhin wartet womöglich eine schlechte Nachricht auf sie.«

Die anderen begaben sich nach nebenan, und gleich darauf

wurde eine Frau in den Dreißigern durch das Büro geführt. Sie wirkte nervös und ängstlich. Blickte mehrmals über ihre Schulter zurück, als wolle sie am liebsten die Flucht ergreifen.

Charlotte nahm die Frau lächelnd in Empfang und bat sie, sich zu setzen.

»Frau Wieler, was kann ich denn für Sie tun?«

Anne Wieler nestelte am Riemen ihrer Handtasche herum. Charlotte registrierte, dass sie einen Ehering trug.

»Also«, begann Anne Wieler und schluckte, »ich bin mir nicht sicher, ob ich das jetzt richtig mache, aber ich kann meine Freundin seit gestern Abend nicht erreichen. Wir waren zusammen im Theater, als sie plötzlich meinte, ihr sei schlecht, und dann ist sie während der Vorstellung raus auf die Toilette, aber sie ist nicht wiedergekommen und meldet sich auch nicht. Ich hab schon zigmal versucht sie anzurufen, aber ihr Handy ist tot. Und bei ihrer Wohnung war ich auch, sie macht nicht auf, oder sie ist nicht da, was weiß ich. Und … sie lebt allein und hat sonst keine Verwandten … jedenfalls nicht dass ich wüsste … und da dachte ich halt … ich muss was unternehmen, obwohl doch immer alle sagen, in den ersten vierundzwanzig Stunden nach dem Verschwinden eines Menschen wird die Polizei nicht aktiv, aber … aber das passt überhaupt nicht zu Ella. Da muss was passiert sein.«

Anne Wieler schnappte nach diesem Erguss nach Luft. Es schien, als meinte sie, die Polizei überzeugen zu müssen, dass sie nicht hysterisch war.

»Haben Sie ein Foto von Ihrer Freundin, und wie heißt sie?«

Anne Wieler zog ein Foto aus ihrer Handtasche und reichte es Charlotte.

»Sie heißt Ella, Ella Vormwald.«

Charlotte betrachtete das Foto. Kein Zweifel, es war ihre Tote.

Sie legte das Foto beiseite und sammelte sich für die Aufgabe, die vor ihr lag. Es war nicht das erste Mal, dass sie jemandem den Tod eines nahestehenden Menschen beibringen musste, aber sie hatte das Gefühl, dass das zu den Dingen gehörte, die sie niemals lernen würde.

Sie räusperte sich. »Frau Wieler, ich muss Ihnen leider mitteilen, dass Ihre Freundin heute Morgen tot auf der Toilette im Theater am Aegi gefunden wurde.«

Anne Wieler starrte Charlotte mit großen Augen an. »Was sagen Sie da?« Sie schluckte schwer.

»Tot? Auf der Toilette? ... Ja, aber ... wie kann denn das sein?«

Dann brach sie in Tränen aus.

Charlotte wartete geduldig. Nach einigen Minuten beruhigte sich Anne Wieler, schnäuzte sich ausgiebig in das Tempotaschentuch, das Charlotte ihr gereicht hatte, und schüttelte immer wieder ungläubig den Kopf.

»Ich hätte nach ihr sehen müssen«, sagte sie schuldbewusst, »aber ich dachte natürlich, dass sie nach Hause gegangen war. Ihr war nämlich schlecht geworden während der Vorstellung. Sie ist dann raus, wollte zur Toilette ... und ist einfach nicht wiedergekommen.« Sie fing erneut an zu weinen. »Oh Gott, es ist meine Schuld. Ich hätte nach ihr sehen müssen, sie suchen müssen, aber wie konnte ich denn wissen ...?« Sie blickte auf. »Was war denn eigentlich der Grund? Hatte sie einen Herzinfarkt? Wie ist sie überhaupt gestorben? Und dann auf der Toilette ... da muss sie doch jemand gesehen haben. Ich verstehe das alles nicht.« Sie wischte sich über die Augen.

Charlotte sah ihr Gegenüber forschend an. Anne Wieler wirkte authentisch, aber das hieß nicht, dass Charlotte ihr glauben musste.

Sie räusperte sich. »Erzählen Sie doch bitte ganz genau, was sich gestern Abend zugetragen hat.«

Anne Wieler blickte irritiert auf das Handy, das Charlotte auf den Tisch gelegt hatte, um die Aussage aufzunehmen. »Ist das nötig?«

»Alles Routine«, sagte Charlotte. »Ihrer Freundin ist also

schlecht geworden, und sie hat die Vorstellung verlassen. Wie ging es weiter?«

»Ja, nichts weiter. Sie ist nicht zurückgekommen und ... meine Güte, ich war noch sauer, weil sie einfach wegblieb.« Anne Wieler legte den Kopf in die Hände. »Hätte ich auch nur geahnt, wie schlecht es ihr gegangen sein muss ...«

»Hatte sie kein Handy dabei? Oder eine Handtasche?«, fragte Charlotte.

Anne Wieler blickte auf. »Natürlich hatte sie ihr Handy mit der Bankkarte dabei. Aber keine Handtasche, das war ihr immer zu umständlich.«

»Wir haben kein Handy gefunden.«

»Nicht?«, fragte Anne Wieler verwundert. »Das ist komisch.«

Allerdings, dachte Charlotte. Aber dann war nicht nur ihr Handy verschwunden, sondern auch ihre Bankkarte. Vielleicht hatte jemand beides geklaut. Der toten Ella Vormwald geklaut. »Wissen Sie, bei welcher Bank Ihre Freundin ihr Girokonto hatte?«

»Bei der Volksbank, glaube ich.«

Charlotte stand auf und ging zu Thorsten Bremer, der seinen Platz direkt vor ihrer Bürotür hatte. »Check doch bitte mal das Girokonto von der Toten, bei der Volksbank. Ob da seit gestern Nacht Geld abgehoben wurde.«

»Wie soll ich denn am Samstagabend da jemanden erreichen?«, murrte Thorsten.

»Du schaffst das schon.« Charlotte ging zurück in ihr Büro, wo Anne Wieler gedankenverloren vor sich hin starrte. »Es ... es hat ihr doch niemand was getan, oder? Ich meine, es war doch sicher ein Herzinfarkt oder so was. Obwohl ...«, sie zögerte, »Ella war eigentlich kerngesund, dachte ich jedenfalls.«

»Ihre Freundin hatte Fesselungsspuren an den Handgelenken«, sagte Charlotte. »Können Sie dazu etwas sagen?«

Anne Wieler riss die Augen auf. »Was? Also das ... davon weiß ich nichts.« Sie fasste sich grübelnd an die Stirn.

»Sie haben gesagt, sie lebte allein und hatte keine Verwandten. Hatte sie Männerbekanntschaften?«

»Ja, sie war in einer Dating-App unterwegs, hat sich auch ab und zu mit Männern getroffen. Aber Fesseln … das war nicht ihr Ding. Allerdings haben wir über solche Dinge nie gesprochen. Da waren wir beide eigentlich immer … ganz normal.« Anne Wieler warf einen scheuen Blick über die Schulter, als fühle sie sich bei etwas Ungehörigem ertappt.

»Wissen Sie, ob sich Ihre Freundin in letzter Zeit mit jemandem getroffen hat?«

»Ich glaube nicht. Allerdings, da war mal jemand … das muss so vor ein paar Wochen gewesen sein. Aber sie hat nicht viel über ihn gesprochen, und es ist dann wohl auch in die Brüche gegangen.«

»Wissen Sie, wie der Mann hieß?«

»Nein, leider. Aber das war schon komisch. Normalerweise hat sie mir schon erzählt, wenn sie sich für jemanden interessierte. Aber über den hat sie sich irgendwie in Schweigen gehüllt. Und ich hab nicht nachgebohrt. Aber … wieso wollen Sie das denn alles wissen? Stimmt irgendwas nicht?«

»In Fällen wie diesen wird routinemäßig ermittelt, bis die genauen Umstände geklärt sind«, sagte Charlotte. »Es gibt also niemanden, den wir benachrichtigen müssen?«

»Nein, ihre Eltern sind beide gestorben, vor drei Jahren, kurz nacheinander, und Geschwister hatte sie keine, auch ihre Eltern nicht. Der Vater war Waise.«

»Lebt von den Großeltern niemand mehr?«

»Die Großeltern mütterlicherseits sind wohl schon lange tot.«

Muss ein einsames Leben gewesen sein, dachte Charlotte.

»Sie war mal verheiratet, aber nur kurz. Zwei Jahre oder so, dann haben sie sich scheiden lassen. Der Typ war ein notorischer Fremdgänger.«

»Wie lange ist das her, und wie heißt der Mann?«

»Claude Brely, oder so ähnlich. Er ist Franzose und, soviel

ich weiß, nach Lyon zurückgegangen. Die Scheidung war vor sechs Jahren, glaube ich.«

Charlotte nickte. »Das finden wir raus. Darf ich Sie bitten, Ihre Freundin zu identifizieren?«

»Wie? Sie meinen im … Leichenschauhaus?«

»In der Rechtsmedizin.«

Anne Wieler zögerte. »Ja«, sagte sie dann, »ja, ich möchte sie noch mal sehen.«

»Dann fahren wir am besten jetzt gleich.«

In der Rechtsmedizin begegnete ihnen Dr. Schneider, an diesem noch jungen Samstagabend mit schlechter Laune, was Charlotte ihre Aufgabe, dafür zu sorgen, dass Anne Wieler standhaft blieb und nicht jeden Moment die Flucht ergriff, nicht gerade leichter machte. Anne Wieler zitterte wie Espenlaub, als Dr. Schneider mit hängenden Mundwinkeln die Klappe zum Kühlfach öffnete und Kopf und Oberkörper der Toten entblößte. Anne Wieler schnappte nach Luft, als sie die quer verlaufende Narbe über der Brust ihrer toten Freundin erblickte.

Charlotte umfasste ihren Arm. »Ist das Ihre Freundin?«

»Ja.« Anne Wieler nickte, hielt sich ein Taschentuch vor den Mund und brach in Tränen aus.

Charlotte brachte sie zu einem Stuhl auf dem Flur und bat sie, einen Moment zu warten. Dann ging sie zurück zur Rechtsmedizinerin, die gerade mit einem Knall das Kühlfach schloss.

»Können Sie schon was zur Todesursache sagen?«

»Ja, Herzstillstand«, sagte sie grimmig.

Ach ne, dachte Charlotte.

»… aber, was ihn verursacht hat«, fuhr Dr. Schneider fort, »ist mir noch ein Rätsel. Ich habe diverse Proben genommen, aber die Auswertung dauert noch ein bisschen. Sie werden sich noch gedulden müssen.«

»Also keine natürliche Todesursache?«

»Möglicherweise, aber wie gesagt … Wenn Sie mich jetzt entschuldigen wollen, ich hab noch eine Verabredung.«

Charlotte kapitulierte seufzend und fragte sich, was das wohl für eine Verabredung war. Sie begab sich wieder zu ihrer Zeugin, die sich kaum beruhigt hatte. Als sie Charlotte kommen sah, sprang sie auf.

»Ich will sofort hier raus«, sagte sie mit bebender Stimme. »Was für ein schrecklicher Ort.«

Charlotte brachte Anne Wieler zurück zur KFI 1 und fuhr dann in die Glünderstraße, um sich in Ella Vormwalds Wohnung umzusehen, wo die Spurensicherung bereits ihre Arbeit erledigt hatte.

Ella Vormwald hatte in einer kleinen, gemütlichen Dachgeschosswohnung gelebt. Die obligatorischen zwei Zimmer, Küche, Bad waren traditionell aufgeteilt in ein Wohn- und Esszimmer, dessen Veluxfenster für viel Licht sorgten, eine kleine Küche mit einer Küchenzeile aus weißen Elementen, ein fensterloses, hellblau verfliestes Bad und ein heimeliges Schlafzimmer mit französischem Bett, verspiegeltem Kleiderschrank, durch den das Zimmer größer wirkte, und einer antiken Kommode. Charlotte verortete sie irgendwo im Barock, vielleicht war es auch eine Nachbildung. Es wäre interessant zu wissen, ob Ella Vormwald wohlhabend genug war, um sich antike Möbel kaufen zu können, oder ob es ein Erbstück war. Das würden sie bald herausfinden.

Charlotte sah sich um auf der Suche nach Pflanzen, aber es gab keine. Dafür einen überdimensionalen Flachbildfernseher, der fast die ganze Schrankwand einnahm. Ihre Gläser und das Geschirr standen in einer Glasvitrine in der Essecke. Daneben hing ein schmales Regal, in dem wenige Bücher und etliche kleine Tierfiguren Platz fanden. Offensichtlich eine Sammelleidenschaft von Ella Vormwald. Charlotte nahm eins der Bücher aus dem Regal. Ein Ratgeber für die Partnersuche, daneben ein Buch über Katzen, dann noch ein paar Krimis und historische Romane.

Der Kühlschrank war gut bestückt mit Käse, Butter, Milch,

Schlagsahne, Marmelade und einer angebrochenen Flasche Weißwein. Im Eisfach fand sie eine Packung Bio-Spinat, eine Tüte Tiefkühlbrötchen und zwei Packungen Eiscreme, Vanille und Schokolade. Im Küchenschrank lagen ein Beutel mit Vollkorntoast und mehrere Packungen Schokoladenkekse.

Charlotte ging ins Bad, die Ablage unter dem großen Spiegelschrank ächzte unter der Last diverser Kosmetik- und Pflegeutensilien und Parfumfläschchen. Sie öffnete den Spiegelschrank und staunte über die Menge an Arzneien, die ihr fast entgegenfielen. Die üblichen Schmerzmittel, Probiotika und Nahrungsergänzungsmittel. Charlotte fand keinen Hinweis auf eine ernsthafte Erkrankung oder ein verschreibungspflichtiges Medikament. Ella Vormwald schien sich guter Gesundheit erfreut zu haben, was ihren plötzlichen Tod noch merkwürdiger erscheinen ließ.

Charlotte verließ die Wohnung, sie hatte genug gesehen, um sich ein etwas klareres Bild von ihrem Opfer zu machen. Es gab keinen Hinweis auf Drogen, Ella Vormwald war offensichtlich eine gefestigte junge Frau Anfang dreißig gewesen, die sich allerdings wohl recht einsam gefühlt hatte. Dafür sprach die Dating-App, von der Anne Wieler gesprochen hatte, und eventuell das Katzenbuch. Oder bediente Charlotte sich da bei einem Klischee, nach dem einsame Frauen sich mit Katzen trösteten? Egal, sie hoffte, dass entweder die Spurensicherung oder die Rechtsmedizin mit ihren Ergebnissen die Lücken füllen würde.

***

Bergheim saß im Gasthaus Fehlhaber am Tresen und gönnte sich ein Lüneburger Pils. Er war frustriert. Er war sich nämlich seiner selbst nicht mehr sicher. Entweder er wurde langsam dement – was in einem Alter von noch nicht mal fünfzig Jahren nicht besonders wahrscheinlich war –, oder jemand hatte es darauf abgesehen, ihn in den Wahnsinn zu treiben. Auch wenn er hoffte, dass Letzteres der Fall war, führte das unweigerlich zu zwei Fragen: wer und wieso?

Natürlich war Amelinghausen ein kuscheliger kleiner Ort, wo jeder jeden kannte, und das schon seit Generationen. Es war also durchaus möglich, dass man ihm, dem Zugezogenen, zunächst mal mit Misstrauen begegnete. Aber das erklärte noch nicht, wieso sich Dinge plötzlich an anderen Orten befanden, als er sie deponiert hatte. Gut, vergossene Milch konnte eine Katze gewesen sein oder eine Maus oder ein Waschbär, wenn's ganz schlimm kam, eine Ratte. Aber Tiere legten seinen Schlüssel nicht auf der Fensterbank ab, wenn sie ihn schon klauten. Oder die Gartenschere in den Kühlschrank. Das war es dann auch gewesen, was ihn endgültig aus dem Haus beziehungsweise aus seiner Kate in die Kneipe und an den Tresen getrieben hatte.

Er nahm einen Schluck von seinem Lüneburger und starrte missmutig vor sich hin. Die gemütliche, rustikale Einrichtung des Gasthauses Fehlhaber konnte seine Laune nicht heben. Die Bedienung, eine junge Frau mit dunklen Locken und einem großzügigen Dekolleté, spülte Gläser und warf ihm verheißungsvolle, ein bisschen neugierige Blicke zu. Das sollte ihn freuen, dachte er. Seine Wirkung auf Frauen hatte nicht nachgelassen, jedenfalls noch nicht. Er lächelte unwillkürlich.

»Sie haben das alte Haus vom Haffner geerbt, stimmt's?« Die Bedienung, wohl durch sein Lächeln ermutigt, sah ihn aufmerksam an, während sie routiniert ein Weinglas polierte.

»Stimmt«, sagte Bergheim.

»Kann man denn da überhaupt drin wohnen? Sieht von außen ziemlich verfallen aus.«

»Ist es auch.«

»Eigentlich schade, dass Ihr Onkel es nicht besser instand gehalten hat. Es sah früher ganz toll aus. Altes Fachwerk, weiße Sprossenfenster, ein blühender Garten.«

Das machte Bergheim jetzt stutzig. Woher wusste sie das? Er schätzte sie auf Mitte zwanzig, und die Kate hatte schon seit

Urzeiten keine weißen Fensterrahmen mehr, und im Garten wucherten Wildkräuter und Gräser um die Wette.

»Kannten Sie denn das Haus von früher?«, fragte er verdutzt.

»Nein, das nicht, aber ich hab ein Bild gesehen, bei meiner Oma im Wohnzimmer hängt eins. Sie hat Ihren Onkel ganz gut gekannt.«

»Ach«, Bergheim wurde hellhörig. »Wie heißt denn Ihre Oma?«

»Vera Torfhaus, wie die Stadt im Harz.«

»Haben Sie meinen Onkel auch gekannt?«

Sie zuckte mit den Schultern. »Nur vom Sehen, der hat ja gelebt wie ein Einsiedler.« Sie schwieg eine Weile, während sie gedankenverloren mit einer Haarsträhne spielte. »Haben Sie ihn denn gut gekannt, Ihren Onkel?«

Bergheim nahm einen Schluck Bier. »Nein«, sagte er und leckte sich den Schaum von den Lippen, »eigentlich hab ich ihn überhaupt nicht gekannt. Ich kann mich nur ganz dunkel an ihn erinnern.«

Sie schürzte die Lippen. »Das ist ja komisch«, sagte sie dann, »und wieso …?«

Sie schwieg verlegen, als sie merkte, dass diese Frage wohl zu weit ging.

»Das hab ich mich auch schon gefragt«, gab Bergheim zu. »Er war der Bruder meiner Mutter, aber die beiden haben den Kontakt abgebrochen, als ich noch klein war. Ich weiß auch nicht, warum.« Er fragte sich, wieso er dieser jungen Frau das alles erzählte. Immerhin, dass seine Mutter ihren Bruder für einen schlechten Menschen gehalten hatte, verschwieg er lieber.

»Meine Oma sagt, er wäre ein trauriger Mensch gewesen. Irgendwas hätte ihn immer belastet, hat sie gesagt. Sie hat wohl oft versucht, mit ihm zu reden, aber er hätte immer abgeblockt. Schade, dass Sie ihn nicht gut kannten. Ich glaube, meine Oma hätte gern gewusst, was mit ihm los war. Sie hat ihn gut leiden können.«

In diesem Moment betrat ein Mann mittleren Alters den Gastraum. »Sonja, draußen möchte jemand zahlen«, sagte er mit leicht vorwurfsvoller Stimme.

»Oh, tut mir leid.« Sonja machte sich eilig auf den Weg zur Terrasse.

Der Wirt wandte sich an Bergheim. »Noch ein Bier?«

»Nein danke, zahlen.« Bergheim legte einen Fünfer auf den Tresen, stieg von seinem Hocker und machte sich gedankenverloren auf den Heimweg.

DREI

Charlotte hatte am Samstagabend noch ihre Mutter besucht und versucht, sie zu beschwichtigen.

»Man kann sich einfach nicht auf dich verlassen«, hatte ihre Mutter geschimpft.

Charlotte hatte sich eine scharfe Antwort verkniffen. Seit dem Tod ihres Vaters war ihre Mutter zunehmend empfindlich geworden, was sie ihr verzieh. Sie wollte sich nicht vorstellen, wie sie reagieren würde, wenn Rüdiger plötzlich nicht mehr da wäre. Solche Gedanken verdrängte sie. Immerhin hatte ihre Mutter sich entschieden, die Wohnung zu kaufen, auch ohne den Beistand ihrer Tochter.

»Meine Güte«, hatte Charlotte geantwortet, »ich bin bei der Kripo und kann's mir leider nicht aussuchen, wann jemand stirbt.«

»Ja, ja, das sagst du immer«, hatte ihre Mutter geschmollt, war aber dann ins Schwärmen geraten, von der Wohnung, die sie in drei Monaten beziehen wollte.

»So geräumig, drei Zimmer, Balkon und eine große Küche, und du wohnst nur einen Steinwurf entfernt. Das wird wunderbar.«

Charlotte war sich da nicht so sicher, stimmte ihrer Mutter aber zu und verabschiedete sich. Von ihrer Wohnung aus rief sie Rüdiger an, aber der war wortkarg und schlecht gelaunt, sodass sie das Gespräch schnell beendete. Sie fragte sich, was mit ihm los war. Seit er in der Heide wohnte, wurde er mehr und mehr zum Eigenbrötler. Dabei hatte sie gehofft, ihren derzeitigen Fall mit ihm durchsprechen zu können. Das war zwar nicht ganz legal, aber wer sollte sie verklagen?

Am Sonntagmorgen, Charlotte hatte es sich gerade mit ihrem Tablet auf dem Sofa bequem gemacht, rief Thorsten Bremer an.

»Pablo hat versucht, diesen Rebloch zu erreichen. Er scheint ausgeflogen zu sein. Hat sich auch nicht mehr beim Theater gemeldet, obwohl der Betreiber ihn mehrfach angerufen hat. Also hab ich mal unseren Computer befragt, und siehe da, der gute Mann ist aktenkundig.« Bremer machte eine Pause, damit seine Teamleitung diese Nachricht angemessen würdigen konnte. Charlotte tat ihm den Gefallen.

»Gut gemacht, Thorsten, was hat er denn verbrochen?«

»Er war in eine Schlägerei verwickelt, hat dabei wohl ein Messer gezückt, konnte es aber glücklicherweise nicht mehr benutzen, weil unsere Leute rechtzeitig zur Stelle waren. Ist allerdings schon ein paar Jahre her, acht, um genau zu sein. Seitdem ist er nicht mehr aufgefallen.«

»Was natürlich nichts heißen muss«, sagte Charlotte.

»Sollen wir ihn zur Fahndung ausschreiben?«

»Gibt es keine Verwandten oder Freunde, bei denen man ihn suchen könnte?«

»Jedenfalls keine Verwandten. Vater unbekannt, Mutter verstorben, Geschwister keine. Und über etwaige Freunde haben wir keine Info, höchstens seinen damaligen Zellengenossen. Aber der sitzt schon wieder, seit zwei Jahren. Den wird er ja wohl kaum besuchen.«

»Nicht anzunehmen. Hm, merkwürdig ist es schon, dass er unter diesen Umständen nicht auffindbar ist. Irgendwas stimmt da nicht.« Charlotte überlegte. In Abwesenheit ihrer Chefin, Kriminalrätin Gesine Meyer-Bast, traf Charlotte die Entscheidungen. »Wenn er bis morgen nicht auftaucht, schreiben wir ihn zur Fahndung aus. Hast du was über diesen Franzosen rausgefunden?«

»Ja, ich glaube, den können wir streichen. Der lebt in der Nähe von Lyon mit Frau und Kind und ist am Freitagabend auf einer Art Dinnerparty gewesen. Ich hab mit ihm gesprochen. Er hat mir mehrere Zeugen genannt.«

»Okay, überprüf es trotzdem.«

Den Rest des Vormittags nutzte Charlotte für einen Spaziergang in der Eilenriede. Das Wetter machte dem Frühling alle Ehre, die Sonne schickte ihre warmen Strahlen durch die grünen Baumkronen. Wie üblich bei diesem Wetter an einem Sonntag war halb Hannover auf den Beinen. Auf dem Spielplatz Wakitu tummelten sich Kinder aller Altersklassen, ihre Eltern schienen sich alle zu kennen. Manchmal versetzte es Charlotte einen Stich, dass sie keine eigenen Kinder hatte. Ja, man musste das Thema Kinder wohl als erledigt betrachten. Aus dem Alter war sie definitiv raus.

Immerhin hatte sie einen Stiefsohn, Rüdigers Sohn Jan. Wann hatten sie ihn eigentlich zuletzt gesehen? Das musste Monate her sein. Jan studierte für zwei Semester in New York. Sie wollten ihn immer mal besuchen, aber dann war Rüdigers Onkel gestorben, und Rüdiger hatte sein Erbe angetreten. Ein Erbe, das Charlotte nicht gefiel, weil es sie von Rüdiger trennte. Er war wie besessen davon, diesen alten Schuppen wieder instand zu setzen.

Charlotte grinste. »Rüdiger hat recht. Du bist eifersüchtig auf einen alten Schuppen«, murmelte sie vor sich hin, sodass ihr ein älteres Ehepaar, das mit Walkingstöcken an ihr vorbeistakte, irritierte Blicke zuwarf. Charlotte rückte ihre Sonnenbrille zurecht und machte sich auf den Heimweg. Sie hatte keine Lust, doch noch irgendeinem Bekannten über den Weg zu laufen und Fragen nach Rüdiger zu beantworten.

Als sie eine Viertelstunde später ihre Wohnungstür hinter sich zuzog, fühlte sie sich plötzlich verlassen. Es war Sonntag, und sie hockte allein in ihrer Bude, und ihr Lebensgefährte hockte allein in einem Heidedorf in seiner Kate. Sie fragte sich, ob sich Rüdiger auch verlassen fühlte. Kurz entschlossen griff sie nach ihrem Autoschlüssel und ihrer Handtasche. Bis Amelinghausen brauchte sie knapp eineinhalb Stunden. Sie würde Rüdiger überraschen, obwohl sie wusste, dass er kein Freund von Überraschungen war. Er hatte sich gefälligst zu freuen, wenn sie sich schon aufraffte und ihn in der Provinz besuchen kam.

Nach einer Stunde und fünfzehn Minuten parkte sie ihren Golf vor dem alten Fachwerkbau und betrat das Haus. Die Haustür stand offen, was Charlotte wunderte. Das alte Ding war zwar auch in geschlossenem Zustand kein ernst zu nehmendes Hindernis für einen Einbrecher, aber so offenherzig war es geradezu eine Einladung für Diebe.

»Rüdiger!«, rief sie, erhielt aber keine Antwort.

Wahrscheinlich war er wieder im Garten. Sie ging hinaus auf die Terrasse, aber Rüdiger war nirgends zu sehen. Am Ende war er überhaupt nicht zu Hause. Charlotte wurde ärgerlich, aber so war das mit Überraschungen, sie kamen unverhofft. Sie ging zurück ins Haus und öffnete die Tür zu dem gruseligen Wohnzimmer. In der Wand zur Küche klaffte ein Loch. Rüdiger war mit dem Durchbruch noch nicht wirklich vorangekommen. Er lag auf dem schmuddeligen Sofa und schlief. Jedenfalls sah es auf den ersten Blick so aus. Er war merkwürdig blass, und sein Arm hing seitlich herab, die Hand berührte den Fußboden. Charlotte schnappte nach Luft und stürzte zum Sofa.

»Rüdiger!«, schrie sie, packte ihn bei den Schultern und schüttelte ihn.

Er öffnete schwer die Lider. »Charlotte«, murmelte er. »Wie … was machst du hier?« Dann schloss er wieder die Augen.

Charlotte schlug ihm hart ins Gesicht. »Verdammt, was ist los mit dir?«

Er öffnete unwillig die Augen. »Aua«, sagte er leise und rieb sich die Wange.

Charlotte stürzte in die Küche, nahm ein Glas, füllte es mit Wasser, rannte zurück ins Wohnzimmer und schüttete Bergheim den Inhalt ins Gesicht. Das half, er hustete und raffte sich mühsam auf.

»Was soll das? Bist du verrückt?«

»Meine Güte«, seufzte Charlotte, »ich dachte schon, du wärst tot.«

Bergheim rieb sich die Augen und wollte aufstehen, aber er

sackte wieder zurück in die Polster. »Oh Mann«, stöhnte er, »ich fühl mich auch wie tot.«

»Bist du betrunken?« Charlotte beschnüffelte ihn besorgt. Die Einsamkeit schien ihrem Lebensgefährten nicht gutzutun.

»Quatsch«, sagte er und rieb sich die Stirn, »aber ich hab Kopfschmerzen.«

»Also Fieber hast du jedenfalls nicht«, stellte Charlotte fest, nachdem sie seine Stirn befühlt hatte. »Du fühlst dich eher unterkühlt an.«

»Mir ist auch kalt.« Bergheim fing plötzlich an zu zittern.

»Was hast du gegessen und getrunken?«

»Brot und Käse. Und eine Cola.«

»Komisch.« Charlotte zog ihre Jacke aus und hängte sie ihm um die Schultern.

Bergheim schüttelte sie unwillig ab und stand auf. »Ich muss was trinken.« Er wankte zur Küche und trank wie ein Verdurstender direkt aus dem Wasserhahn.

Charlotte, die ihm gefolgt war, nahm das Glas mit dem Rest Cola zur Hand und roch daran.

»Was machst du da?«, fragte Bergheim und fuhr sich unwillig durch die Haare.

»Ich versuche rauszufinden, ob in diesem verlotterten Haushalt irgendwelche Gifte durch die Luft wabern oder sich auf dem Geschirr niedergelassen haben.«

Sie hielt unwillkürlich die Luft an.

»So ein Quatsch, ich wohne ja nicht erst seit gestern hier.«

Charlotte stieß hörbar die Luft aus. »Ja, was glaubst du denn, was mit dir los ist?« Sie sah ihn besorgt an. »Bist du krank?«

»Keine Ahnung«, sagte Bergheim nachdenklich. »Vielleicht ... vielleicht bringe ich ja Sachen durcheinander.«

Er zuckte mit den Schultern und sah Charlotte besorgt an. Charlotte erschrak. Rüdiger hatte Angst. Was war hier los?

»Was ist hier los?«, fragte sie und nahm ihn bei der Hand. »Komm, wir gehen raus an die frische Luft, und dann erzählst du mir alles.«

Er folgte ihr, wie ein Kind. Sie setzten sich an den alten Tisch, und Bergheim erzählte ihr, dass er in letzter Zeit ständig Dinge verlegte, sie an den seltsamsten Orten wiederfand.

»Zum Beispiel liegt die Astschere im Kühlschrank, oder meine Schlüssel draußen auf der Fensterbank, obwohl ich mir sicher bin, dass ich sie an ihren angestammten Platz in der Küche gelegt habe. Und du weißt, dass ich das sehr genau nehme, vor allem mit den Schlüsseln.«

Ja, das wusste Charlotte in der Tat. Sie selbst war in dieser Beziehung nämlich ziemlich schlampig, was zwischen ihnen immer wieder zu Diskussionen führte.

Charlotte musterte Bergheim. Sie konnte – und wollte – nicht glauben, dass er so was wie dement wurde, obwohl das, was er da geschildert hatte, und dann dieser feste Schlaf schon Anzeichen dafür waren.

»Du glaubst auch, dass ich langsam durchdrehe.« Bergheim lehnte sich zurück und schloss die Augen. »Na, das sind ja wunderbare Aussichten.«

»Quatsch!«, sagte Charlotte resolut. »Ich glaube aber, dass mit diesem Haus was nicht stimmt. Vielleicht solltest du mal dieses Gemäuer untersuchen lassen. Wer weiß, was hier alles verbaut wurde.« Sie dachte einen Moment nach. »Woran genau ist dein Onkel eigentlich gestorben?«

»Auf dem Totenschein stand Herzversagen.«

»Sag bloß«, erwiderte Charlotte aufgebracht. »Wieso schreiben Ärzte so was auf einen Totenschein? Dafür brauch ich doch keinen Arzt. Möchte mal wissen, wer *nicht* an Herzversagen stirbt.«

»Na ja, du weißt schon, er war länger krank. Außerdem hab ich gestern erst erfahren, dass er auch depressiv war.«

»Tatsächlich.« Charlotte überlegte. »Du weißt nicht viel über deinen Onkel, oder?«

»Nein, eigentlich gar nichts, meine Mutter und meine Großmutter haben sich immer in Schweigen gehüllt, wenn ich nach Onkel Armin gefragt habe. Für sie war er ein schlechter Mensch.«

»Und wieso?«

Bergheim zuckte mit den Schultern. »Das haben sie mir nicht verraten.«

Charlotte fröstelte plötzlich, obwohl die Sonne an diesem Nachmittag unverdrossen schien und einen Vorgeschmack auf den Sommer lieferte.

»Mir ist das hier alles unheimlich«, sagte sie. »Und außerdem, wenn du schon mitten am Tag ein ausgiebiges Nickerchen machst, solltest du wenigstens die Haustür schließen, auch wenn ich nicht glaube, dass das jemanden, der hier reinwill, am Eindringen hindert.«

Sie stand auf.

Bergheim guckte verwirrt. »Wieso war die Haustür offen? Ich war heute überhaupt noch nicht draußen.«

»Das ist ja noch schlimmer, dann steht sie seit gestern offen.« Charlotte forschte in seinem Gesicht. »Das finde ich leichtsinnig, auch wenn es hier nicht viel zu holen gibt, aber wer weiß das schon.«

Bergheim schlug sich auf die Schenkel. »Ich schwöre, dass die Haustür heute Morgen geschlossen war!«

»Woher weißt du das so genau?«

Bergheim antwortete nicht sofort. Dann blickte er Charlotte verwirrt an. »Weil ich rauswollte und den Schlüssel nicht gefunden hab.«

Charlotte schluckte.

»Dann müssen wir ihn suchen. Wo bewahrst du ihn normalerweise auf?«

»In der Zuckerdose neben der Spüle.« Bergheim stand auf und ging zur Küche. Charlotte folgte.

»Das ist wieder so was!« Bergheim stand vor der Spüle und fischte seinen Schlüsselbund aus der Zuckerdose. »Ich weiß ganz genau, dass er heute Morgen nicht da war!«

Er hielt den Bund zwischen Daumen und Zeigefinger in die Luft und starrte Charlotte an wie ein Schüler, der seine Lehrerin überzeugen musste, dass er die Wahrheit sagte.

»Und du hast gestern Abend abgeschlossen?«

»Ja klar. Ich bin Kriminaler«, fügte er überflüssigerweise hinzu.

»Dann muss jemand einen zweiten Schlüssel haben. Und dieser Jemand versucht, dich fertigzumachen. Ich nehme ein paar Proben mit. Wir werden bald wissen, ob hier jemand versucht, dich zu vergiften.«

»Du kannst nicht einfach ohne Begründung Proben ins Labor geben. Das weißt du.«

Charlotte verzog den Mund. »Günther schuldet mir was.«

»Ach. Was?«

»Frag nicht.«

Bergheim wusste genau, was Günther Schramm Charlotte schuldete, aber er bewunderte ihre Diskretion.

Charlotte ging zu ihrem Wagen, nahm eine Packung Plastiktüten heraus, und dann begannen sie gemeinsam mit der Spurensuche in Bergheims Küche. Charlotte nahm Proben aus dem Kühlschrank, vom Käse, von der Butter, der Salami. Die Colaflasche und die Milchpackung drückte sie Bergheim in die Hand.

»Bring das schon mal zum Auto, auf dem Rücksitz steht ein Einkaufskorb.«

»Übertreibst du jetzt nicht ein bisschen?« Bergheim war das Ganze nicht geheuer, vielleicht war er ja doch nur durcheinander, und Charlotte machte jetzt die Pferde scheu. Er hoffte, dass diese Aktion nicht in einer totalen Blamage für ihn endete.

»Wir gehen jetzt erst mal was essen«, sagte Charlotte, als sie die Proben in ihrem Handschuhfach verstaute. »Und dann kommst du mit nach Hannover. Du bleibst keinen Moment länger in diesem Haus, bevor diese Sache nicht aufgeklärt ist.«

Als Bergheim wenig später im Gasthaus Fehlhaber vor einem Teller Rindergulasch mit Spätzle saß, sah er schon viel besser aus, fand Charlotte, die sich Spaghetti in Lachs-Sahne-Soße bestellt hatte.

»Ich muss mehr über meinen Onkel herausfinden«, sagte er und nahm einen Schluck von seinem Weizenbier.

»Wie ich sehe, ist deine Unternehmungslust zurück«, sagte Charlotte.

»Allerdings, jetzt hat der Feind ein Gesicht oder wird zumindest bald eins haben, weil ich dem Saboteur nämlich auf die Schliche kommen werde. Wozu bin ich Kriminaler?« Er lächelte. »Beruhigt mich, dass ich vielleicht nicht verrückt bin.«

»Und mich erst«, stimmte Charlotte grinsend zu.

Bergheim schob die letzten Spätzle an den Tellerrand und lehnte sich zurück. »Aber dazu muss ich hierbleiben.«

Charlotte legte ihr Besteck beiseite.

»Das ist purer Leichtsinn. Und ich werde es auf keinen Fall zulassen.«

»Ich kann nicht in Hannover rumsitzen, während hier so viel Arbeit auf mich wartet. Aber danke für deine Fürsorge.«

Charlotte griff nach ihrem Mineralwasser, stellte es aber sofort wieder ab, ohne getrunken zu haben. Sie wusste, dass es wenig Sinn hatte zu insistieren. Rüdiger hatte einen Entschluss gefasst, und sie würde ihn nicht davon abbringen.

»Dann versprich mir, dass du nur noch auswärts isst, bis die Laborergebnisse da sind.«

Bergheim rollte mit den Augen. »Wenn du darauf bestehst.«

»Und behalt deinen Schlüssel bei dir.«

»Ja, ich werde ihn unter mein Kissen legen. Und ich werde die Tür zusätzlich verriegeln und Erbsen auf dem Boden verteilen wie die Kölner Bürger bei den Heinzelmännchen.«

Charlotte lächelte und hoffte, das Ganze war wirklich so harmlos, wie Rüdiger das im Moment annahm. Sie sah auf die Uhr.

»Nach acht, ich muss zurück.«

»Du kannst auch bleiben, das Luftbett ist klasse. Fast wie ein Wasserbett. Es wabbelt, wenn man sich bewegt.« Er legte den Kopf schräg. »Macht dich das nicht neugierig?«

»Nein danke.« Charlotte stand auf und ging zur Theke, um zu zahlen.

Als sie zum Parkplatz gingen, hielt Charlotte plötzlich inne. »Weißt du was, ich hab dir doch erzählt, dass mein Cold Case hier eine Pizzeria eröffnet hat. Ich möchte mir den Laden anschauen. Ist am Jungfernstieg, dauert nicht lange.«

Bergheim seufzte zwar, gab sich aber geschlagen. »Du machst wohl niemals ’ne Pause, was?«

Wenige Minuten später parkten sie vor der Pizzeria Dolce Vita. Charlotte stieg aus und ging forsch zum Eingang, Bergheim im Schlepptau. Sie blieben im Eingang stehen. Charlotte hatte nicht die Absicht, sich hinzusetzen. Sie wusste eigentlich gar nicht genau, was sie hier wollte. Sich in Erinnerung bringen. Dem Mann, den sie für einen Mörder hielt, in die Augen blicken, ihm zeigen, dass sie ihn nicht vergessen hatte, dass sie ihm auf den Fersen bleiben würde. Die Pizzeria war gut besucht, ein Kellner stellte gerade zwei Teller in der Größe von Wagenrädern vor zwei jungen Leuten ab und winkte den beiden zu.

»Bin gleich da«, sagte er.

Charlotte ging auf ihn zu. »Ist der Chef nicht da?«, fragte sie.

»Doch, ist in der Küche, kommt sofort wieder.«

»Prima, wir warten.«

»Was versprichst du dir davon?«, zischte Bergheim ihr zu. Er fühlte sich unwohl und fürchtete, dass Charlotte zu weit gehen würde.

In diesem Moment öffnete sich die Tür hinter der Theke, und der Chef, Fabio Dunschen, trat heraus, gefolgt von einer dunkelhaarigen, eleganten Frau, die sich an den Kellner wandte, der gerade dabei war, ein Bier zu zapfen. Dunschen war zweifellos ein attraktiver Mann, groß, athletische Figur, dunkles, volles Haar und kalte blaue Augen in einem ebenmäßigen Gesicht. Man sah ihm den Mörder nicht an. Aber das war ja wohl fast immer so. Als Dunschen Charlotte und Bergheim erblickte, stutzte er einen Moment, fing sich aber sofort und setzte ein Grinsen auf, das Charlotte schon während ihrer Ermittlungen gegen ihn zur Weißglut getrieben hatte.

»Lass dich nicht provozieren«, raunte Bergheim hinter ihr.

»Aber nicht doch«, antwortete sie leise und setzte ein, wie sie hoffte, ebenso falsches Grinsen auf wie Dunschen.

»Ah, Signora Wiegand, stimmt's?«, sagte er und öffnete die Hände zur Begrüßung. »Und das ist Signor …?«, fragte er mit Blick auf Bergheim.

»Tut nichts zur Sache«, sagte Charlotte.

»Hm, leider hab ich keinen Tisch mehr frei«, sagte er, was eine offensichtliche Lüge war.

»Wir wollen nichts essen«, sagte Charlotte. »Nur mal vorbeischauen und Ihnen mitteilen, dass unsere Bemühungen nicht nachlassen.«

»Oooh.« Dunschen legte den Kopf schräg. »Gibt es denn irgendwelche neuen Erkenntnisse?« In seinen Augen lag jetzt etwas Lauerndes, als fürchte er sich vor der Antwort.

Ja, dachte Charlotte, glaub bloß nicht, dass ich dich je in Ruhe lasse. Laut sagte sie: »Noch nicht, aber wir sind beharrlich.«

Er legte die Hände zusammen, wie ein Pastor, der seinen Schäfchen predigt.

»Na, dann haben Sie ja sicher genug zu tun.« Er ging voran und öffnete ihnen die Tür. Als Charlotte an ihm vorbeiging, sagte er halblaut. »Sie haben sicher Verständnis dafür, dass ich Ihnen Hausverbot erteile.« Charlotte blieb vor ihm stehen und lächelte. »Und wenn ich das ignoriere? Verklagen Sie mich dann?«

Als sie wieder im Auto saßen, wetterte sie vor sich hin. »Was ist das für eine Welt, in der ein Mann seine Frau umbringt und damit Erfolg hat. Mein einziger Trost ist, dass ich ihm das Leben ein bisschen schwer machen kann.«

Bergheim atmete schwer aus. »Ach, Charlotte, pass nur auf, dass du nicht verbitterst. Ich mag keine mürrischen Frauen.«

Charlotte warf den Vorwärtsgang ein und ihm einen missmutigen Blick zu.

***

Bergheim hatte Wort gehalten, und als er am Sonntagabend ins Bett ging, hatte er den Schlüsselbund unter sein Kissen gelegt. Aber er konnte lange nicht einschlafen. Das Ganze war einfach absurd. Gut möglich, dass sich da jemand einen Scherz erlaubte, auch wenn das von heute Mittag ein bisschen zu weit gegangen war. Er hatte sich noch nie so matt gefühlt. Vielleicht hatte ihm tatsächlich jemand etwas ins Essen gemischt. Aber warum denn, zum Teufel? Das konnten doch nur Halbwüchsige sein. Ein paar Teenies, die sich langweilten und sich einen Spaß daraus machten, ihn zu ärgern. Aber er hatte ziemliche Kopfschmerzen gehabt und sich gefühlt, als hätte ihn jemand mordsmäßig verprügelt. Er wusste, wie sich das anfühlte. Jeder Knochen hatte ihm wehgetan, was er Charlotte natürlich lieber verheimlicht hatte. Sie war schon alarmiert genug gewesen, und irgendwie war ihm das peinlich.

Er wälzte sich auf die andere Seite, und das Luftbett waberte. Ihm wurde übel davon. Er versank ja fast, was ihn plötzlich misstrauisch machte. Möglicherweise hatte jemand einfach die Luft abgelassen. Er richtete sich auf und horchte. Ein leises Zischen war zu hören. Er sprang aus dem Bett, was leichter gesagt war als getan, und stellte fest, dass der Stöpsel nicht richtig steckte. Wie zum Teufel …?

Er hatte das Luftbett erst heute Morgen bis zum Anschlag aufgepumpt und das Ventil fest verschlossen. Das wusste er noch genau, auch wenn er heute Mittag irgendwann wohl einfach weggedöst war. Das musste passiert sein, als er mit Charlotte beim Fehlhaber war. Und dieses Mal war er sicher, dass sie die Tür abgeschlossen hatten, Charlotte war seine Zeugin. Er seufzte tief, verwundert über das Ausmaß der Erleichterung, die ihn fast übermannte. Er war also nicht meschugge. Dennoch waren da die Fakten. Irgendwer versuchte, ihn zu tyrannisieren. Wer? Und warum?

VIER

Charlotte war schon früh am Montagmorgen aufgebrochen, um Günther Schramm möglichst allein im Labor anzutreffen. Sie wusste, dass er morgens stets als Erster am Platz war, hatte ihn aber sicherheitshalber schon mal per Handy vorgewarnt.

Sie hatte das ganze Arsenal aus Bergheims Küche in ihrem Einkaufskorb verstaut und zur Tarnung eine Tüte vom Bäcker über den Inhalt gelegt.

»Fang mit der Milch und der Cola an, vielleicht wirst du da schon fündig«, sagte sie und öffnete die Brötchentüte. »Hier, ein Croissant, kleines Dankeschön.« Sie zwinkerte ihm zu, weil sie wusste, dass es im Grunde kein Croissant brauchte, damit Schramm ihr diesen Gefallen tat. Begeistert schien er allerdings nicht zu sein.

»Das muss aber echt die Ausnahme bleiben.«

»Ja, klar, das machen wir nicht noch mal. Siehst du doch auch so.«

Charlotte strahlte ihn an. Sie spielte natürlich darauf an, dass sie vor einem halben Jahr ein Kokainpäckchen, das bei seiner Tochter gefunden worden war, hatte verschwinden lassen.

Sie hatte sich gerade mit einem Kaffee an ihren Schreibtisch gesetzt und angefangen, das Croissant zu verspeisen, als Pablo in ihr Büro stürmte.

»Wir haben ihr Handy«, sagte er, »wurde wohl gestern schon gefunden, aber die Putze, die es gefunden hat, hat nicht geschnallt, dass es wichtig sein könnte, und es erst mal behalten. Zu Hause hat ihre Tochter dann wohl einen Geistesblitz gehabt und es in der nächsten Polizeidienststelle abgegeben.«

»Rede nicht so respektlos«, sagte Charlotte mit vollem Mund.

»Wieso respektlos?« Pablo sah sie ehrlich verblüfft an.

»›Putze‹ ist diskriminierend.«

»Ach du Scheiße«, Pablo verdrehte die Augen. »Können wir jetzt mal konstruktiv werden?«

»Wow, du hast es ja drauf. Konstruktiv also, woher wissen wir, dass es das von unserer Toten ist?«

»Weil wir von Anne Wieler wissen, wo sie während der Vorstellung gesessen haben, und da die Vorstellung am Samstagabend abgesagt wurde, hat dort nach unserer Toten niemand mehr gesessen. Das Handy lag neben ihrem Sitz.«

»Und, was erzählt es uns?«

»Wir suchen in ihren Unterlagen noch nach dem Anbieter und der PIN. Da ist Maren dran.«

»Was ist mit ihrem PC?«

»Dito, ist bei der Technik, wir arbeiten noch am Passwort.«

»Gut, warten wir also. Sonst noch was?«

»Ja«, sagte Pablo triumphierend, »im Befragungsraum eins sitzt ein ziemlich mies gelaunter Herr Rebloch.«

Charlotte sprang auf. »Wieso sagst du das jetzt erst? Wo habt ihr ihn gefunden?«

»In seiner Wohnung, heute Morgen um halb sechs rief der Kriminaldauerdienst an. Eine Frau Solschy hatte gemeldet, dass ihr Obermieter, der ja offensichtlich von der Polizei gesucht wurde – so hat sie sich ausgedrückt –, eben seine Wohnung betreten habe. Also haben wir einen Streifenwagen hingeschickt, und voilà, hier ist er.«

Charlotte steckte den Rest ihres Croissants in die Papiertüte. »Komm, den nehmen wir uns gemeinsam vor.«

»Aber gern, Boss.«

Wenig später saßen die beiden Dieter Rebloch gegenüber, der sie aus zusammengekniffenen Lidern unwillig ansah. Seine Jacke wirkte zerknittert, ebenso wie seine Jeans. Er schien in seinen Klamotten geschlafen zu haben. Trotz allem wirkte er nicht ungepflegt. Charlotte fragte sich, wo er die letzten beiden Nächte verbracht haben mochte. Nicht auf der Straße, das war unwahrscheinlich. Entweder hatte er gute Freunde, von denen die Polizei nichts wusste, oder er war flüssig genug, um sich ein Hotel zu leisten.

»Was wollen Sie von mir?«, fragte er aggressiv.

»Herr Rebloch«, begann Charlotte und legte ihr Aufnahmegerät auf den Tisch, »wir haben einige Fragen an Sie. Sie wissen ja, dass auf der Toilette im Theater am Aegi am Samstagmorgen eine Tote gefunden wurde.«

»Und? Was hab ich damit zu tun?«

»Nach unseren Informationen arbeiten Sie dort vertretungsweise als Hausmeister und haben am Samstagmorgen die besagte Toilettentür geöffnet.«

»Ja und?«

»Sie haben doch am Freitagabend nach der Vorstellung das Theater abgeschlossen. Haben Sie sich nicht davon überzeugt, dass sich niemand mehr im Haus befand?«

»Natürlich.«

»Wie erklären Sie sich dann, dass die Frau die ganze Nacht dort auf der Toilette gelegen hat?«

»Weiß ich doch nicht.«

Pablo schnaubte. »Die Frau ist tot, Mann«, sagte er scharf. »Vielleicht hätten Sie sie retten können, wenn Sie Ihren Job erledigt hätten.«

Rebloch erhob sich abrupt. »Bin ich jetzt hier angeklagt, oder was?«, schrie er.

Der Beamte, der neben der Tür stand, war sofort zur Stelle, packte ihn bei den Schultern und drückte ihn wieder auf den Stuhl.

»Beruhigen Sie sich«, sagte Charlotte, »wir befragen Sie als Zeugen, nicht als Verdächtigen. Jedenfalls noch nicht. Die Tatsache, dass Sie unter den gegebenen Umständen einfach verschwunden waren, legt die Vermutung nahe, dass Sie etwas zu verbergen haben. Umso mehr, da Sie vorbestraft sind.«

»Sehen Sie«, Rebloch kicherte. »Da wissen Sie auch, wieso ich mich aus dem Staub gemacht habe. Weil ich nämlich als Vorbestrafter automatisch in jeder Sache mit drinhängen muss.«

Er kniff die Augen zusammen und fixierte Charlotte. »Damit Sie's wissen, ich hab nix gesehen und gehört. Vielleicht hab ich vergessen, die Damentoilette zu kontrollieren.« Er stand auf. »Wenn Sie wollen, verklagen Sie mich deswegen. Wenn Sie nichts dagegen haben, verschwinde ich jetzt.«

Charlotte schürzte die Lippen, stand dann ebenfalls auf. »Sie können gehen, aber bleiben Sie erreichbar. Verstanden?«

Rebloch drehte sich um und verließ mit Riesenschritten den Vernehmungsraum.

Pablo saß kopfschüttelnd an seinem Platz, die Arme vor der Brust verschränkt.

»Wieso lässt du ihn gehen? Ist doch so was von offensichtlich, dass der nicht ganz sauber ist.«

Charlotte nahm das Aufnahmegerät und wandte sich zur Tür. »Weswegen hätten wir ihn denn festhalten sollen? Weil er zwei Tage nicht auffindbar war?«

»Ich wette, er wusste genau, dass die Frau auf der Toilette lag, und hat das ignoriert, weil er keinen Ärger wollte.«

»Möglich«, sagte Charlotte, »beweis es, dann können wir Anklage erheben wegen … ja weswegen eigentlich? Wir wissen ja nicht mal, ob es nicht ein ganz normaler Todesfall war. Eine Tote in Ruhe zu lassen ist ja nicht strafbar.«

Pablo erhob sich missmutig und folgte Charlotte hinaus.

Vor Charlottes Büro stand Thorsten Bremer, in den Händen einen Laptop.

»Also, Leute, Neuigkeiten. Wir haben ihr Passwort geknackt, und ich hab mir mal angesehen, auf welcher Dating-App sie unterwegs war, und hab zwei Männer gefunden, mit denen sie sich in den letzten Wochen getroffen hat. Der eine heißt Yamal Demir und wohnt in Linden, der andere ist hier unter Wotan gelistet, ein Phantasiename, da hab ich bei der Singlebörse schon angefragt. Die müssen schließlich wissen, wer genau das ist. Mit dem Demir hat sie mehrere E-Mails ausgetauscht, allerdings schon vor ein paar Wochen. Der letzte Kontakt war mit

Wotan, ob die sich wirklich getroffen haben, weiß ich nicht. Sobald Maren das Handy geprüft hat, wissen wir bestimmt mehr. Normalerweise wird den Mitgliedern empfohlen, sich das erste Mal in der Öffentlichkeit zu treffen. Ich schlage vor, wir nehmen uns zuerst mal diesen Yamal vor. In unserer Datei ist er nicht, aber das heißt ja nichts.«

»Okay, ich fahre mit Pablo, du hast ja sicher noch mit ihrem Computer zu tun.«

»Auf jeden Fall.« Thorsten Bremer wandte sich schnell ab, Charlotte wusste, dass er erleichtert war, dass er im Büro bleiben durfte. Sein Schreibtisch war sein bevorzugter Arbeitsplatz, Auswärtstermine waren ihm ein Gräuel. Charlotte war das ganz recht. Am PC war Thorsten Bremer nämlich unschlagbar.

»Gibt es übrigens Neuigkeiten bei der Hotline?«, rief sie ihm hinterher.

»Nein, nichts Konkretes. Die meisten Anrufer melden sich, um zu sagen, dass sie nichts zu sagen haben, und der Rest will von uns wissen, was da los war.«

»Also das Übliche«, stöhnte Charlotte und machte sich dann mit Pablo auf den Weg.

Yamal Demir wohnte in der Fössestraße in Hannovers Multikulti-Stadtteil Linden. Dort arbeitete er in dem kleinen türkischen Supermarkt seiner Eltern. An der Kasse saß eine südländisch aussehende Frau mittleren Alters, wahrscheinlich Yamals Mutter. Es waren keine Kunden im Laden, aber an der Kühltruhe war ein Mann, Charlotte schätzte ihn auf Ende zwanzig, dabei, Getränkeflaschen einzusortieren. Er sah den beiden Polizisten misstrauisch entgegen. Sie gehörten eben nicht zur Stammkundschaft. In Linden kannte man sich.

Charlotte zückte ihren Ausweis und stellte sich und Pablo vor. Yamal wischte sich die Hände an seiner nicht ganz sauberen weißen Schürze ab, nahm Charlottes Ausweis und studierte ihn genau.

»Was wollen Sie?«, fragte er in akzentfreiem Deutsch und

gab Charlotte den Ausweis zurück. Die Frau an der Kasse beobachtete reglos, was da vor sich ging.

»Wir haben ein paar Fragen an Sie als Zeugen. Kennen Sie diese Frau?«

Sie hielt ihm ein Foto von Ella Vormwald hin. Yamal nahm es in die Hand wie vorher Charlottes Ausweis und warf einen kurzen Blick darauf.

»Ja, ich hab mich vor einiger Zeit mal mit ihr getroffen, ist aber nichts draus geworden. Warum wollen Sie das wissen?«

»Die Frau ist am Samstagmorgen tot im Theater am Aegi gefunden worden.«

Yamal Demir machte große Augen und blickte erschrocken von Pablo zu Charlotte und wieder zurück.

»Holy Shit! Wieso? War sie krank? Und wieso kommt dann die Polizei zu mir und stellt Fragen? Ist sie etwa …?« Er vollendete den Satz nicht und schien den Ernst der Situation zu realisieren. »Was hab ich damit zu tun?« Er schluckte schwer. »Ich hab die Frau seit bestimmt zwei Monaten nicht mehr gesehen.«

Er warf einen scheuen Blick in Richtung Kasse, wo gerade jemand eine Packung Tomaten bezahlte. »Kommen Sie mit raus.« Yamal ging mit energischen Schritten voraus an der Kasse und dem misstrauischen Blick der Frau vorbei. Charlotte und Pablo folgten.

Auf dem Bürgersteig drehte er sich um und sprach leise. »Ich hab die Ella einmal in einer Kneipe getroffen, aber die war eindeutig zu alt für mich und obendrein nicht mein Typ. Und, bitte«, er wurde noch leiser, »meine Eltern wissen nichts von der Dating-App, und die sollen es auch nicht erfahren. Die löchern mich sonst bloß mit Fragen.«

Charlotte hatte irgendwie Verständnis für den jungen Mann, fand ihn nicht unsympathisch. Trotzdem mussten sie ihn als potenziell verdächtig betrachten.

»Wie ist das Treffen abgelaufen?«, fragte Pablo. »Erzählen Sie mal.«

Yamal Demir sah sich um. »Pff, wie so ein Treffen eben abläuft. Viel zu erzählen hatten wir uns nicht, hatten ja das meiste schon über E-Mail geklärt.«

»Was geklärt?«, hakte Charlotte nach.

»Na ja, was man so macht, was man für Hobbys hat, was man gut oder schlecht findet. So was eben.«

»Da gab es ja bestimmt ein paar Gemeinsamkeiten, sonst hätten Sie sich ja nicht verabredet, oder?«, sagte Pablo.

»Ja, sie ging gern ins Kino, hat gern gekocht und gern getanzt. Find ich auch alles ganz gut. Wir haben aber nichts davon zusammen ausprobiert. Sie war ganz nett, aber es hat einfach nicht gefunkt zwischen uns.«

»Und Sie haben sie seit diesem Treffen nicht mehr gesehen, und Sie haben sich nie privat getroffen? In ihrer Wohnung, zum Beispiel«, fragte Charlotte.

»Nein, wenn ich's Ihnen doch sage.«

»Wissen Sie, ob sich Ella Vormwald noch mit anderen Männern getroffen hat? Hat sie mal was erwähnt?«, fragte Pablo.

»Nein, echt, davon hab ich keine Ahnung. Warum hätte sie das denn mir gegenüber auch erwähnen sollen?« Er verzog leicht den Mund.

»Ich könnte mir vorstellen, dass man sich doch über seine Erfahrungen mit der Singlebörse austauscht, oder nicht?« Pablo ließ nicht locker.

»Also ich jedenfalls nicht, und die Ella hat auch nix gesagt. Was wollen Sie denn eigentlich von mir? Bloß weil ich eine Frau, die jetzt tot ist, vor ein paar Monaten einmal gedatet habe, quetschen Sie mich hier aus.«

Charlotte hatte ihre Karte aus ihrer Jackentasche gekramt und hielt sie Yamal Demir hin.

»Wenn Ihnen noch etwas einfällt, was Ella Vormwald gesagt oder getan hat, dann rufen Sie mich bitte an.«

»Von mir aus.«

Er nahm die Karte, tippte sich an die Stirn und verschwand im Laden, wo seine Mutter bereits auf der Lauer lag.

»Der meldet sich garantiert nicht«, sagte Charlotte, als sie wieder im Auto saßen.

»Ich glaube nicht, dass er was mit dem Tod zu tun hat.« Pablo startete seinen BMW und gab Saft.

»Ich auch nicht. Aber was bedeutet das schon. Fahr nicht so schnell, Herrgott, so alt, dass ich übers Sterben nachdenke, bin ich noch nicht.« Charlotte stemmte ihre Füße gegen eine imaginäre Bremse.

»Geht klar, Boss.« Pablo bremste abrupt.

»Was ist los, bist du sauer?«

»Ja, manchmal finde ich meinen Beruf zum Kotzen.«

»Soso.« Charlotte hütete sich, genauer nachzufragen, sonst würde Pablo zu einer Tirade ansetzen, über die Gesetzgeber, die keine Ahnung von der Polizeiarbeit hatten und den Ermittlern Steine in den Weg legten und Hürden errichteten und so das Ermitteln schwer machten. Auch wenn Charlotte ihm in gewisser Beziehung recht gab, fand sie doch, er übertrieb es mit seiner ewigen Beschwerde darüber, dass die Ermittelnden ständig in ihren Kompetenzen beschnitten wurden. Wobei er allerdings nicht konkret wurde, wenn man genauer nachhakte, worin dieses Beschneiden bestand.

Charlotte glaubte, dass er einfach zu viele amerikanische Actionfilme konsumierte, in denen die Gesetzeshüter gottgleich und allmächtig durch die Straßen der Metropolen jagten, dabei exzessiv durch die Gegend ballerten und haufenweise Autos verschrotteten. Natürlich kam dabei niemals ein Unschuldiger zu Schaden.

Pablo hatte schon Luft geholt, um sein Lieblingsthema ausgiebig darzulegen, als glücklicherweise Charlottes Handy summte.

Bremer war dran. Sie hörte ihn grinsen.

»Ich hab rausgefunden, wer Wotan ist.«

»Na, sag schon.« Charlotte rollte mit den Augen, denn Thorsten machte es gern spannend.

»Ein gewisser Dieter Rebloch, wo er wohnt, weißt du ja.«

»Ich fasse es nicht. Danke, Thorsten.« Sie legte auf. »Pablo, wir fahren zum Altenbekener Damm.«

»Wieso?«

»Erklär ich dir unterwegs.«

Am Altenbekener Damm angekommen, mussten sie feststellen, dass Dieter Rebloch ausgeflogen war.

»Er ist vor einer halben Stunde weg, mit seinem Rucksack. Keine Ahnung, wohin«, gab Margit Solschy Auskunft, kaum dass Charlotte und Pablo an der Tür geklingelt hatten.

Frustriert fuhren beide zurück zur Direktion.

Der Nachmittag brachte dann endlich die ersten Ergebnisse von der Spusi, die Charlottes Laune keinesfalls hoben. Maren kam mit triumphierendem Blick in ihr Büro.

»Ich hab die Fingerabdrücke, die in der Wohnung unserer Toten sichergestellt wurden, gecheckt. Und jetzt rate mal, welche dabei waren.«

»Welche? Mach's nicht so spannend.«

»Die von Dieter Rebloch.«

»Oh Mann, das auch noch. Wir hätten ihn hierbehalten sollen.«

Pablo wird sich die Hände reiben, dachte sie. Er hatte recht gehabt. Wenn sich herausstellen sollte, dass mit Ella Vormwalds Tod irgendwas nicht stimmte, dann hatten sie – hatte sie – ihren Hauptverdächtigen laufen lassen. Die Tatsache, dass er abgehauen war, machte das Ganze ziemlich wahrscheinlich.

»Was hab ich dir gesagt.« Sie traf Pablo am Kaffeeautomaten. »War doch klar, dass der abhaut. Der weiß ganz genau, was mit unserer Toten passiert ist, und er weiß, dass wir ihm auf die Schliche kommen. Leider ein bisschen zu spät. Hättest du ihn hierbehalten, wäre der Fall jetzt gelöst.«

»Wenn es einen gibt.« Charlotte drückte heftig auf »Espresso«, als ob der Kaffeeautomat schuld war an ihrem Problem. Sie nahm einen Schluck von ihrem Espresso und verzog den Mund. »Der wird auch nicht besser.«

»Daran zweifelst du?« Pablo fuhr sich durch die dichten dunklen Haare, die nun zu Berge standen. Er sah aus, als stünde er unter Strom, was wahrscheinlich gar nicht so abwegig war. »Ich meine, so ein seltsamer Tod an einem ungewöhnlichen Ort und ein vorbestrafter Aushilfshausmeister, der die Tote kannte und am Tatort war …«

»… wenn es ein Tatort ist«, unterbrach Charlotte.

»… und dessen Fingerabdrücke in der Wohnung der Toten gefunden wurden. Also für mich ist die Sache klar.«

Er hatte ja keine Ahnung, dass das schöne Gebäude, das er soeben über den Hergang von Ella Vormwalds Tod errichtet hatte, in Kürze komplett in sich zusammenfallen würde.

Charlotte zuckte mit den Schultern und würgte den letzten Schluck Espresso hinunter. »Ich werde jetzt noch mal bei der Schneider anrufen. Wir müssen endlich wissen, woran die Frau gestorben ist. Wenn es ein natürlicher Tod war, haben wir uns umsonst aufgeregt und können Rebloch höchstens wegen unterlassener Hilfeleistung drankriegen. Und auch das wird sich schwerlich beweisen lassen.«

Frau Dr. Schneider hatte ihren Anruf schon erwartet. »Ich kenn ja Ihre Ungeduld. Der Bericht ist fertig, aber ich erklär's Ihnen auch vorab. So was wie in diesem Fall ist mir in meiner Laufbahn nämlich noch nicht untergekommen.«

»Ach.« Charlotte wartete gespannt. Dr. Schneider reagierte unwirsch, wenn sie sich gehetzt fühlte.

»Der Herzstillstand wurde durch Oleandrin, ein giftiges Herzglykosid verursacht, das ich in ihrem Erbrochenen nachweisen konnte.«

»Oleandrin aus dem Oleander.« Charlotte bekam Herzklopfen. Also doch.

»Sie können von Glück sagen, dass ich es gefunden habe. Normalerweise würde kein Mensch nach Oleandrin suchen. Allerdings fand ich es verdächtig, dass ihr Herz eigentlich vollkommen gesund war. Deswegen hab ich nachgeforscht.«

Charlotte wusste nicht, ob Dr. Schneider ein Lob von ihr erwartete, weil sie ihre Arbeit getan hatte.

»Glückwunsch«, sagte sie etwas widerwillig. »Das ist mir jedenfalls noch nicht untergekommen.«

»Kein Wunder. Vergiftungen in tödlicher Dosis sind selten, da Oleandrin sehr bitter schmeckt.«

»Wie hat sie es dann aufgenommen?«

»Wahrscheinlich mit einer Flasche Magenbitter, Underberg oder Kümmerling oder etwas in der Richtung.«

»Das heißt in flüssiger Form?«

»Ja, nicht nur Samen und Blätter sind giftig, auch der Milchsaft in den Stängeln.«

»Hm, wie lange braucht es, bis es wirkt?«

»Kommt drauf an, bei der letalen Dosis dauert es etwa zwei bis vier Stunden.«

»Das heißt also, wenn der Todeszeitpunkt zwischen zweiundzwanzig Uhr und Mitternacht lag, muss sie das Gift irgendwann ab circa neunzehn Uhr zu sich genommen haben.«

»In etwa.«

Charlotte seufzte. »Ein langes Zeitfenster. Wo sollen wir da anfangen?«

»Also, wenn Sie mich fragen, ich würde herausfinden, wo die Tote am Abend gegessen hat. Dem Darminhalt nach zu urteilen, war es Sushi.«

Charlotte schwieg. Sie war einigermaßen geschockt, dass es sich hier tatsächlich um Mord handelte. Die Sache war ziemlich klar. Rebloch war eindeutig der Hauptverdächtige. Wo war das Motiv? Charlotte war davon überzeugt, dass die Fesselungsspuren an Ella Vormwalds Handgelenken ein Resultat sexueller Spielereien waren. Und wenn sie nicht irgendetwas übersehen hatten, war Rebloch derjenige, dem die Tote diese Narben zu verdanken hatte.

Womöglich hatte Ella Vormwald vorgehabt, Anzeige gegen ihn zu erstatten. Was Rebloch bei seiner Vorstrafe natürlich unbedingt vermeiden wollte. Es war alles da, was sie für eine

Anklage brauchten. Motiv, Gelegenheit und Mittel, Oleander konnte man in jedem Gartencenter kaufen. Charlotte fluchte leise. Und sie hatte den Typen laufen lassen.

»Sind Sie noch da?« Charlotte zuckte zusammen, war so in Gedanken, dass sie Dr. Schneider vergessen hatte.

»Ja, klar«, stotterte Charlotte. »Gibt es sonst noch was Wichtiges?«

»Reicht Ihnen das nicht?« Dr. Schneider legte auf.

Gift also. In einer Flasche Magenbitter. Wie hatte er ihr das verabreicht? Vielleicht auf eine Spritze gezogen und die Spritze dann in die Flasche entleert. Und wann hatte sie die getrunken? In der Pause? Wurde so was denn auch im Theater serviert?

Charlotte hatte bei solchen Anlässen Sektkelche und Wein- oder Biergläser vor Augen. Okay, Wasser wurde auch getrunken. Aber Magenbitter? Entweder hatte Rebloch ihn mitgebracht und in der Pause mit ihr angestoßen, oder er hatte ihr irgendwann die Flasche untergejubelt. Aber hatte sie die in der Jackentasche?

Na ja, klein genug waren die Flaschen ja, soweit Charlotte wusste. Anne Wieler würde das wahrscheinlich wissen. Vielleicht hatte sich Ella Vormwald vor der Vorstellung mit Dieter Rebloch getroffen. Das wäre für ihn die Gelegenheit gewesen.

Sie mussten Anne Wieler noch mal befragen. Sie rief Maren an. »Könntest du bitte herausfinden, was im Theater am Aegi in den Pausen ausgeschenkt wird? Frag auch explizit nach Magenbitter. Wir treffen uns in zehn Minuten im Besprechungsraum. Es gibt Neuigkeiten.«

Dann versuchte sie, Anne Wieler zu erreichen, aber sie ging nicht an ihr Handy und auch nicht ans Festnetztelefon. In der Schule, wo sie unterrichtete, erfuhr Charlotte, dass sie sich krankgemeldet hatte. Sie würde es morgen wieder versuchen.

FÜNF

Der Montag ging ausnahmsweise ohne besondere Vorkommnisse über die Bühne. Vielleicht lag das auch daran, dass Bergheim jedem Knarzen der alten Dielen, jedem Rascheln der frischen Blätter in dem alten Lindenbaum, der den hinteren Teil des Gartens beschattete, und jedem Motorgeräusch auf der wenig befahrenen Straße akribisch nachging. Er konnte nichts Verdächtiges feststellen. Die Haustür hatte er durch ein Vorhängeschloss gesichert, die Terrassentür ließ sich nur von innen öffnen. Morgens ging er zum Bäcker und holte sich zwei belegte Brötchen und einen Becher Kaffee. Beides verzehrte er auf der Terrasse, seinen wachsamen Blick auf die Hortensien und Rosenbüsche gerichtet. Jedenfalls glaubte er, dass das dornige Gestrüpp neben den Hortensien Rosen waren. Blüten waren keine zu sehen, aber Rosen blühten ja wohl auch erst im Juni. Peu à peu entwickelte er sich zum Hobbygärtner, und er musste sich eingestehen, dass ihm das gemächliche Leben und die körperliche Arbeit gefielen. Vielleicht alterte er ja vorzeitig. Er war noch nicht mal fünfzig und sehnte sich nach einem Leben, das eher Rentner führten.

Oder Aussteiger. Genau, als Aussteiger sah er sich lieber. Das waren immerhin dynamische Leute, keine von einem langen Arbeitsleben ausgelaugte, ausgebrannte Menschen. Nein, Aussteiger waren ausgebrannt und ausgelaugt von einem kurzen Leben. Traf das am Ende auf ihn zu?

Bergheim seufzte, nahm einen letzten Schluck Kaffee und beschloss, sein Profil zu überdenken.

Nachdem er eine Stunde lang Brombeerranken ausgegraben und vom Rasen entfernt hatte, brummte sein Handy. Charlotte.

»Ist alles klar bei dir? Neue Störfälle?«

»Nein, alles ruhig. Bei dir was Neues?«

»Allerdings, weißt du, was Günther in deiner Colaflasche gefunden hat?«

»Was?«

»Tavor. Und zwar in einer bedenklichen Dosierung. Er wollte wissen, woher ich die Colaflasche habe. Ich hab es erst mal für mich behalten.«

Bergheim schluckte. Verdammt, wenn er ehrlich war, hatte er gehofft, dass sich Charlottes Bedenken in Luft auflösen würden, aber nun das. Tavor. Ein Benzodiazepin. Kein Wunder, dass er so weggetreten gewesen war.

»Rüdiger? Hast du mich verstanden?« Charlotte klang eindringlich. »Jemand hat dir Valium in dein Getränk gemischt. Wer weiß, was derjenige für Pläne hat. Du musst sofort da raus!«

Bergheim wusste nicht, was er sagen sollte. »Ich weiß nicht, was ich sagen soll.«

»Ich schon. Pack deine Sachen, ich hol dich heute Abend ab.«

Plötzlich regte sich der alte Widerstand in ihm. Zorn und Widerstand. Ein Zorn, der sich in dieser Idylle und dem vermeintlichen Frieden dieses alten Anwesens mit seinem blühenden Garten, in dem sich Meisen, Kleiber und Eichhörnchen tummelten, verflüchtigt hatte.

»Hallo! Hast du mich verstanden?«

»Äh, ja klar.« Bergheim riss sich zusammen.

»Also, ich denke, ich kann so gegen halb neun da sein, heute Abend. Hier tut sich nämlich im Moment nichts.«

»Nicht?«

»Nein, leider hab ich einen mutmaßlichen Mörder laufen lassen, was Pablo mir schwer verübelt. Wir fahnden nach ihm, aber er hat sich in Luft aufgelöst. Außerdem ist eine wichtige Zeugin nicht zu erreichen, offensichtlich erkrankt. Also der übliche Hindernislauf.«

»Bedauerlich.«

»Ist sowieso egal. Bis heute Abend.«

»Stopp!« Bergheim merkte selbst, dass er unnatürlich laut sprach.

»Was?«

»Du brauchst nicht zu kommen, es sei denn, du willst Urlaub machen, denn ich werde hier auf keinen Fall das Feld räumen. Jetzt erst recht nicht.«

Charlotte seufzte. »Ich hab's gewusst.«

»Charlotte.« Er wurde zärtlich. »Jetzt, wo ich weiß, dass hier irgendwas im Gange ist, werde ich auf der Hut sein. Du kannst mir vertrauen. Ich will auch nicht, dass mir was zustößt.«

»Das glaube ich dir gerne«, sagte Charlotte genervt. »Aber kannst du's auch verhindern?«

»Ich weiß nicht, ob ich's schon erwähnt habe, aber ich bin Kriminaler.«

***

Am folgenden Vormittag hatten sie ihn. Eine Streife war im Morgengrauen am Steintor, Hannovers Kiez, bei einer Razzia buchstäblich über ihn gestolpert, als er sich unter dem Bett einer Prostituierten versteckt hatte.

Charlotte ließ sich ihre Erleichterung nicht anmerken, vor allem nicht Pablo gegenüber. »Pablo, du solltest deinen Kollegen etwas mehr Vertrauen entgegenbringen«, meinte sie ein bisschen gönnerhaft. »Wen wir einmal auf dem Kieker haben, den kriegen wir auch.«

»Besser früher als später, oder?«

»Natürlich. Hat er lange genug gezappelt, oder sollen wir ihn noch ein bisschen schmoren lassen?«

Pablo sah auf die Uhr. »Also er hockt da jetzt seit dem Morgengrauen. Ich finde, wir sollten anfangen.«

Sie begaben sich in den Vernehmungsraum, wo Dieter Rebloch sie aus geröteten Augen finster anblickte. Mit dem Dreitagebart und der zerzausten dunkelblonden Mähne sah er ein bisschen verwahrlost, aber auch verwegen aus. Er trug eine abgewetzte Lederjacke und Jeans. Charlotte konnte sich schon vorstellen, dass Frauen, die nicht so genau hinsahen, diesem gewissen Charme zum Opfer fielen.

»Also, Herr Rebloch«, begann Charlotte, »wie wär's mit einem Geständnis, dann haben wir's hinter uns.«

»Was soll ich denn Ihrer Meinung nach gestehen?«

»Sie wissen, dass Sie im dringenden Verdacht stehen, Ella Vormwald ermordet zu haben.«

»Sie spinnen ja.«

»Ein bisschen Kooperationsbereitschaft, wenn ich bitten darf? Wir wissen, dass Sie über eine Dating-App mit Ella Vormwald in Kontakt getreten sind. Wir haben Ihre Fingerabdrücke in ihrer Wohnung gefunden, und Sie waren am Tatort. Machen Sie's sich selbst und uns nicht so schwer und erzählen Sie einfach. Warum haben Sie's getan und wie?«

»Gar nichts werde ich erzählen und gestehen schon überhaupt nichts.« Rebloch sprach leise und drohend. »Wenn Sie meinen, dass ich die Frau umgebracht habe, dann nur zu, beweisen Sie es. Mehr kann ich dazu wirklich nicht sagen.«

Charlotte schwieg, und Pablo trommelte ungeduldig mit den Fingern auf die Tischplatte.

»Das werden wir.« Charlotte sprach ebenso drohend. »Wir werden beweisen, dass Sie sie in ihrer Wohnung misshandelt haben. Sie wollte Sie anzeigen, und das konnten Sie natürlich nicht zulassen, also haben Sie zu einem drastischen Mittel gegriffen und sie vergiftet. Wie haben Sie ihr das Gift verabreicht?«

Charlotte schwieg und wartete. Rebloch inspizierte jedoch demonstrativ seine Fingernägel. Pablo räusperte sich. Charlotte hoffte, er würde die Nerven behalten.

»Na, kommen Sie schon«, sagte sie. »Sie hatten Motiv, Gelegenheit und Mittel. Sie waren am Tatort. Obendrein sind Sie einschlägig vorbestraft. Der Richter wird sich nicht lange bitten lassen, Untersuchungshaft anzuordnen. Sie sind fällig.«

Charlotte wusste, dass sie sich ein bisschen weit aus dem Fenster lehnte, aber sie wollte diesen Schnösel aus seiner aufreizenden Ruhe bringen. Im Moment sah es nicht so aus, als würde ihr das gelingen. Vielleicht hatte er noch nicht lange genug geschmort. Sie stand auf.

»Vielleicht sollten wir Ihnen noch ein bisschen Zeit zum Nachdenken geben.« Sie wandte sich an den Uniformierten an der Tür. »Bringen Sie Herrn Rebloch in seine Zelle.«

»Was für ein Arschloch«, schnaubte Pablo, als sie im Büro zu Maren und Thorsten stießen. »Er hat nicht mal einen Anwalt verlangt, scheint sich echt sicher zu fühlen.«

»Wenn er nichts sagt, braucht er im Moment auch keinen Anwalt, aber ich bin überzeugt, dass sich das bald ändern wird, wenn er erst in Untersuchungshaft sitzt.«

***

Bergheim hatte beschlossen, Vera Torfhaus in ihrem Haus am Lerchenweg einen Besuch abzustatten. Er hatte sie angerufen und seinen Besuch angekündigt. Sie hatte sofort Ja gesagt, nachdem er sich als Neffe von Armin Haffner vorgestellt hatte und erzählt hatte, dass er im Gasthaus Fehlhaber die Bekanntschaft ihrer Enkelin Sonja gemacht hatte. Er fand ein paar frühe Bartnelken in seinem Garten und machte sich zu Fuß auf den Weg, den kleinen Schotterweg entlang, der ihn zur viel befahrenen Lüneburger Straße führte, von dort am Lopau-Stausee und am Lopaupark entlang zum Lerchenweg.

Vera Torfhaus bewohnte das Erdgeschoss eines schmucken Einfamilienhauses und hieß ihn mit freundlichem, aber auch forschendem Blick willkommen. Sie war eine rüstige, vollschlanke Endsechzigerin mit hellbraun gefärbtem Bubikopf. Sie trug Jeans, einen grauen Kapuzenpullover und Ökosandalen.

»Kommen Sie rein, junger Mann«, sagte sie, nahm dankend seinen Blumenstrauß entgegen und bat Bergheim in die »gute Stube«. Durch ein großes Fenster, das den Blick auf einen gepflegten Rasen freigab, fiel Licht in den mit hellen Möbeln und einem gut gefüllten Bücherregal ausgestatteten Raum. Der Couchtisch war mit geblümtem Kaffeegeschirr, einem Sahne-Zucker-Ensemble und einer Schale geschlagener Sahne gedeckt, und ein Käsekuchen wartete darauf, angeschnitten zu werden. Bergheim lächelte.

»Sie mögen doch sicher Käsekuchen. Ich hab die Gelegenheit genutzt, mal wieder zu backen. Für mich allein lohnt sich das kaum, und meine Enkelin muss auf ihre Linie achten. Sagt sie.« Vera Torfhaus kicherte und klopfte sich liebevoll auf ihr strammes Hinterteil. »Gut, dass ich das nicht mehr muss. In meinem Alter.«

Dabei zwinkerte sie Bergheim zu. Der freute sich ehrlich. Es war lange her, dass ihm jemand selbst gebackenen Kuchen serviert hatte. Er selbst konnte nicht backen, und Charlotte hatte keine Lust dazu. Sie kochte lieber etwas Deftiges.

»Ich liebe Käsekuchen«, sagte Bergheim und setzte sich auf die Couch.

»Wir könnten auch in der Küche essen, aber hier ist es gemütlicher. Kaffee?«

»Gerne.« Bergheim hielt ihr seine Tasse hin. Sie schenkte ein und verteilte dann zwei großzügige Stücke Torte auf die Teller.

»Sahne?« Sie reichte ihm die Schüssel, er lehnte dankend ab, aber sie nahm einen Löffel voll. »Ist mit Magerquark gebacken«, erklärte sie.

Bergheim nickte freundlich, obwohl er keine Ahnung hatte, wie mager Quark sein konnte.

Eine Weile aßen sie, redeten über das schöne Frühlingswetter und freuten sich, dass diese leidige Pandemie überstanden war, bis Bergheim endlich das Gespräch auf seinen Onkel brachte.

»Ihre Enkelin sagte, dass Sie meinen Onkel gut gekannt haben.«

»Ja.« Vera Torfhaus nahm eine Serviette, wischte sich über den Mund und lehnte sich in ihrem Sessel zurück. »Ja, ich hab ihn ziemlich gut gekannt, wenn man das von Ihrem Onkel überhaupt sagen konnte. Er war ein sehr verschlossener Mensch, aber er hat mich hin und wieder besucht. Und er hatte in Amelinghausen wenige – ich glaube, gar keine näheren – Kontakte. Er hat sich in seiner Hütte am Lopausee vergraben und ist kaum da rausgekommen. Ich hab oft versucht, ihn zu überreden, mal mit mir nach Lüneburg oder Hamburg zu fahren, aber er hat nur mit dem Kopf geschüttelt und abgewinkt.« Sie schwieg einen Moment. »Manchmal glaube ich, er hatte so was wie eine Phobie, verstehen Sie? Platzangst oder wie man das nennt. Soweit ich weiß, hat er sich selten aus Amelinghausen wegbewegt, wenn überhaupt.« Sie musterte Bergheim und räusperte sich dann. »Ehrlich gesagt, wundert es mich, dass er überhaupt einen Neffen hatte, mir gegenüber hat er nie auch nur eine Andeutung gemacht, dass er Verwandte hat. Haben Sie ihn denn nie besucht?«

Das klang ein bisschen anklagend. Bergheim legte seine Gabel weg.

»Nein, ich wusste nur wenig von ihm, meine Mutter und auch meine Großmutter waren … haben ihn zeit ihres Lebens kaum erwähnt. Ich glaube, es gab irgendein Problem in der Familie, aber mit mir hat niemand darüber gesprochen, und jetzt kann ich niemanden mehr fragen.«

»Hm.« Sie sah ihn vorwurfsvoll an. »Ja, nun ist es zu spät. Und ich kann Ihnen da leider nicht weiterhelfen, denn über eine Familie hat er nie gesprochen. Er war überhaupt ein sehr trauriger Mensch.«

»Das tut mir leid.«

»Na ja, noch ein Stück Kuchen?«

Bergheim hätte gerne noch einmal zugeschlagen, der Kuchen war köstlich, aber er hatte ein schlechtes Gewissen und lehnte ab, wohl, um sich selbst zu bestrafen.

»Hat mein Onkel vielleicht mal jemanden erwähnt, den er kannte, oder gibt es irgendwelche Bekannten, mit denen er geschäftlich zu tun hatte? Er hatte doch die kleine Landwirtschaft, seine Schnucken und Bienen.«

»Also das weiß ich nicht. Seine Schnucken hat immer ein

Schlachthof aus Lüneburg abgeholt, und den Honig hat er beim Gustav abgeliefert. Der hat einen Hofverkauf und immer einen Stand auf den Heidefesten in der Gegend.« Sie nahm einen Schluck Kaffee und stellte klirrend ihre Tasse ab. »Also viel verdient hat er nicht, aber er brauchte wohl auch nicht viel. Das hat er jedenfalls immer gesagt.«

Bergheim nickte. »Ja, er hat sich nichts gegönnt, das ist offensichtlich. Sein Haus ist mehr als karg eingerichtet, nur das Allernötigste.«

»Ja, und nun ist er tot, einfach umgefallen. Ich wünschte, ich könnte Ihnen mehr erzählen, und noch mehr hätte ich mir gewünscht, ihm helfen zu können. Er hat immer einen Kummer mit sich herumgetragen.«

»Tja.« Bergheim musste sich eingestehen, dass ihn das Gespräch nicht weiterbrachte und auch ein wenig deprimierte. Er stand auf, bedankte sich für den Kuchen und verabschiedete sich.

»Kommen Sie gerne wieder vorbei«, sagte Vera Torfhaus. »Sie wohnen ja jetzt hier, nicht wahr?«

»Stimmt.« Dann fiel ihm noch etwas ein. »Äh, bei wem genau hat mein Onkel seinen Honig abgeliefert? Haben Sie die Adresse?«

»Bei Gustav Semmler, der wohnt am Röthenweg. Der hat wohl auch seine Bienen übernommen. Die Schnucken hat ein Schäfer aus Oldendorf gekauft. Aber das wissen Sie sicher.«

»Danke, ja, ich weiß.« Bergheim trat gedankenverloren den Heimweg an.

***

Auch am Nachmittag kamen sie bei Rebloch keinen Schritt weiter. Er saß schweigend im Vernehmungsraum, besprach sich kurz mit seiner Anwältin und hüllte sich dann wieder in Schweigen. Immerhin hatte der Richter Untersuchungshaft angeordnet, was den Ermittlern Zeit gab, die Beweislage zu erhärten. Das allerdings bereitete Charlotte Kopfschmerzen.

Sie hatten Reblochs Wohnung durchsucht, seinen Computer und sein Handy durchleuchtet, jedoch nichts gefunden, was ihn weiter belastete.

Maren hatte zwei Frauen, die er über die Dating-App kontaktiert hatte, befragt. Die eine, Maren schätzte sie auf Ende dreißig, hatte sie persönlich in Döhren aufgesucht, war aber nur bis zu ihrer Wohnungstür vorgedrungen. Die junge Frau war nämlich gar nicht gut auf Rebloch zu sprechen.

»Hören Sie mir bloß auf mit diesem Schwein! Der kann seine perversen Vorlieben sonst wo ausleben, aber nicht mit mir!«

»Hat er Sie misshandelt?«

»Ich möchte nicht darüber reden.« Damit schlug sie ihr die Tür vor der Nase zu.

Die andere lebte in Hildesheim, und als Maren sie am Telefon auf Rebloch ansprach, war sie mehr als neugierig. »Ist ihm was passiert? Er wollte mich eigentlich wieder anrufen, aber …«

»Nein, ihm ist nichts passiert. Wir brauchen Ihre Zeugenaussage im Zusammenhang mit dem Tod einer Frau, die auf derselben Dating-App wie Sie mit ihm Kontakt hatte.«

»Tod? Um Himmels willen, was ist … denn passiert, und was hat Dieter damit zu tun?«

»Wann haben Sie Herrn Rebloch das letzte Mal gesehen?«

»Das weiß ich nicht mehr genau, vor etwa drei Wochen, glaube ich, aber sagen Sie mir doch, was los ist … und … was wollen Sie denn eigentlich von mir?«

»Sie würden uns sehr helfen, wenn Sie uns sagen könnten, wie sich die Treffen mit Herrn Rebloch abgespielt haben.«

»Ja, meine Güte, ganz normal eben. Das erste Mal haben wir uns im Mövenpick in Hannover getroffen, und dann … na ja, dann ist er zu mir gekommen.«

»Wie ist das abgelaufen? Hat er Sie irgendwie misshandelt? Sexuell, meine ich.«

»Also, das ist jetzt aber eine sehr persönliche Frage. Ich glaube nicht, dass das irgendwen etwas angeht.«

»Das ist im Zusammenhang mit unserem Todesfall wichtig. Es wäre sehr hilfreich, wenn Sie die Frage beantworten.«

»Wissen Sie, das macht mir jetzt irgendwie Angst. Was hat Dieter mit einem Todesfall zu tun?«

»Vielleicht gar nichts«, Maren seufzte, »deswegen brauchen wir ja Ihre Aussage.«

»Na ja … Ich weiß gar nicht, wie ich das sagen soll. Er hat etwas ausgefallene sexuelle Vorlieben, Fesselungsspiele und so was, aber ich … Mich stört das nicht … Ich fand ihn eigentlich ganz … okay.«

»Dann war der Sex einvernehmlich?«

»Ja, klar. Behauptet jemand was anderes?«

»Wir ermitteln noch. Ich danke Ihnen auf jeden Fall für Ihre Hilfe. Wenn Ihnen noch etwas einfällt, das uns weiterhelfen könnte, dann melden Sie sich bitte hier in Hannover bei der Polizeidirektion, mein Name ist Maren Vogt.« Sie legte auf, bevor die Zeugin noch weitere Fragen stellen konnte.

Kurz vorm Feierabend kamen alle noch mal in Charlottes Büro zusammen und trugen zusammen, was sie herausgefunden hatten.

Pablo setzte sich auf ihre Schreibtischkante. »Also, die Beweislage ist ziemlich dünn. Den Mord selbst können wir ihm nicht nachweisen.«

»Noch nicht«, sagte Thorsten Bremer. »Ich bin mit seinen Handydaten noch nicht durch. Vielleicht findet sich da noch was.«

»Ich frage mich auch, wie er an das Gift gekommen ist.« Maren fuhr sich gedankenverloren mit dem Finger über den Nasenrücken.

»Wer weiß, was er im Knast alles gelernt hat.« Charlotte rieb sich über die Augen. »Leute, es ist acht Uhr durch. Wir gehen jetzt heim, ruhen uns gründlich aus, und morgen finden wir was, um ihn festzunageln.«

Alle verabschiedeten sich und machten sich auf den Heimweg. Thorsten zu seiner Frau, Maren zu ihrer Frau, und auf Pablo wartete bestimmt irgendeine Schönheit. Nur Charlotte würde in eine leere Wohnung kommen. Langsam ging ihr das Getrenntleben auf die Nerven. Außerdem hatte Rüdiger sich den ganzen Tag noch nicht gemeldet.

Hoffentlich hielt er sich an ihre Abmachung und passte auf sich auf. Sie musste ihn unbedingt anrufen.

SECHS

Es regnete. In den letzten Tagen hatte es keine unliebsamen Störungen mehr gegeben. Bergheim war sicher, dass die Maßnahmen, die er ergriffen hatte, Wirkung zeigten. Dennoch musste er der Sache irgendwann auf den Grund gehen. Kleine Scherze konnte er wegstecken, aber wenn ihm jemand ein Schlafmittel ins Getränk mischte, hörte bei ihm der Spaß auf. Er würde sich später darum kümmern. Wie genau er das anstellen sollte, wusste er nicht, aber ihm würde schon etwas einfallen.

Jetzt stand er in seinem Wohnzimmer, das er nur so nannte, weil ihm kein anderer Name dafür einfiel. Der rustikale, altdeutsche Eichenschrank mochte vor fünfzig Jahren von Wohlstand gezeugt haben, aber mittlerweile war er nichts weiter als ein monströses, hässliches Relikt, von dem man sich am besten schnellstmöglich befreien sollte. Bergheim betrachtete das Monstrum und seufzte. Er hatte bisher die Aufgabe, den Schrank zu entsorgen, vor sich hergeschoben. Bevor er ihn auseinandernahm, musste er wohl oder übel den Inhalt durchsehen.

Wenn er ehrlich war, hatte er ein bisschen Angst vor dem, was er da möglicherweise entdecken würde. Große Barschaften erwartete er jedenfalls nicht. Vielleicht stieß er ja auf irgendwas Illegales. Irgendeinen Grund musste es schließlich haben, dass seine Mutter und seine Großmutter den Kontakt zu seinem Onkel abgebrochen hatten. Er warf einen Blick durch das blinde, verdreckte Fenster, in der Hoffnung, dass der Regen nachgelassen hatte. Hatte er aber nicht, also ließ sich diese Aufgabe nicht mehr aufschieben.

Er öffnete die erste Schublade und fand Briefpapier, alte Papierservietten, Stofftaschentücher in noch geschlossenen Verpackungen, ein Heft über Bienenzucht und eins über die Herstellung von Käse. Beides zerfleddert und fleckig. Bergheim warf einen Blick auf das Erscheinungsdatum. 1956, das musste noch von seinen Urgroßeltern stammen. Er warf beides in einen Karton, den er später zur Recyclingstelle bringen würde. In der nächsten Schublade stapelten sich Zeitschriften über Astronomie und Weltgeschichte. Die Entdeckung Amerikas, die Eroberung der spanischen Armada, die Geschichte der alten Pharaonen und die römischen Kriege. Unzählige Zeitschriften, die abgegriffen und zerlesen waren. Damit hatte sein Onkel sich also die einsamen Abende vertrieben, wo er doch keinen Fernseher hatte, nur ein altes Transistorradio, auf dem nur noch ein Nachrichtensender halbwegs funktionierte. Wahrscheinlich der, den sein Onkel ausschließlich gehört hatte. Die anderen Sender waren einfach erodiert. Er musste enorm viel Wissen angehäuft haben.

Bergheim überkam das Gefühl, etwas Wichtiges versäumt zu haben. Vielleicht hätte sein Onkel ihm den Vater, den er nie kennengelernt hatte, ersetzen können. Er öffnete die Schranktüren und fand weiße, mit Goldrand verzierte Kaffeetassen mit den dazugehörigen Untertassen und Kuchentellern, Suppenteller und flache Teller. Alles unberührt und verstaubt. Das konnte man auf keinen Fall wegwerfen. Ebenso wenig wie das Silberbesteck, das fein säuberlich geordnet in Kästen verstaut war.

Er öffnete eine weitere Tür, wieder Zeitschriften, ein Heft mit Kontoauszügen, eine Mappe mit alten Rechnungen und ein Fotoalbum. Bergheim setzte sich auf das alte Sofa und schlug es auf. Hochzeitsfotos, Männer in Uniformen, Männer vor Bienenstöcken. Junge Frauen mit derben Schuhen und dauergewellten Haaren, die in die Kamera lachten, die Hände in den Schürzentaschen. Im Hintergrund eine Kutsche, von zwei Pferden gezogen. Es waren Schwarz-Weiß-Fotos mit gezackten Rändern, blass geworden im Laufe der Jahre. Bergheim kannte keine der abgebildeten Personen, und er konnte niemanden mehr danach fragen.

Weiter hinten im Album fand er endlich Bilder mit bekannten Gesichtern. Eine Frau, die aussah wie seine Großmutter, vor sich zwei Kinder im Alter von vielleicht zehn oder zwölf

Jahren. Seine Mutter und sein Onkel Armin. Drei lachende Gesichter vor einem schönen alten Fachwerkhaus mit weißen Sprossenfenstern. Onkel Armins Haus, das jetzt ihm gehörte. Sein Großvater fehlte auf dem Bild. Er hatte wohl das Foto geschossen. Später ein Bild von Onkel Armin, Arm in Arm mit einem hübschen jungen Mädchen. Sie waren offensichtlich verliebt, aber ihre Gesichter waren ernst und verschlossen.

Wer wohl diese junge Frau gewesen war? Bergheim wusste nicht viel, aber er wusste, dass sein Onkel nie geheiratet und immer allein gelebt hatte. Ob die Frau noch lebte? Wenn ja, konnte sie ihm vielleicht etwas mehr über seinen Onkel erzählen. Er musste herausfinden, wer sie war. Und wahrscheinlich konnte ihm Vera Torfhaus da weiterhelfen.

***

Charlotte und Maren standen in Linden vor Anne Wielers Wohnungstür. Charlotte klingelte zum dritten Mal, aber niemand öffnete, obwohl von drinnen ein Rumoren zu hören war. Maren klopfte mit der Faust an die Tür.

»Polizei. Öffnen Sie bitte!«

Stille.

»Geht es Ihnen gut?«, rief Charlotte und wandte sich an Maren. »Wenn nicht gleich jemand öffnet, gehe ich von Gefahr im Verzug aus, und wir holen den Hausmeister.«

Doch dann wurde die Tür einen Spaltbreit geöffnet, und Anne Wieler, mit einer Sonnenbrille angetan, lugte heraus. »Was wollen Sie denn noch, ich bin krank.«

Maren und Charlotte warfen sich einen Blick zu. Charlotte ergriff das Wort.

»Frau Wieler, es gibt neue Erkenntnisse zum Tod Ihrer Freundin. Wir hätten ein paar dringende Fragen.«

Die Tür öffnete sich etwas weiter. »Was denn für Erkenntnisse?«

»Dürfen wir reinkommen?«

Anne Wieler biss sich auf die Lippen und warf einen Blick über ihre Schulter. »Das ist ganz schlecht, ich bin krank und habe nicht aufgeräumt.«

»Sie würden uns sehr helfen«, sagte Charlotte, »es dauert auch nicht lange.«

Nach kurzem Zögern öffnete Anne Wieler die Tür und ging einen schmalen Korridor entlang, an dessen Ende sie eine Tür öffnete, die in ein kleines, aber gemütliches Wohnzimmer führte, wo ein Fernseher lief. Sie selbst trug einen Jogginganzug und sah aus, als wäre sie seit Tagen nicht aus dem Bett gekommen, was ja nicht außergewöhnlich war, wenn man krank war. Allerdings hatte Charlotte da ihre Zweifel, sie vermutete etwas ganz anderes.

Anne Wieler bat die Besucherinnen, auf dem hellen Ledersofa Platz zu nehmen, sie selbst setzte sich in einen Fernsehsessel und schaltete den Fernseher aus.

»Was sind das für Erkenntnisse?«

Charlotte wusste nicht recht, wie sie der Frau schonend beibringen sollte, dass ihre Freundin vergiftet worden war. Ganz davon abgesehen, dass man Anne Wieler natürlich zum Kreis der Verdächtigen zählen musste.

»Es tut mir leid, Ihnen das sagen zu müssen, aber Ihre Freundin ist ermordet worden.«

Anne Wieler ließ sich in ihren Sessel zurückfallen. »Oh Gott, wie denn? Wissen Sie das genau?«

»Sie ist vergiftet worden. Mit einem Herzglykosid, genauer gesagt Oleandrin.«

Anne Wieler fasste sich an den Hals. »Ja … was ist das denn? Und wie geht das? Sie war doch die ganze Zeit bei mir!« Sie schwieg einen Moment. »Deshalb war ihr so schlecht.« Sie legte den Kopf in die Hände. »Ich fasse es nicht. Ich hätte mit ihr gehen müssen.«

»Sie hätten nicht viel tun können«, versuchte Charlotte zu trösten, obwohl sie sich da nicht so sicher war. Aber das war ja nun auch egal. »Das Gift wirkt je nach Dosis innerhalb von zwei bis vier Stunden. Waren Sie vor der Vorstellung irgendwo essen? Oder hat sie in der Pause irgendetwas verzehrt, vielleicht einen Magenbitter?«

Anne Wieler ruckte hoch. »Wie kommen Sie auf Magenbitter?«

»Oleandrin ist sehr bitter, sodass es normalerweise nicht zu einer Vergiftung kommt. Sie muss es also mit etwas unverdächtig Bitterem zu sich genommen haben.«

Zu Charlottes und Marens Entsetzen sank Anne Wieler vom Stuhl und fiel auf den weichen Teppich. Beide Ermittlerinnen sprangen auf. Charlotte kniete sich neben die Ohnmächtige, während Maren über den Flur rannte, die Küche fand und nach einem Glas suchte. Als sie mit dem Wasser wieder das Wohnzimmer betrat, kam Anne Wieler gerade zu sich. Charlotte hatte ihr die Brille abgenommen, sodass ein gelb schimmerndes Veilchen zum Vorschein kam. Also doch, dachte Charlotte, die sich immer wieder fragte, warum verprügelte Frauen ihre Wunden vor der Außenwelt verbargen. Aus Scham oder weil sie den Prügler schützen wollten, wie absurd das auch immer sein mochte.

Anne Wieler richtete sich langsam auf, Charlotte half ihr, sich wieder in den Sessel zu setzen. Dort bedeckte sie das Gesicht mit den Händen und begann zu wimmern, während sie wild den Kopf schüttelte. Sie realisierte nicht einmal, dass sie keine Brille mehr trug.

»Frau Wieler, was haben Sie denn?« Charlotte sprach sanft auf sie ein. »Können wir etwas tun? Wo ist Ihr Mann?«

»Nein!« Anne Wieler wurde panisch. »Mein Mann ist weg.«

»Ja, das hoffe ich«, knurrte Charlotte. »Wenn er nicht schon weg wäre, würden wir dafür sorgen, dass er die Wohnung verlässt. Er ist es doch, der Sie geschlagen hat, stimmt's?«

»Ja«, wimmerte Anne Wieler, »aber das ist jetzt auch egal. Ich … ich …« Anne Wieler drohte erneut umzukippen.

»Bleiben Sie ruhig, atmen Sie langsam aus.« Charlotte warf Maren einen Blick zu, die wieder in die Küche rannte und in allen Schränken nach einer Plastiktüte suchte, aber nach einer Weile aufgab und zurückging ins Wohnzimmer, wo Anne Wieler sich mittlerweile etwas beruhigt hatte.

Charlotte war einigermaßen verblüfft, dass Anne Wieler von dieser Neuigkeit so außer Fassung geriet. Sie wartete geduldig und strich der zitternden Frau besänftigend über den Rücken.

»Das … das ist alles ganz furchtbar«, schluchzte sie.

»Ja, natürlich. Wissen Sie, wo und wie sie das Gift aufgenommen haben könnte?«

»Ich glaube, ja.« Anne Wieler wurde jetzt ruhig. »Ich hab es ihr gegeben.«

Charlotte und Maren starrten einander ungläubig an.

»Wie meinen Sie das?«, fragte Charlotte.

Anne Wieler griff nach einer Packung Tempotaschentücher, die auf dem Tisch lag. »Wir haben am Anfang der Vorstellung beide ein kleines Fläschchen Magenbitter getrunken. Das heißt, ich hab ihr eines angeboten. Ich hab immer ein paar Fläschchen bei mir, müssen Sie wissen. Ich hab öfter Probleme mit dem Magen, und … die helfen mir dann … und …« Sie legte die Hand auf die Augen und fing wieder an zu weinen. »Sie hat noch gesagt: ›Mein Gott, ist das bitter, wie kannst du so was trinken?‹ Sie hätte es am liebsten ausgespuckt, aber im Theater …« Sie blickte auf. »Verhaften Sie mich jetzt?« Sie wurde wieder hysterisch. »Sie müssen mir glauben! Ich wollte doch meine Freundin nicht töten! Oh Gott, was passiert hier?«

Charlotte glaubte auch nicht, dass Anne Wieler ihre Freundin hatte töten wollen. Das hätte sie dann bestimmt nicht so dämlich angestellt. Sie hatte eine böse Ahnung, was hier wirklich geschehen war oder geschehen sollte, doch das behielt sie erst mal für sich. Es war offensichtlich, dass Maren dasselbe dachte wie sie. Sie mussten jetzt behutsam vorgehen. Sie gab Maren ein Zeichen, eine Fahndung nach Ben Dreyer zu veranlassen. Anne Wieler, kreideweiß im Gesicht, hatte sich auf dem Sofa zusammengekrümmt.

»Haben Sie die Fläschchen noch?«, fragte Charlotte.

»Ich glaube nicht, die gebe ich immer zum Altglas. Aber ich habe noch eine große Packung von dem Magenbitter im Kühlschrank.«

Charlotte gab Maren ein Zeichen. Die stand auf, kramte ein Taschentuch aus ihrer Jackentasche, ging zum Kühlschrank und nahm eine Packung mit etwa sechs Flaschen aus der Kühlschranktür.

»Wo haben Sie die her?«

»Also, ich kauf die entweder im Edeka oder im Rewe. Wo ich die Packung jetzt herhabe, weiß ich nicht mehr.«

»Haben Sie seit vergangenem Freitag wieder eine Flasche aus der Packung genommen?«

Anne Wieler nickte. »Ja, ein Fläschchen müsste noch in meiner Tasche sein.« Sie sprach sehr leise und schloss die Augen.

»In welcher Tasche? Wo ist die?«, fragte Charlotte ungeduldig.

»Ich weiß nicht«, murmelte sie.

Maren stand auf und suchte in der Wohnung nach der Handtasche. Im Schlafzimmer, neben einer Anrichte aus Kiefernholz, fand sie einen schwarzen, kleinen Lederrucksack, ein Fläschchen steckte in der äußeren Seitentasche. Charlotte hatte unterdessen in einem Korb mit Altglas, der im Abstellraum neben der Küche stand, ein weiteres Fläschchen gefunden. Maren verstaute alles in Plastikbeutel. Darum würde sich die Spurensicherung kümmern.

Anne Wieler lag jetzt still auf dem Sofa und starrte mit großen Augen vor sich hin. »Ich … ich hätte tot sein sollen«, sagte sie leise und fing an zu schlottern.

Charlotte versuchte sie zu beruhigen, wollte noch so viele Fragen stellen, aber sie war nicht ansprechbar. Charlotte war dermaßen beunruhigt, dass sie einen Krankenwagen rief. Fünfzehn Minuten später betrat der Notarzt die Wohnung, Anne Wieler kauerte bewegungslos, die Knie bis fast an das Kinn hochgezogen, auf dem Sofa, die Hände in eine Decke gekrallt, und zitterte. Charlotte hatte versucht, ihr die Decke aus den

Händen zu nehmen und sie damit zuzudecken, aber sie klammerte sich panisch daran fest.

»Schwerer Schock«, diagnostizierte der Arzt, gab ihr eine Spritze und den Sanitätern die Anweisung, sie in die Medizinische Hochschule zu bringen. »Hat sie irgendwelche Angehörigen?«, fragte der Arzt.

»Ja, ihr Mann ist nicht erreichbar. Ob sie sonst noch Verwandte hat, wissen wir noch nicht. Wir kümmern uns darum«, sagte Charlotte.

***

Bergheim hatte sich mühsam durch einen Wust an Papierkram gekämpft. Rentenunterlagen, Versicherungsverträge, Zahnarztrechnungen – sein Onkel hatte offensichtlich viel Wert auf ein gesundes Gebiss gelegt –, Strom- und Wasserrechnungen, Müllabfuhr, Steuerbescheide. Alles lag ungeordnet und lose in einem Pappkarton. Was fehlte, waren persönliche Briefe, Weihnachts- oder Geburtstagskarten, Notizen. Es war, als habe sein Onkel aus seinem Privatleben ein Geheimnis machen wollen. Oder er hatte einfach kein Privatleben gehabt. Bergheim dachte an Vera Torfhaus, die ihn als traurigen Menschen bezeichnet hatte. Aber vielleicht irrte sie sich ja auch, und Onkel Armin war einfach nur ein verschlossener Eigenbrötler gewesen. Bergheim nahm sich vor, das herauszufinden. Er hatte das Gefühl, es seinem Onkel schuldig zu sein, auch wenn dem das jetzt nichts mehr nutzte. Er warf einen Blick auf sein Handy, es war kurz vor sechzehn Uhr. Um diese Zeit dürfte Vera Torfhaus ihren Mittagsschlaf beendet haben, falls sie einen hielt.

Fünfzehn Minuten später parkte er seinen alten Citroën vor dem Haus von Vera Torfhaus am Straßenrand. Er nahm das Fotoalbum vom Beifahrersitz und klingelte. Als niemand öffnete, klingelte er erneut und wartete. Offensichtlich hatte er kein Glück, Vera Torfhaus war nicht zu Hause. Er überlegte und ging dann zurück zum Auto. Dann würde er eben diesen

Gustav Semmler aufsuchen, das hatte er sowieso vorgehabt. Was hatte sie noch gesagt, wo der wohnte? Er tippte den Namen in sein Handy und den Ort.

Es gab nur einen Gustav Semmler in Amelinghausen, und der wohnte am Röthenweg. Genau, jetzt erinnerte er sich. Bergheim fütterte sein Navi und fuhr los. Er brauchte kaum fünf Minuten, bis er vor einem kleinen Anwesen anhielt. Es war ein schmuckloser Backsteinbau mit einem vernachlässigten Vorgarten und einem in die Jahre gekommenen Jägerzaun. Vor den Sprossenfenstern hingen vergilbte Spitzengardinen, aus einem der hinteren Räume plärrte Marschmusik.

Bergheim drückte auf den namenlosen Klingelknopf und hoffte, dass der kreischende Klingelton die Marschmusik übertönte. Wenige Sekunden später wurde die Tür geöffnet, und Bergheim senkte verblüfft den Blick auf den Mann im Rollstuhl, der ihn erwartungsvoll ansah. Er hatte volles, ergrautes Haar und wache graublaue Augen. Sein dunkelgrünes Flanellhemd spannte über seinem ausladenden Bauch.

»Ja, bitte?«, fragte der Mann.

»Äh, ich wollte zu Gustav Semmler.«

»Der bin ich.«

»Ja, also, ich bin der Neffe von Armin Haffner und wohne jetzt in seinem Haus. Ich habe gehört, Sie haben ihn gut gekannt, und ich würde mich gern mit Ihnen unterhalten, wenn Sie Zeit haben?«

Gustav Semmler musterte ihn schweigend. Sein Gesicht zeigte weder Desinteresse noch Neugier. Dann nickte er.

»Soso, Sie sind das also. Na ja, dann kommen Sie mal rein.«

Geschickt manövrierte er seinen Rollstuhl zurück in den Flur und ließ Bergheim eintreten. Der Flur war düster, und es roch muffig. Bergheim fragte sich, ob der Mann hier allein lebte und ob er eine Hilfe hatte, die ihm den Haushalt führte. Wenn ja, war sie ihr Geld nicht wert. Der Boden war lange nicht gewischt worden, Bergheims Schuhsohlen gaben bei jedem Schritt ein schmatzendes Geräusch von sich. Gustav Semmler führte ihn in eine Küche mit billigen weißen Möbeln. In der Spüle stapelte sich schmutziges Geschirr, die Arbeitsflächen boten keinen Platz zum Arbeiten, waren vollgestellt, mit Flaschen, Töpfen und leeren Honiggläsern.

Semmler bot Bergheim einen Platz auf der Küchenbank an. Er schob einen Packen Zeitungen und Magazine vom Imkerverein zur Seite und setzte sich.

»Möchten Sie was trinken? Bier?«

»Nein danke«, lehnte Bergheim eilig ab. »Ich bin mit dem Auto da.«

»Ach, den kurzen Weg?« Semmler grinste und faltete dann seine Hände. »Was wollen Sie denn über Armin wissen? Man sollte doch meinen, dass Sie als sein Erbe ihn besser kannten als ich.«

Bergheim wand sich. »Leider nein, ich habe ihn so gut wie gar nicht gekannt. Meine Mutter und auch meine Großmutter haben, wenn überhaupt, nur sehr selten von ihm gesprochen.« Er überlegte, ob er eine Begründung liefern sollte für dieses Verhalten, entschied sich aber dagegen. Es war, wie es war. Sollte der Mann sich doch seine eigene Meinung bilden.

»Sieh mal an, Armin hat auch nie von seiner Verwandtschaft gesprochen. Von einem Neffen wusste ich nichts.«

»Soviel ich weiß, haben Sie seine Bienenvölker übernommen und für ihn auch den Honig verkauft.«

»Ja, das stimmt, Armin war 'n bisschen menschenscheu, ging nicht gern unter Leute. Also hab ich das für ihn übernommen und seinen Honig mit verkauft.«

»Können Sie mir sonst etwas über ihn erzählen? Wie hat er seine Tage verbracht?«

»Tz«, Semmler lachte auf, »das hat er mir nicht erzählt. Aber was soll man schon machen, wenn man nicht vor die Tür geht. Fernsehen wahrscheinlich, oder?«

»Ist er nicht mal rausgegangen? Unter Leute? Mit wem hat er sich unterhalten? Kennen Sie vielleicht jemanden, der ihn näher gekannt hat?«

»Ich sagte ja schon, er war menschenscheu. In der Kneipe hier hab ich ihn jedenfalls nie gesehen, und geredet hat er nicht viel. Höchstens, wenn's um seine Bienen ging oder seine Schnucken. Das war alles, was Armin so an Gesellschaft hatte. Oh«, Semmler hob den rechten Zeigefinger, »'nen Hund hatte er mal, für seine Schnucken, aber als der dann vom Wolf gerissen wurde, hat er sich keinen mehr angeschafft und die Schnucken nachts in seine Scheune gesperrt.«

Bergheim nickte und wusste nicht recht, was er Semmler noch fragen konnte. Der schien kein besonders aufmerksamer Mensch zu sein.

Dann kramte er das Foto von seinem Onkel und der jungen Frau aus seiner Jackentasche und zeigte es Semmler. »Kennen Sie vielleicht diese Frau? Sie und mein Onkel schienen sich gut gekannt zu haben.«

Semmler warf einen kurzen Blick auf das Foto und zuckte dann mit den Schultern. »Das muss ja uralt sein, ich erkenn darauf nicht mal Armin.« Semmler sah auf die Küchenuhr. »War das alles? Ich krieg gleich noch Physio.«

Bergheim erhob sich. »Ja, danke. Ich finde alleine raus.«

»Das war ja ein ziemlicher Schuss in den Ofen«, murmelte er vor sich hin, während er die Wagentür öffnete und sich auf den Sitz fallen ließ. Er beschloss, bevor er heimfuhr, noch einmal bei Vera Torfhaus vorbeizufahren. Vielleicht war sie ja inzwischen zu Hause.

Dieses Mal hatte er Glück. Als er den Wagen vor ihrem Haus stoppte, war sie gerade dabei, die Haustür aufzuschließen und eine Tasche in den Flur zu bugsieren.

»Frau Torfhaus!«, rief Bergheim beim Aussteigen. »Kann ich Sie noch mal ganz kurz sprechen?«

Vera Torfhaus blickte sich um und kniff die Augen zusammen. »Ach, Sie sind's. Ich komme grad vom Einkaufen, kommen Sie ruhig rein. Ich muss das nur erst alles einräumen, dann unterhalten wir uns.«

»Warten Sie, ich helfe Ihnen.« Bergheim griff nach der Tasche und staunte über das Gewicht. Was hatte die Frau denn da bloß eingekauft? Wackersteine?

Vera Torfhaus grinste. »Schwer, was? Ja, ich hab ein paar Kilo Mehl auf Vorrat gekauft. Seit das wegen diesem Corona so schwer zu bekommen war, hab ich gern ein bisschen in Reserve.«

Bergheim schüttelte innerlich den Kopf. Meine Güte, dachte er, was hatte diese Pandemie aus den Menschen gemacht. Aber wahrscheinlich waren die Menschen schon immer so gewesen. Die Pandemie hatte es nur zum Vorschein gebracht. Bestimmt hatte sie auch irgendwo einen Riesenvorrat an Toilettenpapier gebunkert. Er schleppte die Tasche in die Küche, die im Gegensatz zu der von Gustav Semmler blitzsauber und aufgeräumt war, und stellte sie vor dem Kühlschrank ab. Vera Torfhaus klaubte zwei Liter Milch und zwei Flaschen Orangensaft aus der Tasche, verstaute alles im Kühlschrank und räumte dann fünf Packungen Mehl in den Küchenschrank.

»So«, sagte sie und klappte die Schranktür zu. »Ich mach uns schnell einen Kräutertee. Für Kaffee ist es schon ein bisschen spät. Trinken Sie Kräutertee?«

»Äh, ja«, antwortete Bergheim, wenn's sein muss, fügte er im Stillen hinzu.

»Setzen Sie sich doch«, sagte Vera Torfhaus, während sie den Wasserkocher füllte und Kräuterblätter in ein Teesieb löffelte. »Worum geht es denn?« Sie hängte das Teesieb in eine Kanne und stellte sich dann wartend vor den Wasserkocher.

Bergheim zog das Foto aus seiner Jackentasche und reichte es ihr. »Das habe ich bei den Unterlagen meines Onkels gefunden. Kennen Sie vielleicht diese Frau? Mein Onkel und sie scheinen sich gut gekannt zu haben.«

Vera Torfhaus nahm das Bild in beide Hände und betrachtete es sorgfältig.

»Oh«, sagte sie nach einer Weile. »Ja, in der Tat, die beiden waren damals ein Herz und eine Seele. Ich kann mich noch gut erinnern.«

Das Wasser im Wasserkocher brodelte. Sie legte das Foto auf den Tisch und goss das Wasser in die Kanne. Dann stellte sie zwei Becher auf den Tisch. »Der muss erst mal ziehen«, sagte sie und griff erneut nach dem Foto.

»Ach ja«, seufzte sie und blickte versonnen vor sich hin. »Wie lange ist das alles jetzt schon her.«

»Dann waren die beiden ein Liebespaar?«, fragte Bergheim erwartungsvoll.

»Na ja, auf jeden Fall mochten sie sich sehr.«

»Warum sind sie nicht zusammengekommen? Was wurde aus ihr?«

»Das ist eine lange und üble Geschichte.« Vera Torfhaus stand auf, nahm das Teesieb aus der Kanne, goss den Tee in die Becher und setzte sich dann an den Tisch. Bergheim wartete schweigend, obwohl er vor Neugier fast platzte.

»Dieses Mädchen, ich habe sie gekannt, Marie hieß sie. Eigentlich Maria, aber alle haben sie Marie genannt.« Vera Torfhaus nahm einen Schluck von dem dampfenden Tee.

»Und was war mit dieser Marie?« Bergheim wurde langsam ungeduldig.

»Sie ist weggelaufen. Aus gutem Grund.«

»Ach.«

»Ja, ich weiß gar nicht, ob ich das alles so erzählen soll, aber schließlich schadet es ja keinem mehr. Ihre Mutter ist tot, ihr Vater sowieso, und Geschwister hatte sie keine. Eine alte Tante lebt noch im Seniorenheim in Lüneburg, glaube ich, aber die wird sich nicht mehr erinnern. Ist dement.«

Bergheim merkte, dass Vera Torfhaus die Geschichte auf ihre Art erzählen wollte, und fasste sich in Geduld.

»Jedenfalls hatte die Marie es nicht leicht als Mädchen. Ihr Vater war ein Säufer und hat seine Frau und Marie verprügelt.« Sie machte eine Pause. »Und es wurde gemunkelt, dass er Marie auch schon mal mit seiner Frau verwechselt hat, wenn Sie verstehen, was ich meine.« Sie warf Bergheim einen schiefen Blick zu.

»Heißt das, er hat sie missbraucht?«

»Ja, jedenfalls glaubten das hier die meisten. Ob's wirklich stimmte, weiß keiner genau, und gesprochen hat man damals über so was nicht. Aber, wenn Sie mich fragen …« Sie nickte schweigend.

»Und? Was passierte weiter? Marie ist also weggelaufen? Woher weiß man das? Ist sie denn nie wieder aufgetaucht?« Bergheim nahm einen Schluck von dem Tee, der sehr gesund roch, und verbrannte sich prompt die Lippen.

Vera Torfhaus verzog den Mund. »Nein, ist sie nicht, weil … weil man zwei Tage, nachdem sie weg war, ihren Vater tot aus dem Lopausee gefischt hat.«

»Ach.«

»Ja. Natürlich ist das von der Polizei alles genau untersucht worden. Und die haben damals rausgefunden, dass der alte Schulmann wohl nicht freiwillig schwimmen gegangen war. Es muss wohl ein Kampf stattgefunden haben.«

Vera Torfhaus leerte ihren Becher und goss sich nach.

»Na ja, Maries Mutter hat jedenfalls ausgesagt, dass Marie ihre Sachen gepackt hatte und weggelaufen war und ihr Säufer von einem Mann ihr gefolgt ist. Sie hätte noch versucht, ihn aufzuhalten, aber er hat sie einfach niedergeschlagen. Sie war dann wohl eine Weile weggetreten, und als sie wieder aufgewacht ist, war alles still am Hof, und sie hat sich ins Bett geschleppt und gehofft, dass Marie es schafft. Zwei Tage waren dann beide verschwunden, bis … ja, bis sie den Alten aus dem See gefischt haben.«

Bergheim schluckte. »Und was ist aus Marie geworden?«

Vera Torfhaus seufzte. »Die Polizei ging davon aus, dass Marie sich wohl gewehrt hat und ihr Vater dabei ins Wasser gefallen ist.« Sie zögerte einen Moment. »Es wurde gemunkelt, dass sie womöglich ein bisschen nachgeholfen hat beim Ertrinken.« Sie warf Bergheim einen vielsagenden Blick zu. »Jedenfalls war sie da schon über alle Berge und hat sich nicht mehr blicken lassen.«

»Hat sie sich denn nicht mehr bei ihrer Mutter gemeldet?«

Vera Torfhaus lachte auf. »Wenn ja, dann hat die Else, ihre Mutter, das bestimmt nicht an die große Glocke gehängt. Die ist aber auch bald darauf gestorben, nicht mal ein halbes Jahr hat sie ihren Kerl überlebt. Wahrscheinlich am Kummer. Obwohl alle sagten, es war ein Schlaganfall.«

Bergheim schwieg. Was für eine Geschichte.

»Und das ist auch der Grund, warum Armin sich so zurückgezogen hat. Er war wohl sehr in Marie verliebt gewesen. Es soll ja Männer geben, die den Verlust der ersten Liebe nie verwinden.« Vera Torfhaus nickte vielsagend und nahm noch einen Schluck Tee. »Sie trinken ja gar nicht«, sagte sie mit Blick auf Bergheims volle Tasse. »Der ist doch jetzt bestimmt kalt.«

Na hoffentlich, dachte Bergheim, nahm aber tapfer einen großen Schluck von dem Tee, der stark nach Kümmel schmeckte. Er gab sich Mühe, sich seinen Widerwillen nicht anmerken zu lassen, bedankte sich bei seiner Gastgeberin und stand auf.

»Das ist ja eine abenteuerliche Geschichte«, sagte er. »Jetzt weiß ich endlich ein bisschen mehr über meinen Onkel und kann ihn besser verstehen.«

»Ja.« Vera Torfhaus erhob sich ebenfalls. »Schade, dass Armin nichts mehr davon hat.«

Bergheim zog den Kopf ein und verabschiedete sich.

Zehn Minuten später, es dämmerte bereits, hielt er vor dem alten Haus seines Onkels, das er jetzt mit anderen Augen betrachtete. Sein Onkel war ein zutiefst unglücklicher Mensch gewesen. Worin seine Schlechtigkeit bestanden haben sollte, das erschloss sich ihm nicht. Aber vielleicht würde er das auch noch herausfinden.

Als er die Haustür aufschließen wollte, merkte er, dass etwas nicht stimmte. Er schob die Tür an, sie war offen. Der Türrahmen war zersplittert, das Schloss herausgebrochen. Da hatte sich jemand mit einem Brecheisen Zutritt verschafft. Leise betrat er das Haus und lauschte, sah sich um und blieb in Deckung. Er hörte nichts und wünschte sich, er hätte seine Waffe noch. Er griff nach einer Lampe mit schmiedeeisernem Fuß, die auf der alten Kommode im Flur stand. Langsam schlich er durch die Küche in das angrenzende Wohnzimmer. Der Raum war völlig verwüstet.

Vor dem alten Schrank stand eine Gestalt in Jogginghosen und Kapuzenpullover und war dabei, eines der Fächer zu durchwühlen. Vorsichtig setzte Bergheim einen Fuß vor den anderen, achtete darauf, keinen Lärm zu machen. Als er die Gestalt auf Armeslänge erreicht hatte, machte er einen Satz, schlang den Arm um den Hals des Eindringlings und drückte zu. Die Gestalt fuchtelte mit den Armen, hatte plötzlich ein Messer in der Hand und versetzte Bergheim einen Stich in den Unterarm, der ihn zwang, den Griff zu lockern. Der Mann versetzte ihm einen weiteren Stich und ergriff die Flucht.

Bergheim versuchte nachzusetzen, konnte aber durch die Verletzungen, die heftig bluteten, dem Einbrecher nicht schnell genug folgen, sodass der in wenigen Sekunden das Haus verlassen hatte, durch den Garten, über den Gartenzaum hechtete, stürzte, sich wieder aufrappelte und im blendenden Abendrot verschwand. Bergheim verfolgte ihn bis zum Gartenzaun und gab dann auf. Der Arm schmerzte, der Ärmel seiner Lederjacke war zerfetzt und legte zwei Verletzungen frei. Die eine ein tiefer Stich, die andere ein Schnitt, der ohne die Lederjacke wohl wesentlich tiefer geraten wäre. Er stöhnte leise, presste den verletzten Arm an den Körper und taumelte in sein sogenanntes Schlafzimmer, wo seine Sachen auf dem Fußboden und seinem Luftbett verstreut herumlagen. Vorsichtig zog er die Jacke aus und griff nach einem sauberen T-Shirt, das er um die beiden Verletzungen schlang, um zumindest die Blutung zu stoppen. Wenigstens war es der linke Arm, immerhin ein Trost, wenn auch ein schwacher. Dann ließ er sich erschöpft auf sein Bett sinken und versuchte, sich zu beruhigen.

»Verdammt noch mal«, flüsterte er nach einem Blick auf seinen provisorischen Verband, der bereits durchgeblutet war. Das musste genäht werden, und zwar schnell. Er nahm seine Lederjacke vom Bett und suchte in den Taschen nach dem Autoschlüssel. Als er ihn gefunden hatte und aufstehen wollte, taumelte er. Der Blutverlust machte sich bemerkbar. Er würde es kaum bis nach Lüneburg zum Krankenhaus schaffen. Ihm blieb nichts anderes übrig, als den Notarzt zu rufen.

Zwei Stunden später saß Bergheim auf einem OP-Tisch, wo eine junge Asiatin ihn kopfschüttelnd und professionell verarztete.

»Wie haben Sie das angestellt? Ich meine, einen Schnitt mit der Gartenschere kann ich ja verstehen, aber zwei?«

Bergheim hatte bei der Notaufnahme natürlich eine verrückte Geschichte von einem Unfall mit der Gartenschere erzählt, laut der ihm die Schere zuerst mit der Spitze in den Arm gefallen und er daraufhin in die offene Schere gefallen war. Er hatte beschlossen, diese Angelegenheit vorerst nicht an die große Glocke zu hängen. Die misstrauischen Blicke der Schwester an der Rezeption und das Kopfschütteln der Ärztin ließen jedoch keinen Zweifel daran, dass ihm die Geschichte keiner wirklich abnahm.

Als er eine weitere Stunde später die Notaufnahme im Städtischen Klinikum Lüneburg mit einer Armschlinge verließ, nahm er sich ein Taxi, das ihn nach Amelinghausen zurückbrachte. Es war fast Mitternacht, als er sein Haus betrat. Dieses Mal war er auf der Hut, er würde erst zuschlagen und dann Fragen stellen. Doch das Haus war leer. Und der Einbrecher hatte ganze Arbeit geleistet, überall herrschte Chaos. Das Wohnzimmer war völlig verwüstet.

Die Schubladen waren aus dem Schrank gerissen, alle Türen waren geöffnet und der Inhalt über dem Boden verstreut. Das alte Geschirr war teilweise zertrümmert und rücksichtslos aus dem Schrank gefegt worden. Was zum Teufel hatte der Eindringling gesucht? Bergheim schalt sich selbst einen Tölpel, weil er sich hatte überrumpeln lassen und den Täter nicht mal beschreiben konnte. Irgendwas gab es hier offensichtlich, wofür es sich lohnte, einzubrechen und ein Messer zu zücken. Was?

»Verdammt noch mal«, fluchte Bergheim wieder.

In diesem Moment klingelte sein Handy, er erschrak. Es war Charlotte. Er hatte ihr eine kurze Nachricht geschickt, dass alles in Ordnung sei, ihr aber den Einbruch und seinen Abstecher in die Notaufnahme verschwiegen. Es half nichts, sie zu beunruhigen. Wenn sie Bescheid wüsste, würde sie in Hannover sofort alles hinschmeißen und kommen. Und wenn er das richtig einschätzte, hatte sie in der KFI im Moment genug um die Ohren, zudem sie auch noch die Kriminalrätin Meyer-Bast vertreten musste. Er nahm das Gespräch an.

»Warum, zum Teufel, gehst du nicht ans Handy?«, schimpfte sie. »Ich hab mir Sorgen gemacht.«

»Ganz einfach, ich war essen und hab das Handy vergessen.«

Schweigen, dann misstrauisch: »Dann warst du aber lange essen. Es ist fast Mitternacht.«

»Ja, ich hab noch was getrunken. Was soll ich hier allein rumsitzen, wenn du nicht da bist.« Wieder Schweigen. Es war verteufelt schwer, Charlotte zu belügen.

»Ist alles in Ordnung?«, fragte sie dann auch.

»Jaaa, ich bin müde und gehe jetzt schlafen. Sehen wir uns dieses Wochenende noch?«

»Ich fürchte, nicht, es stehen einfach so viele Befragungen an. Ich kann das nicht alles die anderen machen lassen. Warum kommst du nicht?«

»Vielleicht mache ich das.«

Bergheim war heilfroh, dass Charlotte nicht kommen würde, und er würde bestimmt nicht nach Hannover fahren, aber das konnte er ihr später auch noch sagen.

***

Noch am Mittag desselben Tages hatte Charlotte ihr Team zur Lagebesprechung zusammengetrommelt, während eine Streife sich auf die Suche nach Ben Dreyer machte, der sich nach Anne Wielers Aussage entweder in seinem Büro oder in seiner Stammkneipe in Linden aufhalten würde. Leider hatten sie ihn nicht angetroffen. Die Beamten klapperten jetzt alle Lokale in Linden ab, während eine Beamtin Anne Wieler in der Medizinischen Hochschule nicht aus den Augen lassen sollte.

»Wo ist Thorsten?«, fragte Charlotte an Pablo gewandt.

»Er kommt sofort. Er wollte erst die Verwandtschaft von der Wieler ausfindig machen.«

»Okay, wieso dauert das so lange?«, murmelte Charlotte vor sich hin. Sie fand, dass Thorsten in der letzten Zeit etwas nachlässig war.

Pablo zuckte mit den Schultern. »Keine Ahnung. Die Sache scheint jedenfalls ziemlich klar zu sein. Der Mordanschlag galt nicht Ella Vormwald, sondern Anne Wieler. Verdammtes Pech, würde ich sagen.«

»Oder verdammtes Glück«, widersprach Maren. »Kein Wunder, dass sie zusammengebrochen ist. Obwohl sie ja anfangs gar nicht realisiert hatte, dass sie offensichtlich das Opfer sein sollte. Das ist ihr wohl erst nach einer Weile klar geworden. Vorher hat sie immer nur beteuert, dass sie ihre Freundin nicht umbringen wollte.«

»Ja, typisch Frau, was? Wolltest du doch sagen?« Pablo sah Maren herausfordernd an.

»Wie meinst du das?«

»Na ja, Frauen denken eben immer zuletzt an sich selbst und fühlen sich gerne schuldig. Stimmt's?«

»Stimmt. Leider.«

»Leute«, mischte Charlotte sich ein, »wir dürfen trotzdem nicht nur in eine Richtung ermitteln. Was, wenn der Ehemann unschuldig ist? Und vor allem, wenn er's nicht ist, wie wollen wir es beweisen, wenn er nicht gesteht.«

»Schwierig«, sagte Pablo, »wir können die Tatzeit ja nicht festmachen. Er kann die Flaschen sonst wann präpariert haben.«

»Anne Wieler sagt, dass sie immer zwei Fläschchen in der Tasche hat, falls sie mal wieder Probleme mit dem Magen bekommt. Und zu Hause stehen immer einige Fläschchen im Kühlschrank«, sagte Maren. »Und man kann sie relativ einfach präparieren, weil sie Schraubverschlüsse haben.«

»Eigentlich ist das doch dumm.« Pablo tippte sich an die Stirn. »Da kommt man dem Ehemann doch sofort drauf. Wer soll denn sonst Zugang zu den Fläschchen haben?«

»Wenn sie immer welche in der Handtasche mit sich rumträgt, kann jeder, der das weiß, ein Fläschchen rausnehmen, aufschrauben, Gift reinspritzen, Deckel wieder drauf und Flasche zurück in die Handtasche stecken. Das dauert doch keine zwei Minuten«, sagte Maren. »Die andere Möglichkeit wäre, ein Fläschchen zu präparieren, auf den richtigen Moment zu warten und es einfach in die Tasche zu stecken. Das Zeug kann man ja überall kaufen.«

Charlotte nickte. »Beides möglich. Auf jeden Fall müssen wir herausfinden, wer außer ihrem Mann von dieser Angewohnheit wusste und die Möglichkeit hatte, das Ganze ohne Aufsehen über die Bühne zu bringen.«

»Meine Güte«, murrte Pablo, »wo sollen wir denn da anfangen? Und vor allem, welchen Zeitrahmen stellst du dir da vor? Wir wissen ja nicht, wie lange sie die vergiftete Flasche schon mit sich rumgetragen hat und wo sie sich in den letzten Tagen oder Wochen, oder was weiß ich, rumgetrieben hat.«

»Vielleicht kann uns Herr Dreyer da helfen, wenn er seine Unschuld beweisen will, und davon gehe ich mal aus, auch wenn ich hoffe, dass er einfach gesteht.«

In diesem Moment betrat Thorsten mit triumphierender Miene den Besprechungsraum. Seinen Laptop trug er wie ein Tablett vor sich her.

»Leute, ihr glaubt nicht, was ich rausgefunden habe.«

»Hast du ihre Verwandtschaft ausgegraben?«

»Das auch. Ihre Eltern leben in Celle, ich habe sie schon benachrichtigen lassen. Aber jetzt kommt's: Anne Wieler hat eine Tochter, und diese Tochter ist vor drei Jahren spurlos verschwunden. Da war sie fünfzehn.«

Alle schwiegen betreten. Charlotte leistete insgeheim Abbitte, weil sie Thorsten für nachlässig gehalten hatte.

»Das is 'n Ding.« Pablo lehnte sich zurück und verschränkte die Arme vor der Brust.

»Meine Güte«, Maren war geschockt, »kein Wunder, dass sie die Fassung verloren hat. Wieso hat sie das denn bloß nicht erwähnt?«

»*Weil* sie die Fassung verloren hat«, sagte Charlotte.

»Nachvollziehbar.« Thorsten setzte sich und klappte seinen Laptop auf. »Ich habe jedem von euch die Akte geschickt. In groben Zügen kläre ich euch schon mal auf. Verena Wieler, wohnhaft bis zu ihrem Verschwinden bei den Großeltern Monika und Hubert Wieler in Celle, Mutter Anne Wieler, Vater unbekannt. Das Mädchen ist vor drei Jahren von einer Party verschwunden und nicht wiederaufgetaucht. Man hat ihren Freund, die Partybesucher, ihre Freundinnen und Klassenkameraden befragt, die alle wie vor den Kopf geschlagen waren. Niemand hatte mitbekommen, wann und wie sie von der Party verschwunden war. Ihr Freund hat ein Alibi, laut Zeugenaussagen war er einer der Letzten, die die Party verlassen hatten. Das war so gegen halb eins. Er wollte Verena auf seinem Moped mit nach Hause nehmen, aber sie war schon weg. Das hat er ausgesagt. Seine Freunde schwören Stein und Bein, dass sie alle die ganze Zeit zusammen waren. Dass Verena nicht mehr da war, war ihnen nicht aufgefallen, schließlich waren ja mehrere Leute da, und man hockt ja nicht immer zusammen. So hat er sich ausgedrückt. Verenas Freundinnen haben ausgesagt, dass sie bis halb elf mit ihnen im Garten bei der Schaukel gesessen hat, irgendwann war sie einfach weg. Wahrscheinlich musste sie mal, oder was auch immer, und ist dann mit irgendwem nach Hause. Sie haben sich zwar gewundert, dass sie sich nicht verabschiedet hatte, aber sie hatte wohl ziemlich einen im Tee. Vielleicht war ihr auch schlecht geworden.«

Thorsten blickte von einem zum anderen. »Na, was sagt ihr?«

»Das ist mysteriös«, sagte Maren nach einer Weile.

»Allerdings«, stimmte Charlotte zu. »Und plötzlich erscheint unser Fall in einem neuen Licht. Ob es da jemand auf die Familie abgesehen hat?«

»Möglich«, sagte Bremer.

»Was haben die Großeltern ausgesagt?«, fragte Maren.

»Der Großvater wird offensichtlich nicht damit fertig. Es lag eine Anzeige gegen ihn vor, weil er den Freund von Verena gestalkt hat. Er war überzeugt davon, dass er was mit dem Verschwinden seiner Enkelin zu tun haben musste. Ansonsten konnten sie zur Aufklärung nichts beitragen. Verenas Vater lebt wohl irgendwo im Ausland. Er weiß nichts von seinem Kind, und laut Aussage der Großeltern soll das auch so bleiben. Sie hatten wohl Angst, ihre Enkeltochter zu verlieren.«

»Warum lebte Verena nicht bei der Mutter?«

»Weil der Stiefvater, Ben Dreyer, wohl keine Lust auf eine Stieftochter hatte.«

»Wie nett«, schnaufte Maren, »und die Mutter hat sich darauf eingelassen?«

»Offensichtlich. Das Arrangement war wohl für alle das Beste, vor allem für Verena. Das hat die Großmutter gesagt.«

»Hm.« Charlotte stützte grübelnd das Kinn auf ihre gefalteten Hände. »Das kann etwas mit dem Mordversuch an Anne Wieler zu tun haben. Muss aber nicht. Wir müssen in alle Richtungen ermitteln. Und wir müssen mit Anne Wielers Eltern sprechen.«

»Ja, aber der Hauptverdächtige ist immer noch der Ehemann«, sagte Pablo.

»Welches Motiv hätte er denn eigentlich?«, fragte Maren.

»Seine Firma ist pleite«, sagte Thorsten.

»Und Anne Wieler hat eine Lebensversicherung, das steht in den Akten zu Verenas Vermisstenfall. Jetzt, wo die Tochter weg ist, würde wohl ihr Mann erben. Neunzigtausend Euro wären im Falle von Anne Wielers Tod fällig, oder wenn sie fünfundsechzig wird.«

»Na, keine schlechte Partie. Das würde sich doch schon mal lohnen.« Pablo schürzte die Lippen.

»Sei nicht so sarkastisch«, ermahnte ihn Maren. »Eine Frau ist tot.«

»Ja, ist ja gut.« Pablo verdrehte die Augen. »Du bist aber auch empfindlich.«

»Kann es sein, dass Ben Dreyer zuerst Verena beseitigt hat und dann seine Frau umbringen wollte, wegen neunzigtausend Euro?« Charlotte blickte ungläubig drein. »Das wäre doch ziemlich verdächtig. Das kann er sich doch denken, dass da nachgeforscht wird.«

»Oh Mann, Charlotte, wenn's um Geld geht, setzt bei manchen Leuten der Verstand aus«, sagte Maren. »Immer vorausgesetzt, sie haben ein bisschen davon.«

Da musste Charlotte ihr recht geben.

»Wie auch immer, Leute. Wir müssen noch einiges recherchieren und rausfinden, wo Anne Wieler sich in den letzten Tagen vor dem Anschlag aufgehalten hat. Wer weiß, wann sie wieder ansprechbar ist. Thorsten, du nimmst bitte Kontakt mit den im Vermisstenfall Verena ermittelnden Beamten auf. Ich werde mich mit Anne Wielers Eltern unterhalten.« Charlotte stand seufzend auf. »Ich hoffe, dass wir nach der Befragung von Ben Dreyer schlauer sind. Vielleicht haben wir ja Glück, und er gesteht. Wenn nicht, wird er zumindest bei unseren Ermittlungen mithelfen. Schon aus eigenem Interesse.«

»Dazu müssten wir ihn aber erst mal ausfindig machen«, murmelte Thorsten, griff nach seinem Laptop und folgte den anderen hinaus.

Charlotte fuhr zur Medizinischen Hochschule, wo Hubert und Monika Wieler am Bett ihrer schlafenden Tochter saßen. Man hatte ihr ein Beruhigungsmittel verabreicht, sodass Charlotte nicht wie gehofft mit ihr reden konnte. Charlotte betrachtete die junge Frau, die jetzt ganz entspannt in ihrem Bett lag. Eine hübsche Frau, dachte Charlotte und betrachtete das ebenmäßige

Gesicht mit den vollen Lippen und der makellosen Haut, das hässliche Veilchen mal ausgenommen.

Die Mutter, eine attraktive Frau mit kastanienbraunem, vollem Haar und tiefen Falten auf der Stirn, saß neben dem Bett und hielt die Hand ihrer Tochter. Der Vater stand mit gebeugten Schultern hinter ihr, die zitternden Hände auf ihre Schultern gestützt. Er war unrasiert und trug ein fleckiges kariertes Hemd und eine hellblaue, viel zu große Stoffhose, die seinen mageren Körper noch betonte.

Charlotte stellte sich vor und reichte beiden die Hand. »Wie geht es ihr?«, fragte sie leise.

»Sie schläft, wie Sie sehen. Wir konnten noch gar nicht mit ihr sprechen. Und wo ist eigentlich ihr nichtsnutziger Mann? Der hat ihr doch bestimmt das blaue Auge verpasst. Ist sie seinetwegen hier?«

»Das wissen wir noch nicht«, antwortete Charlotte.

Monika Wieler stand auf und sah Charlotte mit dunklen Augen streng an. »Vielleicht können Sie uns dann endlich erklären, was genau passiert ist. Man hat uns nur gesagt, dass Anne einen Nervenzusammenbruch hatte, und als wir angekommen sind, sehen wir, dass eine Polizistin vor ihrem Zimmer sitzt. Was sollen wir davon halten? Geht es um Verena? Gibt es neue Erkenntnisse? Ist Anne deshalb zusammengebrochen?«

Viele Fragen. »Nein, es gibt keine neuen Erkenntnisse«, sagte Charlotte leise. »Kommen Sie, wir sollten uns draußen unterhalten.«

Monika Wieler zögerte und warf einen Blick auf ihre schlafende Tochter.

»Wir müssen uns dringend unterhalten. Es ist besser, wenn Ihre Tochter sich noch eine Weile ausruhen kann. Die Beamtin vor der Tür passt solange auf sie auf.«

Monika Wieler, die offensichtlich in dieser Familie die Entscheidungen traf, nickte, und die beiden folgten Charlotte hinaus. Eine Schwester führte die drei in einen kleinen, wenig genutzten Besucherraum, wo sie ungestört reden konnten.

Hubert Wieler schien sich kaum auf den Beinen halten zu können, sodass Charlotte ihm eilig einen Stuhl hinschob. Sie und Monika Wieler setzten sich ebenfalls. Charlotte räusperte sich, wusste nicht recht, wie sie den beiden alten Leuten beibringen sollte, dass nach dem Verschwinden ihrer Enkelin nun jemand ihrer Tochter nach dem Leben trachtete.

»Wie es aussieht, hat jemand versucht, Ihrer Tochter Gift zu verabreichen.«

Monika Wieler griff sich an den Hals. »Wie bitte? Wie denn? Wer denn? Etwa ihr Mann? Und was denn für Gift?« Sie schnappte nach Luft, während ihr Mann Charlotte schweigend mit schreckgeweiteten Augen ansah.

»Wahrscheinlich war eines ihrer Fläschchen mit Magenbitter mit Pflanzengift versetzt.«

»Du lieber Himmel«, hauchte Monika Wieler. »Ja, Anne hat immer etwas von diesem Gebräu dabei. Furchtbar bitter, aber sie sagt, ihr helfen sie, wenn ihr übel ist.« Monika Wieler schluckte heftig. »Wissen Sie, seit ihre Tochter, unsere Enkelin, verschwunden ist, hat sie Magenprobleme.« Sie schwieg einen Moment, schien zu überlegen. »Das war doch ihr Mann, dieser Schurke.« Sie sprang auf, während ihr Mann in seinem Schoß die Fäuste ballte.

»Das wissen wir noch nicht, wir suchen nach ihm. Haben Sie eine Ahnung, wo er sich aufhalten könnte?«

»Natürlich«, schnaubte Monika Wieler, »bei einer seiner Nutten am Steintor.«

Charlotte stand auf. »Entschuldigen Sie mich einen Moment.« Sie ging vor die Tür und rief Pablo an. »Ich hab gerade den Hinweis bekommen, dass Ben Dreyer sich am Steintor aufhalten könnte. Überprüf das bitte.«

Sie drückte das Gespräch weg, ohne eine Antwort abzuwarten, und ging wieder in den Raum, wo die beiden Wielers sich schweigend gegenübersaßen. Monika streichelte beruhigend die Hand ihres Mannes. Charlotte hatte bereits realisiert, dass Hubert Wieler zumindest schwach dement war. Er hatte die ganze Zeit noch kein einziges Wort gesagt. Nur mit traurigen Augen vor sich hin gestarrt.

Charlotte setzte sich wieder hin. »Gibt es einen Grund, warum Sie Ihren Schwiegersohn im Verdacht haben, Ihre Tochter zu vergiften?«

Monika Wieler zuckte mit den Schultern. »Er ist ein Idiot! Wir haben sie immer vor dieser Ehe gewarnt.«

»Ich meine, gibt es ein Mordmotiv? Ist Ihre Tochter vermögend?«

»Tz, nein, dafür hat dieser Mensch schon gesorgt. Er hat ja nicht nur sein Geld, sondern auch ihres zum Fenster rausgeworfen.«

»Sie wissen also nichts von der Lebensversicherung Ihrer Tochter?«, fragte Charlotte.

Monika Wieler blickte Charlotte ungläubig an.

»Hat dieser Kerl es doch geschafft.« Sie verzog verärgert den Mund. »Anne war und ist einfach schwach«, murmelte sie vor sich hin.

Charlotte räusperte sich. »Soweit ich weiß, wird Ihre Enkeltochter Verena seit drei Jahren vermisst.«

Monika Wieler sah abrupt auf. »Glauben Sie, dass diese Sache was mit dem Verschwinden von Verena zu tun hat?«

»Das wissen wir nicht, aber wir müssen alle Möglichkeiten in Betracht ziehen. Was ist zum Beispiel mit dem Vater von Verena? Kennen Sie ihn?«

»Nein, wir kennen ihn nicht. Anne hat nie mehr von ihm gesprochen.« Monika Wieler lächelte wehmütig. »Er ist wohl ins Ausland gegangen, bevor er wusste, dass Anne schwanger war.«

»Haben Sie nicht versucht, ihn dort ausfindig zu machen?«

Monika Wieler schüttelte den Kopf. »Nein, Anne wollte es nicht. Er war älter als sie, über zwanzig Jahre, und er war verheiratet. Das war wohl auch ein Grund, warum Anne nichts von ihm wissen wollte. Sie war siebzehn, als sie schwanger wurde, und wollte das Kind für sich alleine haben.« Monika

Wieler lachte auf. »Sie hat wohl damals gedacht, ein Kind ist eine Puppe, ein Spielzeug. Sie war einfach zu unreif. Und außerdem, wir waren glücklich so, wie es war. Verena hatte eine gute, glückliche Kindheit bei uns in Celle, wir haben ihr alles gegeben. Es hätte doch niemandem genützt, am allerwenigsten Verena, wenn der Vater sich noch in ihr Leben eingemischt hätte.« Sie musterte Charlotte. »Warum fragen Sie nach Verenas Vater? Glauben Sie, er hat was mit dieser Sache zu tun?«

»Vermutlich nicht«, antwortete Charlotte. »Ich versuche mir nur ein Bild von Ihrer Tochter zu machen. Hat sie Feinde, oder gibt es jemanden, der von ihrem Tod profitieren würde?«

Monika Wieler schüttelte nachdenklich den Kopf. »Nein, beim besten Willen, da fällt mir niemand ein, höchstens ihr Nichtsnutz von Ehemann. Allerdings wäre das ziemlich dumm von ihm. Er lebt doch von ihrem Gehalt. Nur ... die Lebensversicherung ... das könnte ein Grund sein. Jetzt, wo Verena verschwunden ist ...« Sie kniff die Augen zusammen. »Könnte es sein, dass er zuerst Verena ...?« Monika Wielers Augen wurden immer größer. »Oh Gott, wenn das stimmt, dann ...«

»Das ist unwahrscheinlich«, unterbrach sie Charlotte hastig. »In den Akten steht, dass er zum Zeitpunkt von Verenas Verschwinden mit seiner Frau, Ihrer Tochter, zusammen war.«

Für einen Moment schwiegen alle.

»Wie war das damals, als Verena verschwand?«, fragte Charlotte dann.

Monika Wieler seufzte, und ihr Mann wurde unruhig.

»Lass uns zu Anne gehen«, krächzte er und ergriff ihre Hand.

»Ja, wir gehen gleich«, sagte Monika Wieler und an Charlotte gewandt: »Er regt sich immer auf, wenn von Verena die Rede ist. Er kommt einfach nicht darüber hinweg ... genauso wenig wie ich«, fügte sie nach kurzem Zögern hinzu. »Wissen Sie, wir wollen eigentlich nicht mehr darüber reden, es ist zu schmerzhaft. Ich kann Ihnen auch nicht mehr sagen als Ihren Kollegen damals. Sie haben wirklich alles versucht, aber sie ist immer noch verschwunden. Wie soll man mit so etwas zurechtkommen?«

»Das verstehe ich natürlich. Sie haben also nach wie vor keine Vorstellung, was damals geschehen sein könnte?«

»Nein«, Monika Wieler stand auf, »und wir würden jetzt gern wieder zu unserer Tochter gehen.«

Sie nahm den Arm ihres Mannes. Er erhob sich schwerfällig und folgte seiner Frau mit gebeugten Schultern hinaus.

Charlotte blieb mit schweren Gedanken zurück. Sie hatte keine eigenen Kinder, aber Rüdigers Sohn Jan war ihr sehr ans Herz gewachsen. Bei der Vorstellung, er würde einfach verschwinden, verkrampfte sich alles in ihr. Sie hatte den Eindruck, dass Anne Wieler das Verschwinden ihrer Tochter weit besser verkraftet hatte als ihre Eltern. Aber vielleicht sah das nur so aus.

Die ganze Angelegenheit war jedenfalls mehr als rätselhaft. Und Charlotte hatte das unbestimmte Gefühl, dass das Verschwinden von Verena und der Mordanschlag auf ihre Mutter irgendwie zusammenhingen. Vielleicht würde eine spätere Befragung von Anne Wieler etwas Licht ins Dunkel bringen.

SIEBEN

Ben Dreyer war am frühen Freitagmorgen gegen vier Uhr sturzbetrunken vor der Wohnung in Linden aus einem Taxi gestiegen und aufgegriffen worden. In den einschlägigen Kneipen am Steintor war er nicht gefunden worden. Nun schlief er seinen Rausch in einer Ausnüchterungszelle der KFI aus.

Charlotte hatte am Donnerstagabend ihrer Mutter einen Besuch abgestattet. Sie hatte etwas schmallippig reagiert und verkündet, dass sie in drei Monaten die Wohnung schräg gegenüber von Charlottes Bleibe beziehen würde. Charlotte schluckte zwar, teilte aber tapfer eine Flasche Sekt mit ihrer Mutter. Kurz vor Mitternacht hatte sie noch mit Bergheim telefoniert, war danach todmüde ins Bett gefallen und in einen komaähnlichen Schlaf gesunken. Nach einem verstörenden Traum über einen Oleanderblüten kauenden Bergheim wachte sie auf. Ihr Handy zeigte sechs Uhr dreißig, als sie mit Kopfschmerzen aus dem Bett stieg. Meine Güte, dachte sie nur, was war das bloß für ein Sekt gewesen, den ihre Mutter ihr da serviert hatte. Charlotte konnte sich noch erinnern, dass sie ihn für zu süß befunden hatte. Daher wahrscheinlich die Kopfschmerzen.

Sie duschte und zog ihre Jeans und ein T-Shirt an. Draußen schien die Sonne. Der Frühling hatte endgültig Einzug gehalten. Charlotte stand in ihrer Küche, eine Tasse Milchkaffee in der Hand, und registrierte wohlwollend die wärmenden Strahlen der Sonne, die Lichtstreifen auf ihre Küchenmöbel malten. Sie vermisste Rüdiger, und sie fragte sich, was aus ihrer Beziehung werden sollte, wenn er weiterhin den Einsiedler spielte. Sie goss den Rest ihres Milchkaffees in die Spüle und machte sich auf den Weg zur KFI, wo Ben Dreyer auf sie wartete und hoffentlich noch stärkere Kopfschmerzen hatte als sie.

Um halb elf saßen Charlotte und Thorsten Bremer einem finster dreinblickenden Ben Dreyer gegenüber, und Charlotte stellte mit Genugtuung fest, dass er noch schwer angeschlagen war. Er war gegen halb zehn aufgewacht und hatte wütend gegen die Zellentür gehämmert, sich über den Polizeistaat beschwert, der einen unbescholtenen Bürger einfach so einsperren konnte, und nach einem Anwalt verlangt. Thorsten hatte ihm zwei belegte Brötchen, eine Tasse Kaffee und eine Flasche Wasser hingestellt. Der Anwalt ließ noch auf sich warten.

Ben Dreyer griff nach der Wasserflasche, nahm ein paar kräftige Schlucke und fühlte sich danach derart gestärkt, dass er anfing zu stänkern.

»Das ist Freiheitsberaubung! Ich will sofort wissen, warum Sie mich hier festhalten.«

»Das hat mein Kollege Ihnen doch schon ausführlich mitgeteilt«, sagte Charlotte ruhig.

»Pah, Zeugenbefragung. Wofür soll ich denn bitte Zeuge sein?«

Charlotte musterte Ben Dreyer angewidert. »Auf Ihre Frau wurde ein Mordanschlag verübt. Interessiert es Sie gar nicht, wie es ihr geht?«

»Sie spinnen doch. Wer sollte denn Anne ermorden wollen? Tz.« Er griff wieder nach der Wasserflasche.

»Da fällt Ihnen also niemand ein?« Charlotte warf ihm einen unschuldigen Blick zu.

Dreyer setzte die Flasche ab und knallte sie heftig auf den Tisch. »So ist das also. Ich werde hier verdächtigt. Von wegen Zeugenbefragung. Wo ist mein Anwalt?«

»Niemand verdächtigt Sie, aber Sie werden wohl verstehen, dass wir ermitteln müssen und Fragen stellen.«

»Ja, klar, und der Ehemann ist ja immer der Hauptverdächtige.« Ben Dreyer ruckte nach vorn, nah an Charlotte heran. »Jetzt hören Sie mir mal zu! Ich bin heute Morgen von einer Feier zurückgekommen und von zwei Polizisten von meiner Haustür weggezerrt worden. Sie haben was gefaselt von meiner

Frau, die einen Nervenzusammenbruch hatte und im Krankenhaus liegt. Und jetzt erzählen Sie mir was von Mordanschlag. Jau! Das sieht Anne ähnlich, ordentlich viel Aufwand um sich betreiben. Die hat doch andauernd irgendwelche Panikattacken und fühlt sich verfolgt. Das ist doch alles bloß Theater. Ich werde jetzt gehen. Sie können mich mal!« Er stand auf und wollte den Raum verlassen, doch Thorsten packte ihn am Schlafittchen und drückte ihn wieder auf den Stuhl.

Charlotte musterte den Mann, und leiser Zweifel regte sich in ihr. Ben Dreyer, so unsympathisch er war, schien keine Ahnung zu haben von dem, was der Freundin seiner Frau zugestoßen war. Für eine so gelungene Vortäuschung von Ahnungslosigkeit war er einfach nicht clever genug. Trotzdem, er blieb verdächtig.

»Kennen Sie Ella Vormwald?«

»Klar, ist 'ne Freundin von Anne. Aber nicht mein Typ, wenn Sie mir da was unterstellen wollen.«

»Sie wissen also nicht, dass Ella Vormwald tot ist?«

Ben Dreyer gab einen undefinierbaren Laut von sich und starrte Charlotte ungläubig an.

»Tatsächlich. Das ist mir neu.« Er lehnte sich zurück und verzog den Mund. »Deswegen also der Nervenzusammenbruch von Anne.«

»Sie wollen also sagen, dass Sie keine Ahnung davon hatten, dass Ihre Frau ihre Freundin als vermisst gemeldet hat und dass am letzten Samstag eine Frau tot im Theater am Aegi gefunden wurde?«

»Das war Ella? Teufel auch.« Ben Dreyer griff nach dem Becher mit dem mittlerweile kalten Kaffee, trank einen Schluck und verzog angewidert den Mund. »Der ist ja kalt.«

Charlotte warf Thorsten einen Blick zu. Er schien das Gleiche zu denken wie sie: Entweder war er wirklich so ahnungslos oder ein brillanter Schauspieler.

»Dann wissen Sie wohl auch nicht, dass statt Ella Vormwald jetzt eigentlich Ihre Frau tot in der Pathologie liegen sollte.«

Ben Dreyer hob die Augenbrauen und schwieg einen Moment. Man konnte erahnen, wie die Gedanken durch seinen Kopf rasten.

»Woher wissen Sie das? Ich sage jetzt überhaupt nichts mehr, bevor ich nicht ganz genau weiß, was hier gespielt wird.«

»Sie wissen aber schon, dass Ihre Frau immer kleine Fläschchen mit Magenbitter in ihrer Tasche hat.«

Ben Dreyers zusammengekniffene Augen flitzten von Charlotte zu Thorsten und wieder zurück. Dann schien ihm ein Licht aufzugehen. Er zuckte mit den Schultern.

»Na, kommen Sie schon. Wie lange sind Sie mit Anne Wieler verheiratet? So was weiß man von seiner Partnerin.«

Ben Dreyer schwieg.

»Einem dieser Fläschchen wurde Gift zugesetzt.«

Ben Dreyer nickte langsam. »So, und jetzt denken Sie, das kann ja nur der Ehemann gewesen sein.« Er umfasste mit den Händen die Tischkante und beugte sich bedrohlich vor. »Vergessen Sie 's.« Dann stand er auf. »Ich gehe jetzt. Es sei denn, Sie haben irgendwelche Beweise für Ihre Behauptung.« Er blickte fragend von Charlotte zu Thorsten. »Nein? Das dachte ich mir.« Er wandte sich zur Tür. Der Uniformierte stellte sich ihm in den Weg. Ben Dreyer blickte zurück zu Charlotte.

»Setzen Sie sich wieder hin. Wir haben noch Fragen, oder wollen Sie eine Anzeige wegen Behinderung der Ermittlungen?«

Ben Dreyer stemmte die Hände in die Hüften. »Was wollen Sie denn von mir? Ermittlungen sind doch Ihre Sache.«

»Wenn Sie unschuldig sind, sollte Ihnen doch daran gelegen sein, den Schuldigen zu finden, oder nicht? Ganz davon abgesehen, dass Sie doch sicher wissen wollen, wer Ihre Frau umbringen will.«

Ben Dreyer verdrehte die Augen. »Echt, ich glaube diesen Scheiß sowieso nicht.«

»Ella Vormwald ist gestorben, nachdem sie eine Flasche Magenbitter getrunken hat, die offensichtlich für Ihre Frau bestimmt war.«

Dreyer kicherte unangemessen, drehte bei und setzte sich wieder.

»Jau, dieser Magenbitter ist voll tödlich. Sowieso meine Meinung.«

»Wollen Sie sagen, dass Ihre Frau die Flasche mit Gift präpariert hat?«

Dreyer kicherte wieder. »Dann bestimmt aus Schusseligkeit.«

»Können Sie uns sagen, wer von der Gewohnheit Ihrer Frau wusste?«

»Ihre Freundin, ihre Kollegen, keine Ahnung.«

»Namen, Adressen?«

»Pff, das weiß ich doch nicht, wieso fragen Sie Anne nicht selbst? Sie ist doch nicht im Koma oder so was?« Er blickte Charlotte fragend an.

»Interessiert Sie das überhaupt?«, konnte Charlotte sich nicht verkneifen zu fragen.

In diesem Moment betrat der Anwalt den Raum, was Ben Dreyer die Antwort ersparte.

»Oh Mann, wurde auch Zeit, dass du kommst.«

»Dr. Gotthard«, stellte der Anwalt sich vor und reichte jedem die Hand. »Sie erlauben, dass ich mich kurz allein mit meinem Mandanten unterhalte.«

»Natürlich.«

Die drei Beamten verließen den Raum.

»Was meinst du?«, fragte Charlotte Thorsten. »Lügt er?«

»Ich glaube nicht. Er scheint wirklich keine Ahnung zu haben. Davon ganz abgesehen, selbst wenn er eine Ahnung hätte. Wir haben nichts gegen ihn in der Hand, das hat er schon richtig erkannt. Wir können ihn nicht mal nach einem Alibi fragen. Also, wenn er sie wirklich umgebracht hat, dann hat er das verdammt gut geplant. Die Flasche haben wir auch nicht, also ist nichts mit Fingerabdrücken.«

»Er hat gar nicht gefragt, um welches Gift es sich handelt.« Charlotte zupfte gedankenverloren an ihrer Unterlippe. »Vielleicht, weil er es weiß?«

»Ich glaube eher, dass es ihn einfach nicht interessiert. Der will nur raus aus der Schusslinie.«

»Wie auch immer. Die beiden hatten jetzt Zeit genug.« Sie ging mit Thorsten zurück in den Vernehmungsraum, wo Dreyer und Dr. Gotthard sich gerade erhoben. »Wenn ich das richtig sehe«, sagte Gotthard, »liegt gegen meinen Mandanten nichts vor. Es gibt also keinen Grund, ihn länger festzuhalten.«

Die beiden wandten sich zur Tür.

»Sie bleiben bitte für weitere Fragen erreichbar«, sagte Charlotte.

Dreyer hob grinsend die Hand. »Geht klar.«

»Was meinst du?« Charlotte trommelte mit den Fingern auf die Tischplatte. »Vielleicht sollten wir ihn observieren.«

Thorsten zuckte mit den Schultern.

»Das wird uns nicht weiterbringen. Und ich glaube nicht, dass er abhaut. Wir haben ja nichts in der Hand. Die Spusi hat die ganze Wohnung auf den Kopf gestellt. Keine Spur von Gift, keine Spritze, nicht mal ein paar Drogen, deretwegen man ihn einlochen könnte. Fehlt nur noch die Analyse von diesem Magenbitter, das wollte mir Leo durchgeben, aber da ist ja wohl nichts zu erwarten, wenn sie seitdem wieder davon getrunken hat.«

»Vielleicht sollten wir Anne Wieler nicht aus dem Fokus verlieren.«

Thorsten sah Charlotte zweifelnd an. »Glaubst du wirklich, dass sie ihre Freundin umgebracht hat? Auf solche Weise? Nie im Leben. So dumm ist sie nicht, dass sie ihr das Gift sozusagen selbst verabreicht. Und außerdem … ich glaube, dass sie das Ganze wirklich umgehauen hat. Einen Nervenzusammenbruch glaubhaft vorzutäuschen ist nicht so einfach.«

»Ach ja?« Charlotte stand auf. »Wahrscheinlich hast du recht. Aber wir werden trotzdem nichts und niemanden von den Ermittlungen ausschließen. Hat Maren sich gemeldet?«

»Ja, sie ist heute Morgen zur MHH gefahren. Anne Wieler

scheint es besser zu gehen. Jedenfalls konnte sie mit ihr sprechen.«

»Na gut, dann warten wir eben, bis Maren zurückkommt. Zwischenzeitlich werde ich mich mal mit dem leitenden Ermittlungsbeamten im Fall Verena unterhalten.«

***

Maren besprach sich mit Annika Niemann, der Polizistin, die vor Anne Wielers Tür Wache hielt. »Du kannst kurz Pause machen«, sagte sie. »Ich übernehme hier, muss ihr noch ein paar Fragen stellen.«

»Okay.« Annika Niemann gähnte. »Ich geh dann mal in die Cafeteria und hol mir einen Kaffee.«

Maren klopfte an die Tür und betrat das Zimmer, in dem Anne Wieler allein auf ihrem Bett saß und aus dem Fenster starrte. Als sie Maren erblickte, zog sie die Decke bis an ihr Kinn hoch, als wollte sie sagen, dass sie keine Lust hatte, zu reden.

»Hallo, Frau Wieler, wie geht es Ihnen heute?«, fragte Maren, schloss die Tür hinter sich und zog einen Stuhl vom Fenster heran.

»Wie soll es mir schon gehen?« Sie schob die Decke wieder weg und seufzte. »Ich liege im Krankenhaus, eine Polizistin sitzt vor der Tür und muss auf mich aufpassen, meine Freundin ist tot, und jemand versucht mich umzubringen. Das ist doch alles nicht wahr!« Sie schluchzte auf. »Wie soll man denn damit bloß zurechtkommen?«

Maren legte ihre Hand auf Anne Wielers Arm. »Wir tun alles, was wir können, um das zu lösen. Sie helfen uns am besten, wenn Sie alle Fragen möglichst genau beantworten.«

Anne Wieler nickte, kramte ein Tempotaschentuch aus der Schublade ihres Tisches und schnäuzte sich ausgiebig. »Ich versuch's ja. Aber ich habe keine Ahnung, was ich Ihnen sagen kann.«

Maren legte ihr Handy auf die Bettdecke. »Wir nehmen das

Gespräch auf, wenn Sie nichts dagegen haben. Dann geht nichts verloren.«

Anne Wieler warf einen misstrauischen Blick auf das Handy, sagte aber nichts.

»Zuerst gehen wir am besten Ihre Kontakte, sagen wir, der letzten zwei Wochen durch.«

»Du meine Güte.« Anne Wieler fasste sich an die Stirn. »Sie meinen, überall, wo ich gewesen bin? Da muss ich nachdenken. In der Schule natürlich, dann beim Spinning und einkaufen ... und bei meinen Eltern in Celle. Aber das zählt wohl nicht, was?«

Maren nickte nur. »Haben Sie eine Vorstellung, wie die vergiftete Flasche in Ihre Tasche gekommen ist?«

»Also wirklich, das kann überall gewesen sein, immer, wenn ich meine Tasche dabeihabe. Die bewache ich doch nicht andauernd.«

»War es das gleiche Fläschchen wie die, die Sie immer bei sich haben?«

»Ja, natürlich. Ich hätte doch gestutzt, wenn es ein anderes gewesen wäre.«

»Wer weiß denn von dieser Angewohnheit?«

Anne Wieler überlegte. »Eigentlich alle im Kollegium. Die machen sich ja auch immer darüber lustig, von wegen Alkohol trinken während der Arbeitszeit und so. Aber Klosterfrau Melissengeist hat bestimmt genauso viel Alkohol.«

»Sie brauchen sich nicht zu rechtfertigen. Ein Magenbitter ist Medizin. Den trinkt man ja nicht zum Spaß, oder?«, sagte Maren in dem Bemühen, einen Scherz zu machen. Leider konnte Anne Wieler nicht darüber lachen.

»Ach, doch«, murmelte sie. »Im Theater haben Ella und ich schon Spaß gehabt. Sie hätte normalerweise gar keinen getrunken. Aber ich dachte ...« Sie senkte den Blick. »Wenn ich ihr bloß keinen angeboten hätte.«

»Also wissen eigentlich alle in Ihrem Bekanntenkreis von dieser Angewohnheit?«, fragte Maren eilig, um einen neuen Tränenausbruch zu verhindern.

»Ja, ich glaube schon. Aber ich kann mir wirklich nicht vorstellen, warum jemand so was tun könnte.«

»Wie oft trinken Sie denn eine Flasche, und wie viele haben Sie normalerweise dabei?«

Anne Wieler hob eine Schulter. »Das ist ganz unterschiedlich. Vielleicht komme ich auf zwei, drei Fläschchen in der Woche. So viele habe ich auch meistens dabei.«

»Wissen Sie noch, wann Sie das letzte Mal Fläschchen eingepackt haben?«

»Nein, leider. Und ich werde bestimmt nie wieder eins trinken, egal wie übel mir ist.« Sie legte beide Hände auf den Bauch, wohl damit ihr Magen nicht auf dumme Gedanken kam, und sah Maren schuldbewusst an. »Ich bin Ihnen keine große Hilfe, was?«

Maren lächelte begütigend, obwohl sie Anne Wieler recht geben musste.

»Wollen wir über Ihre Tochter reden. Glauben Sie, dass zwischen ihrem Verschwinden und dem Anschlag auf Sie ein Zusammenhang besteht?«

Anne Wieler machte große Augen. »Nein, das mit Verena ist doch schon vor drei Jahren passiert.«

»Was ist mit Verenas Vater?«

Anne Wieler lachte kurz auf. »Ach, der weiß doch gar nichts von Verena. Wir haben uns auch nur eine Nacht … äh, also das war eine ziemlich wilde Party damals. Wir hatten alle ziemlich viel getrunken. Ich kann mich eigentlich kaum erinnern. Ich hab den Typen jedenfalls nicht wiedergesehen. Der war auch schon älter und, glaube ich, sogar verheiratet. Hat jedenfalls eine Freundin gesagt. Und sie meinte auch, der wäre dann ausgewandert, nach Asien oder so. Schon bevor ich überhaupt wusste, dass ich schwanger war. Na ja, meine Eltern waren zwar anfangs nicht gerade begeistert, dass ich ihnen keinen Vater für ihre Enkelin präsentieren konnte, aber dann waren sie happy, überhaupt Großeltern geworden zu sein, und haben Verena zu sich genommen. Von einem Vater, der ihnen Verena eventuell wegnehmen würde, wollten sie dann gar nichts mehr wissen.«

Maren seufzte innerlich. Das war alles nicht besonders aufschlussreich.

»Haben Sie sonst irgendeine Idee, wo wir weiterforschen könnten?«, fragte sie dann in der Hoffnung, noch eine nützliche Information zu bekommen. Aber Anne Wieler schüttelte den Kopf, wich Marens Blick aus und zog plötzlich wieder die Decke hoch.

»Sind wir jetzt fertig? Ich bin völlig erschöpft.«

Maren sah sie forschend an, hatte das Gefühl, dass Anne Wieler etwas verschwieg. Sie ließ es zumindest vorerst auf sich beruhen, notierte sich aber noch die Namen von Verenas Vater und von den Personen, die eine Möglichkeit gehabt hätten, ein Fläschchen in ihre Tasche zu stecken. Dann stand sie auf, wünschte gute Besserung und verabschiedete sich. Vor der Tür hatte Annika Niemann, die junge Polizistin, wieder Stellung bezogen. Sie saß auf ihrem Stuhl, eine Zeitschrift auf den Knien.

»Na, weitergekommen?«, fragte sie Maren, als sie leise die Tür hinter sich geschlossen hatte.

»Nicht wirklich. Wir suchen eine Nadel im Heuhaufen.«

»Tolle Aussichten«, antwortete Annika Niemann und wandte sich wieder dem Frauen-Magazin zu.

Unterdessen führte Charlotte ein Telefongespräch mit Hauptkommissar Laurentzen von der Kripo in Celle. Charlotte hatte das Gefühl, dass Laurentzen schwer an diesem Fall zu knabbern hatte.

»Ich weiß wirklich nicht, was wir noch hätten versuchen können«, sagte er. »Wir nehmen an, dass irgendjemand sie im Auto mitgenommen hat und dass sie diesen Jemand gekannt hat. Aber niemand hat ein Auto zu der fraglichen Zeit auf der Straße beobachtet. Der Garten des Hauses, in dem die Party stattfand, grenzt an einen Schotterweg, der nach etwa vierhundert Metern auf die Bundesstraße führt. Der Schotterweg wird manchmal von den Einheimischen als Abkürzung zur Bundesstraße benutzt, aber eigentlich ist dort die Durchfahrt verboten. Wenn allerdings im Dunkeln jemand dort langfährt, ist es unwahrscheinlich, dass er gesehen wird. Auf der einen Seite des Weges sind die Gärten, auf der anderen ist der Weg mit dichtem Gebüsch bewachsen, und dahinter ist ein Maisfeld. Es ist wie verhext. Das Mädchen ist wie vom Erdboden verschluckt.«

Charlotte bedankte sich und versprach Laurentzen, ihn auf dem Laufenden zu halten. Als sie den Hörer auflegte, fragte sie sich, ob es überhaupt Sinn machte, sich mit diesem Fall zu beschäftigen. Womöglich hatte die Entführung der Tochter gar nichts mit dem Mordanschlag auf die Mutter zu tun. Aber das wäre dann schon ein verdammt großer Zufall. Dennoch, unmöglich war es nicht.

Es klopfte, und Maren trat ein. Sie trug wie immer Jeans, T-Shirt und Lederjacke. Mit ihrer großen, schlanken Figur, den streichholzkurzen roten Haaren und den wachen Augen verbreitete sie eine Aura von Dynamik.

»Ich hab hier die Liste«, sagte sie und legte einen eng beschriebenen Zettel auf Charlottes Schreibtisch. »Das sind alle Personen, die von Anne Wielers Fläschchen in ihrer Handtasche wussten und mit denen sie in den letzten Wochen Kontakt hatte. Jedenfalls die, an die sie sich erinnert.«

Charlotte griff nach dem Zettel. »Das sind ja ziemlich viele, allein schon in der Schule.«

»Ja, die Schüler nicht mitgerechnet. Sie hat ihre Handtasche auch teilweise mit ins Klassenzimmer genommen. Die Schüler sind allerdings zwischen sechs und zehn Jahren alt und die meisten lernbehindert, sodass wir die ja wohl ausschließen können.«

»Ja, das nehme ich auch an«, murmelte Charlotte.

»Dann war sie beim Spinning«, erklärte Maren weiter. »Das ist eine Gruppe von acht Frauen, die Namen hat sie alle aufgelistet. Die kennen sich alle gut und schließen ihre Taschen im Umkleideraum nicht weg. Das heißt natürlich, dass jeder, der sich während der Spinning-Stunde im Fitnesscenter aufgehalten hat, sich die Tasche und das Fläschchen hätte vornehmen können. Allerdings loggen die sich alle im Computer mit ihrer Mitgliedskarte ein, sodass wir das überprüfen können.«

»Wenigstens etwas. Was ist mit den Leuten, die sich nicht einloggen? Kann sich da jemand einfach durchmogeln?«

»Unwahrscheinlich. Die Rezeption ist ständig besetzt. Die Angestellten, die zu der fraglichen Spinning-Stunde Dienst hatten, sind auch alle aufgelistet.«

Sie wurden von Thorsten unterbrochen, der nach kurzem Anklopfen eintrat. »Leo hat grad angerufen, die restlichen Fläschchen in der Wohnung sind sauber. Enthalten jede Menge Kräuter und etwas Alkohol, aber Oleandrin haben sie nicht gefunden.«

»Na prima«, seufzte Charlotte, »dann müssen wir diese Liste hier abarbeiten. Es sei denn, wir finden noch etwas, das diesen Dreyer belastet.« Charlotte überlegte. »Hat Pablo sich gemeldet?«

Pablo war am Steintor unterwegs, um dort Informationen über Dreyer zusammenzutragen.

»Noch nicht«, sagte Thorsten. »Was ist mit der Liste?«

»Anne Wieler war offensichtlich viel unterwegs und hat ihre Handtasche meistens unbeobachtet überall rumliegen lassen«, sagte Charlotte.

»Ja, so ist das mit Leuten, die zu viel Vertrauen in ihre Mitmenschen haben.« Thorsten hörte sich an wie ein Laienprediger. »Aber wer rechnet denn auch damit, dass einen jemand umbringen will?«

»Na, zumindest lässt man doch seine Brieftasche nicht einfach überall rumliegen, wo jeder drankann. Und die hatte sie auch immer in der Tasche. Ich hab sie gefragt«, sagte Maren.

»Ziemlich leichtsinnig«, sagte Charlotte. »Und was ist hier mit diesem Kosmetikstudio? Was sollen die Fragezeichen?«

»Das sind die Kundinnen, die zur selben Zeit wie Anne Wieler im Studio waren. Vier, die Namen müssen wir noch rausfinden. Dazu kommen die sechs Angestellten.«

»Das sind über vierzig Personen, wenn ich das richtig sehe. Da brauchen wir Unterstützung. Aber ich denke, wir sollten systematisch vorgehen. Mit welchen Personen fangen wir an?«

»Also Anne Wieler schwört Stein und Bein, dass sie keinen Einzigen dieser Leute einer solchen Tat für fähig hält. Sie hat zwar mit einigen mehr Kontakt als mit anderen, aber es gibt niemanden, den sie oder der sie absolut nicht leiden kann. Sagt sie.«

Charlotte rollte mit den Augen. »Als ob man immer weiß, wer einen nicht leiden kann. Und dass man jemanden in seinem Bekannten- oder Freundeskreis hat, von dem man sich vorstellen könnte, dass er Mordgedanken gegen einen hegt, das ist ja wohl unwahrscheinlich.«

»Also«, begann Maren, »vielleicht irre ich mich ja, aber irgendwie bin ich bei dem Gespräch mit ihr das Gefühl nicht losgeworden, dass sie uns nicht alles sagt.«

»Wirklich? Hast du mal ein bisschen gebohrt?«, fragte Thorsten.

»Nein, sie hat dann gleich völlig zugemacht und geschwiegen. Da hab ich mir gedacht, ich lass sie für den Moment in Ruhe. Aber wir sollten auf jeden Fall dranbleiben. Da ist noch was.«

»Hat sie von ihrer verschwundenen Tochter gesprochen?«, fragte Charlotte.

»Nur am Rande. Ich hab sie nach dem Namen des Vaters gefragt, aber sie hat anfangs nur abgewinkt. Das war ein One-Night-Stand auf einer Party. Muss eine ziemlich wilde Nacht gewesen sein. Sie hat ihn jedenfalls nie wiedergesehen, konnte sich kaum an seinen Namen erinnern. Er war wohl um einiges älter als sie. Sie weiß nicht mal, ob er noch lebt, und sie will es auch nicht wissen.«

»Sie glaubt also nicht, dass er was mit dem Verschwinden ihrer Tochter zu tun hat oder mit dem Giftanschlag?«

»Nein, ›der weiß doch gar nicht, dass es sie gibt‹, hat sie gesagt. Außerdem lebt er wohl nicht mehr in Deutschland. Das hat ihr zumindest eine Freundin gesagt, damals, als sie schwanger war.«

»Trotzdem, wir brauchen den Namen.«

»Er heißt Ralf Bokel, oder auch Bockel, das wusste sie nicht mehr so genau.«

»Meine Güte«, Charlotte schüttelte den Kopf, »machen sich solche Frauen auch mal Gedanken darüber, dass die Kinder ein Recht haben, ihre Wurzeln zu kennen? Wie auch immer, wir werden die Leute, mit denen sie Kontakt hatte, überprüfen. Thorsten, du kannst schon mal den Computer befragen, ob jemand polizeibekannt ist, mit denen fangen wir dann an.«

***

Bergheim hatte die Nacht auf einem der Gartenstühle in der Küche verbracht und versucht, ohne Schmerzmittel auszukommen. Wenn der Einbrecher wiederkommen würde, wäre er wach und auf der Hut, den Spaten hatte er griffbereit. Vor der Haustür und den Fenstern hatte er ein paar Scherben von dem alten Geschirr verteilt. Wer immer ins Haus wollte, würde sich verraten. Trotzdem schlief er schlecht, wachte immer wieder auf, einerseits, weil der Gartenstuhl nicht wirklich zum Schlafen geeignet war, andererseits pochte der Schmerz in seinem Arm.

Es war sieben Uhr, als er beschloss, sich in der Bäckerei eine Tasse Kaffee und ein belegtes Brötchen zu gönnen. Und danach würde er sich um das Chaos in seinem Haus kümmern. Im oberen Stockwerk befanden sich noch zwei kleine Räume und das Badezimmer mit den hässlichen grasgrünen Fliesen. Wenigstens war die Toilette intakt, und die Dusche mit der dunkelbraunen Duschwanne war, wenn auch nicht schön, so doch benutzbar. Die beiden anderen Räume waren leer. Außer einer alten Matratze und einer Truhe mit verstaubter Bettwäsche, die der Einbrecher ebenfalls auf dem schmutzigen Boden verteilt hatte, gab es hier nur Spinnweben und Staub, davon allerdings mehr als genug.

Der Einbrecher hatte also genau gewusst, wonach er suchte, es ging nicht um irgendwelche Wertgegenstände wie Schmuck oder Bargeld. Das war Bergheim klar, als er in der Bäckerei am Tisch stand und in sein Käse-Schinken-Brötchen biss. Die Verkäuferin hinter der Theke lächelte ihn müde an. Er war der erste Kunde an diesem Freitagmorgen, aber er würde nicht der einzige bleiben. Soeben betrat eine ältere Dame mit gebeugtem Rücken die Bäckerei. Ihren Hund hatte sie vor der Tür am Fahrradständer angebunden. Sie warf Bergheim einen missbilligenden Blick zu und bestellte dann ein Milchbrötchen.

»Die kann man wenigstens beißen«, sagte sie, nahm die Tüte, die ihr die Verkäuferin über den Tresen reichte, entgegen und verließ mit einem Blick aus zusammengekniffenen Augen auf Bergheim die Bäckerei. Vor der Tür erwartete sie der kleine Hund mit wedelndem Schwanz. Bergheim fragte sich, was das wohl für eine Rasse war, undefinierbar, aber er kannte sich da auch nicht so aus.

Er nahm den letzten Schluck Kaffee, stellte die leere Tasse auf den Tresen, kaufte noch ein Kürbiskernbrot und machte sich dann auf den Heimweg, mit dem Vorsatz, das Haus seines Onkels auf den Kopf zu stellen. Auf jeden Fall würde er heute finden, was der Einbrecher gesucht hatte. Und wenn er dafür eine Wand einreißen musste, dann, in Gottes Namen, würde sie fallen.

***

Charlotte war mit Maren und Pablo zum Essen in die Markthalle gegangen, wo sich alle für gebratenes Rotbarschfilet mit Kartoffelsalat entschieden. Es herrschte wie immer um diese Zeit Hochbetrieb, sodass eine Unterhaltung unmöglich war. Sie gönnten sich noch einen Espresso beim Italiener und machten sich dann auf den Rückweg zur KFI, wo Thorsten dabei war, alle Namen auf Marens Liste zu überprüfen.

Als Charlotte ihr Büro betrat, saß Thorsten an ihrem Schreibtisch, die Arme vor der Brust verschränkt, auf seinem Gesicht ein selbstzufriedenes Grinsen.

»Was ist«, fragte Charlotte, »hast du den Fall gelöst? Oder gibt es einen anderen Grund für dein fröhliches Gesicht?«

»Möglicherweise.« Thorsten beugte sich vor und drehte Charlotte den Bildschirm zu. »Schau mal, was – oder besser: wen – ich gefunden habe.«

Charlotte kniff die Augen zusammen. Auf dem Bildschirm war ein Zeitungsausschnitt mit dem Foto eines etwa sechzigjährigen Mannes mit Halbglatze zu sehen. Darunter stand: »Ralf Bokel, deutscher Software-Entwickler aus Singapur, hält Gastvortrag an der TU Berlin«.

»Wow, welche Zeitung ist das?«

»Handelsblatt, der Artikel ist vier Jahre alt.«

Charlotte überlegte einen Moment. »Wenn es also stimmt, dass er der Vater von Verena ist, dann war er möglicherweise zur Zeit ihres Verschwindens nicht in Singapur, sondern in Deutschland.«

»Es kommt noch besser. Er ist in Hannover gemeldet.«

»Wo wohnt er?«

»In der Loebensteinstraße im Zooviertel, wo sonst. Ich hab euch allen die Adresse gemailt und auch die Liste der Kontaktpersonen von der Wieler, über die es eine Akte gibt. Sind nur zwei. Die Akten könnt ihr selber abrufen.«

»Super, Thorsten. Dann kannst du Pause machen. Wir übernehmen jetzt.«

Pablo, Maren und Charlotte hatten sich im Besprechungszimmer versammelt, um die Liste der zu befragenden Personen aufzuteilen.

»Maren, du nimmst am besten die Frauen im Kosmetikstudio …«

»Kann ich das nicht machen?«, feixte Pablo.

»Auf keinen Fall«, sagte Charlotte und schnalzte mit der Zunge.

»Das hättest du wohl gerne«, raunte Maren, und an Charlotte gewandt: »Wie sollen wir denn überhaupt vorgehen? Wir können ja nicht mit der Tür ins Haus fallen und fragen, ob sie einer Kundin ein Fläschchen mit Gift untergejubelt haben ...«

»Nein, versuch erst mal rauszufinden, wer überhaupt von dieser Angewohnheit wusste, ob jemand dort eine besondere Beziehung zu Anne Wieler hat. Wie genau die Person sie kennt, ob sie eine gewisse Vorliebe für sie hat oder eine Abneigung. Wichtig ist auch, ob sie immer von derselben Kosmetikerin behandelt wurde oder ob sie wechseln.

Wir müssen uns langsam vorantasten, du weißt, was ich meine, kein Täterwissen preisgeben. Dass es ein Mordanschlag auf sie war, ist ja glücklicherweise bei den Medien noch nicht durchgedrungen, und das soll vorerst so bleiben.«

»Über eine der Kosmetikerinnen, Sara Dirkhammer, neunundzwanzig Jahre alt, gibt es eine Akte, sie ist vor zwei Jahren im Zusammenhang mit Kokainkonsum und Ladendiebstahl aufgefallen, wobei das eine wohl die Ursache des anderen war. Da werde ich mal genauer nachfragen.« Maren hielt den Blick auf ihren Computerbildschirm gerichtet und klickte sich durch die Akte von Sara Dirkhammer.

»Soll ich mich dann um das Lehrerkollegium kümmern?« Pablo verzog den Mund. »Mach ich nur, wenn ich muss, ich hab's nicht so mit Lehrern.«

»Wieso? Hast du Angst vor ihnen?«, fragte Charlotte.

»Angst trifft es nicht, eher schlechte Erfahrungen.«

Maren kicherte. »Kann ich mir denken.«

»Das ist doch gut«, sagte Charlotte, »dann bist du ja genau der Richtige, um ihnen auf den Zahn zu fühlen. Schön misstrauisch.«

»Stimmt auch wieder.« Pablo schien der Sache jetzt durchaus ihre positive Seite abzugewinnen. »Einer der Lehrer ist auch aktenkundig, allerdings nur im Zusammenhang mit einer Zeugenaussage. Hat eine Schlägerei vor dem Treibhaus in der List beobachtet und die Polizei alarmiert.«

»Na, das ist doch löblich«, sagte Charlotte.

»Aber«, Pablo hob den Zeigefinger, »er unterrichtet zwar

nur Mathematik, ist aber auch Biologielehrer. Der kennt sich bestimmt mit Giften aus.«

»Stimmt, mit dem solltest du anfangen.« Charlotte stand auf. »Es ist Freitag, wir sollten so viele Personen wie möglich kontaktieren, bevor sie alle ins Wochenende verschwinden. Thorsten und ich werden uns dann mal um diesen Ralf Bokel kümmern.«

***

Anne Wieler lag wach in ihrem Krankenbett und drehte wie ein kleines Mädchen kleine Zipfel in den Bettbezug. Jemand hatte versucht, sie umzubringen. Sie wusste immer noch nicht genau, ob sie es glauben sollte oder nicht. Wer sollte denn einen Grund haben, sie umzubringen? Vielleicht …? Nein, das war doch ausgeschlossen … das konnte nicht sein. Sie zwirbelte heftiger an dem Bezug herum. Vor der Tür saß eine Polizistin, zu ihrem Schutz, hatte die andere Polizistin gesagt und dann unendlich viele Fragen gestellt. Sie hatte sich eine lange Liste gemacht, von Leuten, die ihr in den letzten Tagen begegnet waren, von Leuten, die wussten, dass sie ihren Magenbitter immer dabeihatte. Dabei wusste Anne selbst nicht mal genau, wer davon wusste.

Ella natürlich, aber Ella war tot, tot durch ihre Schuld. Wieder kamen ihr die Tränen, und sie krallte ihre Finger um den Bettbezug. Wie sollte sie jemals damit fertigwerden? Und Ben wusste natürlich davon. Sie schniefte, ja, ihre Ehe war schon lange am Ende, das war ihr klar, und ja, er hatte sie mehrmals geschlagen. Doch würde er sie umbringen wollen? Vielleicht hatte er ja von der Sache erfahren. Vielleicht steckte er hinter dem Typen, der sie immer verfolgt hatte. Sie hatte nur Ella davon erzählt, aber die hatte gemeint, dass sie, Anne, sich das nur einbildete. Dass Ben viel zu sehr mit sich selbst beschäftigt war, um sich um die Probleme seiner Frau zu kümmern. Außerdem machte er eher Probleme, als welche zu lösen.

Das stimmte allerdings. Er kümmerte sich um überhaupt nichts mehr, sie lebten von ihrem Geld, das er mit vollen Händen ausgab. Wofür auch immer. Was machte er eigentlich den ganzen Tag? Wenn sie ihn fragte, wurde er laut und aggressiv, sodass sie sich nicht mehr traute, darüber zu sprechen. Einmal hatte er gesagt, er suche Arbeit, was sie denn glaube. Seiner Frau nachspionieren, hätte sie ihm am liebsten ins Gesicht gesagt, doch sie hatte geschwiegen, wie sie immer schwieg. Und nach einer Weile hatte sie ja auch niemanden mehr gesehen und war nicht mehr sicher, ob sie nicht wirklich unter Verfolgungswahn litt.

Aber jetzt? Wenn sie nur mit jemandem darüber reden könnte. Diese Polizistin war nett, und beinahe hätte sie ihr alles gesagt, aber dann hatte sie doch nicht den Mut gehabt. Der Polizei konnte sie sich bestimmt nicht anvertrauen. Dabei hatte sie das Gefühl gehabt, dass die Polizistin ihr ihre Ahnungslosigkeit nicht abgenommen hatte.

Und dann die Sache mit Verena, sie selbst hatte sich damit abgefunden, denn sie hatte nie einen Zugang zu ihrer Tochter gefunden. Sie war wohl einfach zu jung gewesen. Aber ihre Eltern gingen daran zugrunde. Verena war fort, und sie glaubte nicht, dass sie noch lebte. Und nun wollte jemand, dass sie starb. Was passierte hier?

Sie richtete sich auf und setzte sich auf die Bettkante. Ihr war schwindelig und übel. Natürlich, jetzt hätte sie einen Magenbitter gebraucht. Wenn sie daran dachte, musste sie würgen. Sie würde bestimmt nie wieder einen anrühren. Sie wartete einen Moment, bis der Schwindel sich gelegt hatte. Sie würde jetzt aufstehen und dieses Krankenhaus verlassen und ihr Leben in Ordnung bringen. Und zuallererst würde sie ihren Anwalt aufsuchen. Und dann ihre Sachen packen und zu ihren Eltern fahren, bis Ben ihre Wohnung verlassen hatte. Sie würde ihm nie wieder trauen können.

***

Bergheim saß in seiner Küche und starrte aus dem Fenster. Er war ratlos. Seit fast drei Stunden hatte er jeden Winkel im Haus durchsucht, die Möbel von den Wänden gerückt – sogar das Monstrum von einem Eichenschrank – und die Wände abgeklopft, wobei sein verletzter Arm ihn in seinem Ehrgeiz ziemlich behindert hatte. Von jeder einzelnen Stufe hatte er eine Latte gelöst, aber nichts darunter gefunden. Er kannte doch alle Verstecke, wusste genau, wo lichtscheue Gestalten ihr Diebesgut verbargen, er war schließlich Kriminaler, aber jetzt fiel ihm nichts mehr ein. In diesem Haus befand sich nichts, was des Verbergens wert wäre. Sein Handy klingelte, Charlotte.

»Wann kommst du?«, fragte sie ohne Begrüßung.

»Gar nicht, leider«, sagte er bestimmt.

»Wieso nicht? Wir könnten dann zumindest zusammen essen gehen, und die Nächte hätten wir auch.«

»Das klingt zwar verlockend, aber ich … bin hier beschäftigt.«

»Gibt's was Neues?«, wollte Charlotte wissen.

»Nein, bisher nicht, ich wühle mich durch die Vergangenheit meines Onkels.«

Charlotte seufzte. »Okay, du meldest dich, wenn du auf etwas Aufschlussreiches stößt.« Das war keine Bitte. Das war eine Aufforderung, und Bergheim verstand sie auch so.

»Na klar, du kennst mich.«

»Eben.« Er hörte Charlotte schnaufen, anscheinend war sie unterwegs. »Pass auf dich auf«, sagte sie.

»Ja, du auch.«

Sie beendeten das Gespräch, und Bergheim steckte sein Handy weg. Im Grunde war er froh, dass Charlotte so beschäftigt war. Das gab ihm Zeit, den Dingen auf den Grund zu gehen. Natürlich war ihm bewusst, dass er das Problem nur vor sich herschob. Irgendwann würde er ihr alles erzählen müssen. Oder?

Er stand auf und sah sich in der Küche um. Er hatte alle Möbel, die alte Spüle, den Kühlschrank und die Anrichte wieder an ihren Platz gerückt, trotzdem herrschte Chaos. Er hatte den

Inhalt der Schränke auf dem Tisch und dem Fußboden verteilt und absolut keine Lust, jetzt alles wieder einzuräumen.

Vielleicht sollte er zum Fehlhaber essen gehen. Er brauchte eine Pause. Er entschied sich dafür, das Haus offen zu lassen. Wenn der Einbrecher wiederkommen würde, dann brauchte er wenigstens nichts kaputt zu machen, um reinzukommen. Zu klauen gab es in diesem Haus definitiv nichts. Er zog seine Jacke an und machte sich zu Fuß auf den Weg.

***

Thorsten und Charlotte standen vor der Bokel'schen Villa in der Loebensteinstraße, und Charlotte betätigte die Klingel, die ein volltönendes Dingdong von sich gab.

Sie hatten sich telefonisch angekündigt, Ralf Bokel war zu Hause und würde sie erwarten.

Nach wenigen Sekunden wurde geöffnet. Vor ihnen stand ein gebeugter Mann mit trüben Augen und gelblicher Haut. Er sah älter aus als seine zweiundsechzig Jahre. Jedenfalls war das Charlottes erster Eindruck.

»Kommen Sie rein«, sagte er mit heiserer Stimme und führte sie durch einen Flur mit hellen Marmorfliesen und Bildern mit fernöstlichen Motiven an den weißen Wänden in ein helles Wohnzimmer mit wenigen, wohlplatzierten antiken Möbeln und einer dunkelgrauen Wohnlandschaft. Vor dem Fenster ein weißer Flügel, den eine Vase mit weißen Rosen zierte. Daneben in einem silbernen Rahmen das Bild einer lachenden, dunkelhaarigen jungen Frau. Hinter dem Flügel gab eine Glaswand den Blick auf einen weiten Garten frei. Blühende Rhododendren umsäumten einen gepflegten Rasen. Eine rosa blühende Zierkirsche beschattete eine großzügige Terrasse. Charlotte musste sofort an Rüdigers baufälliges Häuschen in der Heide denken. Was für ein Kontrast.

»Bitte setzen Sie sich doch. Möchten Sie etwas trinken? Kaffee? Wasser?«

»Wasser gern«, sagte Thorsten, und Charlotte nahm Kaffee. Das hier würde bestimmt etwas länger dauern.

Bokel öffnete die Tür zum angrenzenden Raum, wo sich wohl die Küche befand.

»Maja, bringen Sie uns bitte einen Kaffee und zwei Wasser.«

Er schloss die Tür und setzte sich Thorsten und Charlotte, die auf dem Sofa Platz genommen hatten, gegenüber in einen schwarzen Ledersessel.

»Nun, wie kann ich Ihnen denn helfen? Vielleicht sagen Sie mir erst mal, worum es eigentlich geht.«

Charlotte kam direkt zur Sache. »Herr Bokel, sagt Ihnen der Name Anne Wieler etwas?«

Ralf Bokel legte die Hand an sein knochiges Kinn und dachte nach. »Anne Wieler, ja, ich kannte mal eine Anne, aber ob sie Wieler hieß …« Er schürzte die Lippen und schüttelte langsam den Kopf. »Also, das weiß ich nicht mehr. Wieso fragen Sie?«

In diesem Moment betrat eine junge Frau in elegantem Kostüm mit strengem Gesichtsausdruck und einem Tablett das Wohnzimmer. Sie nickte den beiden Beamten zu und stellte eine Tasse Kaffee, Milch und Zucker und eine Flasche Mineralwasser und zwei Kristallgläser auf den Tisch, warf Bokel einen Blick zu und stöckelte hinaus.

»Danke, Maja«, sagte Bokel hinter ihr her und an die beiden Beamten gerichtet: »Bedienen Sie sich.«

Charlotte gab Milch in ihren Kaffee und nahm einen Schluck. Er war köstlich.

Sie räusperte sich. »Nun, Anne Wieler behauptet, Sie von früher zu kennen, und ferner behauptet sie, dass Sie der Vater ihrer Tochter sind, Verena Wieler.«

Bokel starrte Charlotte an. »Wie bitte?«

»Sie wissen also nichts von einer Tochter, und Sie wissen auch nichts von Anne Wieler?«

»Du lieber Gott, nein.« Bokel goss sprudelndes Wasser in die Gläser und nahm einen Schluck. Er drehte gedankenverloren das Glas in den Händen.

»Wenn das wirklich so ist, was ich nicht glaube … wenn ich eine Tochter hätte, dann wüsste ich das ja wohl.« Er warf zuerst Charlotte, dann Thorsten einen Blick zu. »Darf ich dann fragen, wieso das die Kripo interessiert?«

»Wären Sie mit einer DNA-Analyse einverstanden?«, mischte Thorsten sich jetzt ein. »Wenn sich das Ganze als Irrtum herausstellt, erübrigen sich weitere Fragen.«

Bokel schien zu zögern, nickte aber dann. »Ja, warum nicht, ich habe zwar keine Kinder, man hatte mir auch gesagt, dass ich nur eingeschränkt zeugungsfähig bin – entschuldigen Sie meine Offenheit –, aber wenn das wichtig ist, dann bitte sehr. Ich würde trotzdem gerne wissen, worum es eigentlich geht.«

»Nun, Verena Wieler, deren Vater Sie laut der Mutter Anne Wieler sind, ist seit drei Jahren verschwunden.«

»Ach. Was heißt verschwunden?«

»Na, genau das.« Charlotte fragte sich, wie sie das genauer erklären sollte. »Sie ist von einer Party verschwunden und seither nicht wieder aufgetaucht.«

»Ja … Und jetzt fragen Sie sich, ob ich was damit zu tun habe? Ein bisschen spät, finden Sie nicht?«

»Wo waren Sie denn vor drei Jahren?«, fragte Charlotte, ohne auf seinen Einwurf einzugehen.

»Ich bin vor etwas über drei Jahren aus Singapur zurückgekommen, weil ich hier eine weitere Niederlassung meiner Firma gegründet habe. Außerdem wollte meine Frau zurück. Sie ist Deutsche und hat sich in Singapur nie wohlgefühlt. Allerdings«, fügte er nach einer Weile hinzu, »bin ich noch einige Male nach Singapur gereist, wegen der Abwicklung.«

Charlotte und Thorsten antworteten nicht, blickten Bokel nur erwartungsvoll an.

Bokel erhob sich. »Also, fürs Protokoll: Ich weiß nicht mal, dass ich eine Tochter haben soll, viel weniger etwas von ihrer Entführung, so leid mir das für die Eltern, oder in diesem Fall wohl nur die Mutter, tut. Wenn Sie meinen, dass es nötig ist, nehmen Sie eine DNA-Probe und halten Sie mich auf dem Laufenden. Wenn ich eine Tochter habe, wüsste ich das gern. Auch wenn sie verschwunden ist.«

Als die beiden etwas später draußen in Charlottes Wagen saßen, schwiegen sie einen Moment, bevor Charlotte sich laut fragte.

»Was soll man davon halten?«

»Keine Ahnung, wirklich.«

»Glaubst du, dass er von seiner Tochter wusste?«

»Eher nicht, er wirkte jedenfalls sehr überrascht.«

»Schon, aber ein gewiefter Geschäftsmann wie er, der hat das Pokern doch mit der Muttermilch aufgesogen.« Charlotte überlegte. »Dass sie damals bei der Suche nach Verena nicht auch den Vater ins Visier genommen haben, das ist schon merkwürdig.«

»Stimmt.«

Charlotte ließ den Wagen an und nahm sich vor, noch mal ein ernstes Wort mit Anne Wieler zu reden.

ACHT

Der Kosmetiksalon in der Fössestraße in Hannover-Linden war an diesem Samstagmorgen gut besucht. Als Maren die Anmeldung betrat, herrschte dort reger Betrieb. Zwei Frauen standen hinter dem Tresen, die eine telefonierte, die andere, etwas älter, wohl die Chefin, verhandelte mit einer Kundin über eine neue Terminvergabe. Der Laden brummte. Maren stellte sich an den Tresen und wartete, bis eine der beiden Frauen Zeit für sie hatte. Dabei griff sie nach einem Flyer, der auf der Theke lag, und informierte sich über eine Botoxbehandlung, die sie ganz sicher niemals in Anspruch nehmen würde.

»Kann ich Ihnen helfen?«, fragte die junge Frau, nachdem sie das Telefongespräch beendet hatte, und unterzog Marens Erscheinung einer kritischen Prüfung. Maren räusperte sich, stellte sich leise vor und zückte ihren Ausweis. Beide Frauen hinter dem Tresen und die Kundin neben ihr starrten sie an, sodass sie schnell fortfuhr. »Es geht um eine Zeugenbefragung, könnten wir uns irgendwo in Ruhe unterhalten?«

Die etwas ältere Frau, die sich offenbar mit der Kundin auf einen neuen Termin geeinigt hatte, antwortete hastig: »Natürlich, wir gehen in mein Büro.«

Sie wurde in ein kleines, aber feines Büro geführt, dessen weiße Möbel nicht von den Porträts schöner Frauen mit makelloser Haut und vollem Haar an den weißen Wänden ablenken sollten. Maren fragte sich, warum hier keine Fotos von Männern hingen. Offensichtlich hatten die eine Schönheitsbehandlung nicht so nötig wie Frauen.

»Setzen Sie sich doch«, sagte die Frau, die man mit Fug und Recht als wandelnde Reklame für einen Schönheitssalon bezeichnen konnte. Ihre gleichmäßigen Züge und die faltenlose Haut machten wirklich Lust auf eine Beauty-Behandlung, dachte Maren insgeheim. Sie fragte sich, ob die zierliche Nase wohl das Ergebnis einer Schönheitsoperation war. Wahrscheinlich. Kein Mensch kam mit so einer Nase zur Welt. Die Frau wies auf einen weißen Ledersessel vor ihrem Schreibtisch. »Mein Name ist Frida Mahler, mir gehört das Studio.«

Maren setzte sich und wusste nicht recht, wie sie anfangen sollte. Am besten ohne Umschweife. Sie zog ihr Handy aus der Tasche und zeigte Frida Mahler ein Bild von Anne Wieler. »Kennen Sie diese Frau?«

Frida Mahler beugte sich vor und warf einen Blick auf das Handy. »Natürlich, sie ist Kundin bei uns, ihren Namen müsste ich allerdings nachschlagen. Bei unserem Kundenverkehr kann ich mir unmöglich alle Namen merken.«

Ein selbstbewusstes Lächeln umspielte ihre vollen, dezent geschminkten Lippen.

Bestimmt mit Hyaluron aufgeblasen, dachte Maren und ärgerte sich gleichzeitig über sich selbst. Warum war sie so zickig? Etwa aus Neid? Nein, widersprach sie sich selbst, sie fand es nur schade, äußerst schade, dass so viele Frauen sich immer noch über ihr Aussehen definierten. Ihren Wert daran festmachten, inwieweit sie für Männer attraktiv waren. Andererseits, war das nicht normal? Wollten Männer nicht auch attraktiv sein für Frauen? Aber die gingen dafür wohl eher ins Fitnessstudio, anstatt sich ihre Lippen künstlich aufblasen zu lassen und ihre Stirn mit dem stärksten bekannten Gift, dem Botulinum, glätten zu lassen.

Maren schüttelte sich innerlich. Wenigstens waren sie und Laura sich in diesem Punkt einig. Äußerlichkeiten waren ihnen beiden nicht wichtig. Aber, das musste sie eingestehen, das hatten auch beide nicht nötig. Natürlich war Laura viel hübscher als sie selbst, fand sie. Maren hatte immer mit ihrem roten Haar gehadert, und früher hatte sie ihre Haarfarbe auch modifiziert, um es mal umständlich auszudrücken. Brünett hatte sie sich immer besser gefallen. Mit den Jahren allerdings und im gleichen Maß, wie sie sich für ihren Beruf engagierte, verschwanden auch die Komplexe wegen ihrer Haarfarbe. Sie bevorzugte eine

Kurzhaarfrisur, da fiel das Kupferrot nicht so auf. Zumindest bildete sie sich das ein.

Und dann trat Laura in ihr Leben und verliebte sich sofort in ihre Sommersprossen und ihren Charakterkopf, wie sie es nannte. Solche Haare hatte doch nicht jede! Maren im Gegenzug war hingerissen von der schönen Laura mit der braunen Lockenmähne, die ihr bis über die Schultern fiel, und den großen Rehaugen. Seit einem Jahr lebten sie jetzt zusammen und kannten sich nur ungeschminkt. Aber, wer war sie denn, sich über die Eitelkeiten ihrer Mitmenschen zu mokieren? Schönheit war nun mal wichtig. Sie öffnete Türen und erhöhte die Chancen beiderlei Geschlechts bei der Partnersuche. Und leider kamen nicht alle schön auf die Welt, und was schadete es schließlich, ein bisschen nachzuhelfen?

Frida Mahler hatte wohl ihre Gedanken erraten. »Glauben Sie mir«, sagte sie unvermittelt, »wenn Sie sich schön fühlen, fühlen Sie sich gut und selbstsicher. Wir als Kosmetikerinnen betrachten uns auch ein bisschen als Therapeutinnen.«

Maren zuckte mit den Schultern. »Na, Hauptsache, es hilft«, sagte sie, steckte ihr Handy weg und kam auf Anne Wieler zurück. Sie war schließlich nicht hier, um über mangelndes Selbstvertrauen aufgrund mangelnder Schönheit zu diskutieren.

»Die Frau heißt Anne Wieler, und wie es scheint, wird sie bedroht.«

»Ach«, Frida Mahler bekam große Augen, »wie wird sie denn bedroht?«

»Das sind laufende Ermittlungen, dazu kann ich Ihnen nichts sagen.«

»Ja, wie kann ich oder wie können wir Ihnen dann helfen?«

»Wir versuchen die letzten Wochen von Frau Wieler zu rekonstruieren.«

»Warum fragen Sie sie denn nicht selbst? Ist sie etwa …?« Frida Mahlers Augen wurden noch größer.

»Nein, nein, es geht ihr gut. Wir stellen Fragen in ihrem gesamten Bekanntenkreis. Frau Wieler war laut ihrer eigenen

Aussage in den letzten zwei Wochen unter anderem auch bei Ihnen.«

»Werden wir irgendwie beschuldigt?«

»Nein, wie ich schon sagte, geht es nur um eine Zeugenaussage, ob Sie oder eine Ihrer Angestellten während ihres Besuchs etwas Besonderes beobachtet haben. Wo bewahren Ihre Kundinnen während der Behandlung ihre Handtaschen und Wertsachen auf?«

»Wir haben mehrere Schließfächer im Warteraum, aber die meisten Kundinnen behalten ihre Handtaschen immer bei sich, warum auch immer. Ich kann Ihnen versichern, dass ich zu unseren Angestellten vollstes Vertrauen habe.« Frida Mahlers Augen blitzten Maren jetzt feindselig an.

»Davon bin ich überzeugt. Haben Sie jemals beobachtet, dass Frau Wieler während ihres Aufenthaltes hier Medikamente konsumiert hat?«

Frida Mahler schüttelte nachdenklich den Kopf. »Nein, also mir ist das auf jeden Fall nicht aufgefallen. Aber ich hab sie auch nicht behandelt, das waren Sara und Nadine, die können Ihnen da vielleicht mehr sagen. Geht es etwa um Drogen?«

Maren ignorierte die Frage. »Könnte ich dann bitte mit den beiden Frauen sprechen, die sie behandelt haben, und dann auch mit Ihren übrigen Angestellten? Das wäre sehr hilfreich.«

Frida Mahler zögerte und sah Maren argwöhnisch an. »Ich wäre Ihnen dankbar, wenn Sie diskret vorgehen könnten. Unsere Kundinnen schätzen es sicher nicht, wenn die Polizei hier herumschwirrt und Fragen stellt. Sie kommen hierher, um sich zu erholen.«

»Das verstehe ich vollkommen. Am besten, Sie bitten zunächst Sara hierher in Ihr Büro. Das ist wohl am diskretesten.«

Frida Mahler erhob sich unwillig. »Ich schaue mal, ob sie frei ist.«

***

Charlotte war außer sich, als sie am Samstagmorgen feststellen musste, dass Anne Wieler die Klinik verlassen hatte und die Polizistin, Annika Niemann, die ihr als Schutz zugeteilt gewesen war, es versäumt hatte, Bericht zu erstatten. Die Beamtin stand jetzt nervös vor ihr und knetete ihre Mütze in den Händen.

»Aber sie hat gesagt, sie würde zu ihren Eltern nach Celle fahren, und dort bräuchte sie keinen Personenschutz.«

»Woher will sie das wissen?«, schnauzte Charlotte, war aber doch besänftigt. Anne Wielers Entscheidung, nach Celle zu fahren, war ausnahmsweise mal sinnvoll. Immerhin war sie dort nicht allein. Und wenn jemand Personenschutz ablehnte, dann mussten sie das respektieren.

Charlotte hatte allerdings noch mal mit ihr reden wollen. Sollte sie deswegen jetzt nach Celle fahren? Am Telefon waren solche Gespräche weniger effektiv. Sie zog es vor, den Menschen in die Augen zu sehen, wenn sie das Gefühl hatte, dass sie etwas verheimlichten. Sie beschloss, die Fahrt auf den Nachmittag zu verschieben und dann weiterzufahren nach Amelinghausen.

Sie entließ Annika Niemann ins Wochenende mit der Mahnung, in solchen Fällen sofort die ermittelnden Beamten zu verständigen. Die Polizistin nickte stumm und biss sich auf die Lippen, sodass Charlotte sich bemüßigt fühlte, ihr besänftigend auf die Schulter zu klopfen.

»Das passiert Ihnen bestimmt nicht wieder.« Dann rief sie Anne Wieler auf ihrem Handy an. »Frau Wieler«, sagte sie ein wenig ungehalten, »wir hatten Sie doch gebeten, die Stadt nicht zu verlassen, falls wir noch Fragen haben.«

»Oh, das hab ich ganz vergessen, aber … ich wollte jetzt bei meinen Eltern sein. Ich fühle mich hier sicherer, und sie wollten mich bei sich haben. Und so weit ist Celle doch nicht …«

»Schon gut«, sagte Charlotte, »ich werde dann heute Nachmittag bei Ihnen vorbeischauen.«

»Aber warum denn? Was soll ich Ihnen denn noch sagen?«, fragte Anne Wieler weinerlich.

»Wir reden heute Nachmittag darüber. Seien Sie bitte zu Hause.«

Charlotte beendete das Gespräch und fühlte sich bestätigt. Diese Frau wollte nicht mit ihr sprechen, dabei musste sie doch ein großes Interesse daran haben, dass dieser Fall aufgeklärt wurde. Sie verheimlichte etwas, und Charlotte würde herausfinden, was es war.

Sie hatten sich für den Samstagmittag in der KFI verabredet, um erste Ergebnisse der Befragungen auszutauschen.

»Also, ich habe im Kosmetikstudio drei Angestellte von der Liste befragt«, begann Maren, »unter anderem auch Sara Dirkhammer, die wegen Drogenkonsum und Ladendiebstahl aktenkundig ist. Das war schon 'ne heiße Nummer, wenn ich das mal so sagen darf. Sie sah aus wie die Prinzessin von Wales, war nur stärker geschminkt und hatte weniger Stil.«

»Woher willst du wissen, wie stark die Prinzessin geschminkt ist?« Pablo konnte es natürlich nicht lassen.

»Ich weiß es«, sagte Maren und fuhr ungerührt fort: »Ich hab sie also nach Anne Wieler gefragt und ihr ein Foto gezeigt, weil sie nicht wusste, von wem ich rede. Jedenfalls hat sie bei dem Namen nur mit den Schultern gezuckt und mich gemustert, als wäre ich ein Forschungsobjekt.«

»Wahrscheinlich warst du das in dem Moment auch.« Pablo guckte unschuldig von Maren zu Charlotte, die ihn mahnend ansah.

»Sie hat dann gesagt, dass sie sie natürlich kennt und auch schon behandelt hat. ›Die hatte immer voll die Veilchen‹, hat sie gesagt. Und dass ›sie bestimmt Schläge von ihrem Typ kassiert‹. Sie selbst würde sich so was ja nicht gefallen lassen, meinte sie noch, aber ›jeder, wie er mag‹. Ich hab sie dann gefragt, ob sie sie näher kennt und ob sie auch mal über private Dinge gesprochen hätten, aber das hat sie verneint. Ebenso wie die Antwort auf meine Frage, ob Anne Wieler mal Medikamente in ihrer Gegenwart genommen hätte.«

»Und«, fragte Charlotte, »glaubst du, sie sagt die Wahrheit?«

»Ich denke schon, ich hab dann noch gefragt, wo die Kundinnen ihre Handtaschen während der Behandlung lassen, und sie meinte, das wäre ganz unterschiedlich. Manche schließen sie weg, andere bewachen sie, als würden sie Schätze darin transportieren. ›Als ob wir hier klauen würden‹, meinte sie ein bisschen pikiert. Wie das bei Anne Wieler war, wusste sie nicht. Dazu konnten oder wollten auch die anderen nichts sagen. Wobei sich natürlich auch jede, die darüber Bescheid weiß, wo einzelne Kundinnen ihre Handtaschen aufbewahren, irgendwie verdächtig macht. Wer achtet denn auf so was? Anne Wieler selbst sagt, dass sie ihre Handtasche meistens neben ihren Stuhl stellt. Sie hat gern ihre Sachen griffbereit. Ich kann mir nicht vorstellen, wie jemand unter diesen Umständen die Tasche durchwühlen und ein Fläschchen austauschen kann.«

»Wer sagt denn, dass es ausgetauscht werden musste?«, sinnierte Charlotte. »Es reicht doch, ein Fläschchen vorzubereiten und bei passender Gelegenheit einfach in die Tasche zu stecken. Die kann man doch überall kaufen. Und Anne Wieler weiß nicht mehr, wie viele Fläschchen sie in der Tasche hatte. Können zwei, aber auch drei gewesen sein.«

»Ja, aber es bleibt dabei, dann müsste der- oder diejenige genau Bescheid gewusst haben über Wielers Angewohnheit, und von diesen Fläschchen wusste niemand etwas. Jedenfalls keine von den drei Frauen, mit denen ich heute gesprochen habe. Alles in allem«, Maren seufzte leise, »habe ich nicht den Eindruck, dass eine der Frauen was zu verbergen hat oder gelogen hat oder dass ihnen die Befragung unangenehm war, außer der Chefin natürlich. Die anderen waren äußerst neugierig.«

»Okay, was hast du, Pablo?«

Pablo, der sich gerade ein Stück von dem Streuselkuchen, den Charlotte mitgebracht hatte, in den Mund geschoben hatte, hob den rechten Zeigefinger.

»Moment«, knödelte er und schluckte. »Also«, sagte er dann, »ich habe nur zwei Befragungen durchgeführt.« Er lächelte

Charlotte an. »Die zweite hat nämlich ein bisschen länger gedauert. Aber die erste zuerst, Frauke Thorwald heißt sie, und sie wusste von den Fläschchen in Anne Wielers Handtasche, fand das zwar ein bisschen schräg, aber ›die einen schlucken halt Pillen, und die anderen schlucken Magenbitter, jedem das Seine‹, hat sie gesagt und mich dann ausgefragt, warum ich nach ihrer Kollegin frage und ob das was mit ihrem Mann zu tun hat, diesem Hallodri.« Pablo blickte Maren und Charlotte an und hob entschuldigend die Hände. »Das hat sie gesagt und dass dieser Kerl sie schlägt und dass sich die Polizei endlich mal darum kümmern sollte. Als ich wissen wollte, ob Anne Wieler Feinde hatte, hat sie gemeint, sie wüsste keinen, außer dem Hallodri von ihrem Mann.«

Pablo klappte sein Notebook zu. »Und jetzt komme ich zu der interessanteren der beiden Befragungen. Es geht um den Kollegen, Axel Schott, der als Zeuge bei dieser Schlägerei ausgesagt hat und der unter anderem auch Biologielehrer ist, obwohl er das an der Schule nicht unterrichtet. Ist wohl eine Art Seiteneinsteiger für Sonderschulen. Egal. Der Typ war jedenfalls irre nervös. Er kennt Anne Wieler nur als Kollegin, hat er gesagt, er weiß nichts über ihr Privatleben, hat keine Ahnung, ob sie Feinde hat, und von dem Magenbitter in ihrer Handtasche weiß er auch nichts. Das ist das Fazit unseres Gesprächs, frei nach dem Motto: ›Ich weiß nichts, hab nie was gewusst und werde nichts wissen.‹ Mehr war ihm nicht zu entlocken.«

»Und wieso war er nervös?«, wollte Charlotte wissen.

»Weil er natürlich was zu verbergen hat. Er konnte gar nicht schnell genug aus dem Raum kommen, als ich ihn endlich entlassen habe. Habe natürlich schon nachgehakt und versucht, ihn zu knacken, aber er war verschlossen wie 'ne Auster.«

»Das muss ja nicht bedeuten, dass er wegen Anne Wieler lügt«, sagte Maren. »Sie hat ja schließlich auch ausgesagt, dass sie mit keinem ihrer Kollegen besonders befreundet oder verfeindet wäre. Wer weiß, was ihn nervös macht. Vielleicht eine Haushaltshilfe, die er nicht versichert hat.«

»Möglich«, sagte Charlotte, »dem müssen wir auf den Grund gehen. Vielleicht sollten wir ihn vorladen.«

»Das ist schlecht, er ist über das Wochenende in Hamburg auf der Hochzeit seines Bruders.«

»Egal, wir laden ihn für Montagnachmittag vor oder versuchen es am Sonntagabend bei ihm zu Hause. Und ich fahre heute Nachmittag nach Celle und spreche noch mal mit Anne Wieler. Mir geht es wie dir, Maren, ich hab das Gefühl, dass sie was verheimlicht.«

Thorsten Bremer, der bisher schweigend zugehört hatte, meldete sich endlich zu Wort. »Ganz ehrlich, ich weiß nicht, ob das Sinn macht, diese Befragungen sind doch mehr als vage.«

»Vielleicht sagst du uns erst mal, ob du was rausgefunden hast bei dieser Spinning-Truppe«, sagte Charlotte.

»Eben, das meine ich ja. Gar nichts hat das gebracht. Ich hab vier Frauen ausgequetscht, die waren alle sehr nett und kooperativ, aber ich hab nichts Relevantes erfahren. Die Gruppe trifft sich einmal die Woche, sie kennen sich alle nur oberflächlich, aber finden sich weitgehend sympathisch. Das haben alle mehr oder weniger übereinstimmend gesagt. Von irgendwelchen Medikamenten wusste keine etwas, und ihre Taschen lassen sie draußen liegen. Wertsachen, Handys und Geldbörse nehmen sie, wenn nötig, mit in den Spinning-Raum.«

»Ja, das hat Anne Wieler auch gesagt«, stimmte Maren zu.

»Das heißt, jeder, der den Umkleideraum betritt, kann die Taschen durchwühlen und die Fläschchen austauschen oder einfach eins dazumogeln. Vorausgesetzt, er oder sie weiß davon.«

»Sie, nur sie. Männer haben normalerweise keinen Zutritt zur Frauenumkleide.«

»Das schließt ja nicht aus, dass sich in einem unbeobachteten Moment ein Mann da reinschleicht«, sagte Maren, und an Charlotte gewandt: »Wie geht's jetzt weiter?«

»Ihr macht weiter mit den Befragungen. Wir haben im Moment nichts anderes. Ich fahre heute Nachmittag nach Celle und unterhalte mich noch mal mit Anne Wieler, und wenn ich schon mal in der Richtung unterwegs bin, fahre ich weiter nach Amelinghausen und besuche Rüdiger.«

»Dann grüß ihn mal schön und sag ihm, er hat es richtig gemacht mit seiner Auszeit«, sagte Thorsten und schob sich seine Hornbrille auf den Kopf. »Er genießt das Landleben, während wir uns hier die Wochenenden um die Ohren hauen.«

»Ich richte es aus«, sagte Charlotte lächelnd.

Im Grunde hatte Thorsten natürlich recht. Es ging wieder mal ein Wochenende drauf. Sie war ihren Leuten dankbar für ihren Einsatz, ein bisschen meckern war da erlaubt. Und Thorsten gehörte schon länger zum Team als Rüdiger. Er war zwar ein Couch-Potato und ungern unterwegs – was sich auch langsam an seinem Bauchumfang bemerkbar machte –, aber das war eher vorteilhaft, weil es bei den anderen im Team genau umgekehrt war. Sie waren froh, wenn sie nicht am Schreibtisch vor dem Bildschirm hocken mussten. Und Thorsten war am PC wirklich unschlagbar.

Er war seit zwölf Jahren mit Anke verheiratet. Sie war Arzthelferin in einer orthopädischen Praxis und die Ruhe in Person. Sie nahm es nicht übel, wenn Thorsten mal wieder ein Essen mit den Schwiegereltern oder eine Verabredung mit Freunden verpasste. Sie kam allein zurecht. Kinder hatten die beiden nicht, dafür aber zwei Katzen, die für Anke ein Ausgleich waren, wenn ihr Mann nicht nur in der KFI 1, sondern auch daheim Stunden am Computer verbrachte. Charlotte hatte selten ein Paar erlebt, das in einer solch perfekten Symbiose lebte und damit ihrem Team einen ausgeglichenen Computerspezialisten bescherte, der daheim keinen Ärger zu erwarten hatte, wenn er seinem Beruf, der auch sein Hobby war, frönte.

»Wenn der Fall gelöst ist, spendiere ich ein Frühstück«, sagte sie im Hinausgehen.

»Na, immerhin«, sagte Thorsten und folgte ihr.

***

Wie sollte er in so kurzer Zeit Ordnung schaffen? Und vor allem, wie sollte er Charlotte seinen kaputten Arm erklären? Sie hatte sich für den späten Nachmittag angemeldet. Verdammt kurzfristig, wie er fand. Aber er hatte ja gewusst, dass er das Problem nur vor sich herschob. Jetzt hatte er den Salat. Im Grunde brauchte er gar nicht aufzuräumen. Sie würde sich nicht täuschen lassen. Und außerdem konnte sie ihm helfen, wieder alles in Ordnung zu bringen. Natürlich freute er sich, aber alles war irgendwie durcheinandergeraten. Er konnte die Situation nicht mehr einschätzen, und das machte ihn nervös.

Er verließ den Werkzeugschuppen, den er gerade durchsuchte, in der Hoffnung, endlich etwas zu finden, für das es sich einzubrechen und für das sich eine Messerattacke lohnte. Bisher war seine Suche erfolglos geblieben. Der Werkzeugschuppen war angefüllt mit Dingen, die sich normalerweise in einem Werkzeugschuppen befanden. Gartengeräte, jede Menge Schrauben und Muttern und Nägel. Ein Werkzeugschrank gefüllt mit mehreren Rohrzangen, Schraubendrehern, Hämmern, Äxten, einer Schleifmaschine, Ölkannen, mehreren Besen und Spaten, Harken und Hacken. Eben alles, was man als Gärtner so brauchte. Die Gartenarbeit hatte sein Onkel offensichtlich ernst genommen.

Er beschloss, die Sucherei zu verschieben und lieber einkaufen zu gehen. Wenn schon alles drunter und drüber ging, sollte man wenigstens für einen gut gefüllten Magen sorgen. Er würde kochen. Gute Idee. Er warf die Rohrzange, die er in der Hand hielt, zurück in den Werkzeugschrank und machte sich auf den Weg, ohne das Haus abzuschließen.

***

Charlotte erreichte die schöne Fachwerkstadt Celle gegen fünfzehn Uhr. Wielers wohnten in einem typischen Einfamilienhaus mit Garten, ein wenig außerhalb der Stadt, in der Nähe der Allerniederung. Monika Wieler empfing sie mit einem leicht vorwurfsvollen Blick.

»Gibt es etwas Neues, oder warum sind Sie hier?«

»Ich würde mich gerne noch mal mit Ihrer Tochter unterhalten.«

»Haben Sie ihren Mann festgenommen?«

»Nein, er bestreitet, etwas damit zu tun zu haben.«

»Das kann ich mir denken«, sagte Monika Wieler, öffnete die Tür ganz und bat Charlotte einzutreten.

Sie trug Jeans und ein schwarzes T-Shirt, wirkte jugendlicher und dynamischer als ihre Tochter, die im Garten bei ihrem Vater saß und vor sich hin starrte. Als Monika Wieler gefolgt von Charlotte die Terrasse betrat, blickten Vater und Tochter auf. Der Vater mit leerem Blick, die Tochter lauernd und ängstlich. Auf dem Tisch standen schmutzige Kaffeetassen und ein Teller, bis zum Rand gefüllt mit Schokoladenkeksen. Es hatte wohl niemand Appetit auf Schokoladenkekse, mutmaßte Charlotte.

Monika Wieler ließ sich in den einen der beiden noch freien Gartenstühle sinken. »Was versprechen Sie sich davon, uns wieder zu befragen? Das ist doch Zeitverschwendung. Es gibt nichts, was wir Ihnen noch sagen könnten.«

»Könnte ich mich einen Moment mit Ihrer Tochter unterhalten?«, fragte Charlotte, ohne auf den Einwand von Monika Wieler einzugehen.

Sie erntete einen resignierten Blick von Monika Wieler, die aufstand, den Arm ihres Mannes ergriff und ihn sanft aus dem Stuhl zog. Der ließ es sich schweigend gefallen und folgte seiner Frau mit kleinen Schritten ins Wohnzimmer. Monika Wieler schob die große Glastür auf, und die beiden verschwanden im hinteren Teil des Wohnzimmers. Anne Wieler hatte bisher kein Wort gesagt, ihre Hände krallten sich um die Armlehnen. Sie trug einen grauen Jogginganzug, ihr Haar wirkte ungekämmt und strähnig. Charlotte setzte sich unaufgefordert auf den Stuhl, den Hubert Wieler gerade verlassen hatte.

»Frau Wieler«, begann sie, »wieso verlassen Sie Hannover ohne Rücksprache mit einem unserer Beamten? Ich hatte meine

Kollegin zu Ihrer Bewachung abgestellt. Wenn Sie keinen Personenschutz wollen, dann nehmen wir das natürlich zur Kenntnis.«

Anne Wieler schüttelte langsam den Kopf. »Wissen Sie, ich glaube, dass das Ganze irgendwie alles ein Irrtum sein muss. Ich kann mir einfach nicht erklären, wer etwas davon hat, wenn ich tot bin.« Sie schauderte plötzlich.

»Machen Sie sich nichts vor«, erwiderte Charlotte, »Ihre Freundin ist tot. Das ist kein Irrtum.«

»Ich weiß.« Anne Wieler senkte resigniert den Kopf. »Aber ich glaube, hier bei meinen Eltern bin ich sicher. Was denken Sie?«

»Das weiß ich nicht«, gab Charlotte zu. »Ich werde meine Kollegin herschicken. Für alle Fälle.«

»Wenn Sie meinen. Mir kommt das alles wie ein böser Traum vor.«

Charlotte betrachtete Anne Wieler mitfühlend. In diesen wenigen Tagen schien sie um Jahre gealtert. Sie fragte sich auch, wieso sie es konsequent vermied, über ihre Tochter zu reden.

»Wäre es möglich, dass dieser Anschlag auf Sie etwas mit dem Verschwinden Ihrer Tochter zu tun hat?«

Anne Wieler zuckte zusammen und sah Charlotte ängstlich an. »Glauben Sie das?«

Charlotte seufzte innerlich. Meine Güte, diese Frau war wirklich keine große Hilfe. »Was glauben Sie?«, gab sie die Frage zurück.

»Das ist doch lange her. Ich habe mir immer wieder den Kopf darüber zerbrochen, was mit Verena geschehen ist. Ich kann und will einfach nicht mehr darüber nachdenken, sonst gehe ich daran zugrunde.«

»Denken Sie, dass sie noch lebt?«

Anne Wieler zupfte an ihrer Jogginghose herum. »Nein, dann würde sie nicht wegbleiben. Und dass sie irgendwo festgehalten wird und nicht wegkann, will ich mir nicht vorstellen. Nicht über so lange Zeit. Das ist zu grausam!«

Sie zog die Schultern hoch und schüttelte sich. »Die Polizei hat damals vermutet, dass sie einfach abgehauen ist, wie Teenager das eben manchmal tun. Aber so war sie nicht. Sie war … glücklich hier bei meinen Eltern. Ich hätte sie ja gern bei mir gehabt, in Hannover, aber … mein Mann wollte es nicht, und ich dachte mir, sie ist dann hier viel besser aufgehoben.«

Sie schwieg einen Moment und zupfte weiter an ihrer Hose. »Vielleicht war das ein Fehler.«

Charlotte fand nicht, dass es ein Fehler war. Im Gegenteil, einen Stiefvater wie Ben Dreyer wünschte sie keinem Kind. Das zumindest hatte Anne Wieler richtig gemacht. Sie ließ das Thema fallen.

»Frau Wieler, meine Kollegen und ich forschen intensiv in Ihrem Kollegen- und Freundeskreis nach Hinweisen, wie das vergiftete Fläschchen in Ihre Tasche gekommen ist, bisher ohne Ergebnis. Deswegen möchte ich nochmals fragen, ob Ihnen unterdessen etwas eingefallen ist, woran Sie im Eifer des Gefechts nicht gedacht haben oder was Ihnen vorher nicht verdächtig vorkam.«

»Aber ich habe das doch alles schon mit Ihrer Kollegin durchgekaut«, jammerte Anne Wieler. »Ich weiß ehrlich gesagt nicht, was Sie noch von mir erwarten.«

Charlotte musterte ihr Gegenüber eine Weile schweigend. Anne Wieler wich ihrem Blick aus.

»Wieso haben meine Kollegin und ich das Gefühl, dass Sie etwas verschweigen?«

»Das weiß ich doch nicht«, entgegnete Anne Wieler jetzt ein bisschen patzig.

»Sie sind eine schlechte Lügnerin. Es muss doch in Ihrem Interesse sein, dass wir den Menschen finden, der Sie umbringen will. Wie wollen Sie denn weitermachen, wenn wir ihn nicht ausfindig machen können? Sie müssen doch ständig in Angst leben.« Charlotte schwieg eine Weile. »Es sei denn, Sie wissen, wer Ihnen nach dem Leben trachtet.«

Anne Wieler ruckte hoch und starrte Charlotte böse an.

»Wie können Sie so was sagen! Als ob ich wüsste, wer dahintersteckt.«

Charlotte schwieg, und plötzlich ließ Anne Wieler ihre Schultern hängen und fing an zu schluchzen.

»Erzählen Sie mir doch einfach alles«, sagte Charlotte sanft.

»Aber das darf niemand wissen, wirklich. Das könnte viele Menschen unglücklich machen.« Anne Wieler kramte in der Tasche ihrer Jogginghose nach einem Taschentuch und schnäuzte sich.

Charlotte wartete zunächst schweigend. »Und im Moment sind *Sie* unglücklich. Und in Gefahr«, sagte sie dann.

Anne Wieler schüttelte den Kopf. »Ich kann mir das nicht erklären, ehrlich. Und dass meine Freundin an meiner Stelle gestorben ist, kann ich immer noch nicht fassen.« Sie schwieg einen Moment und richtete sich dann auf, schien einen Entschluss zu fassen.

»Also, ich … hatte mal eine Affäre.« Sie sprach leise und warf einen Blick über ihre Schulter, als fürchte sie, von ihrer Mutter belauscht zu werden.

»Ja«, sagte Charlotte ruhig, »erzählen Sie weiter.«

Anne Wieler knetete ihr Taschentuch in den Händen. »Es … es ist schon länger her, etwa vier Jahre.«

»Wer war der Mann?«

»Ein Kollege … aber er ist verheiratet … hat Kinder.«

»Ist der Kollege Axel Schott?«

Anne Wielers Kopf ruckte herum. »Woher wissen Sie das? Hat er das gesagt?«, fragte sie erschrocken.

»Nein, aber wir haben uns gedacht, dass er etwas verheimlicht«, antwortete Charlotte mit einem Lächeln.

»Hören Sie … das ist wirklich … kompliziert. Er ist verheiratet, seine Frau hat depressive Phasen. Sie ist gerade wieder in einer Nervenklinik. Ich möchte nicht an noch einem Tod schuld sein.« Anne Wieler blickte Charlotte flehend an.

»Wusste Ihr Mann von der Affäre?«

Anne Wieler verzog den Mund. »Das weiß ich eben nicht.

Ich hab das damals beendet, weil ich das Gefühl hatte, ich werde beobachtet. Das … das hat mir Angst gemacht. Mein Mann …«, ihre Stimme wurde rauer, »mein Mann kann sehr aggressiv werden. Aber das wissen Sie ja.«

»Allerdings. Und Sie meinen, dass Sie jemand beobachtet hat? Könnte das Ihr Mann gewesen sein?«

»Das ist es ja, ich hab keine Ahnung. Vielleicht war es auch Axels Frau. Jedenfalls war mir das Ganze unheimlich, und ich habe die Sache dann beendet.«

»Haben Sie sich das vielleicht nur eingebildet?«

»Nein«, erwiderte Anne Wieler heftig. »Wieso glaubt mir eigentlich nie jemand? Ella hat mir damals auch nicht geglaubt. Sind offensichtlich alle der Meinung, ich leide unter Paranoia, aber ich bin mir sicher. Wieso fühle ich mich denn seitdem nicht mehr beobachtet?« Sie fummelte wieder nervös an ihrem Taschentuch herum. »Muss das jetzt öffentlich werden, mit Axel? Das könnte echt böse Folgen haben. Seine Frau … und die Kinder sind noch in der Grundschule.«

»Wir werden Axel Schott natürlich befragen, aber ich sehe im Moment keinen Grund, warum seine Frau davon erfahren muss, es sei denn, es ergeben sich Hinweise, die es nötig machen, sie zu befragen.«

Anne Wieler schloss die Augen. »Ich hab's gewusst. Deswegen hab ich nichts davon gesagt.«

»Können Sie sich etwas genauer erinnern, wann Sie das Gefühl hatten, beobachtet zu werden?«

Anne Wieler verscheuchte eine aufdringliche Fliege von den Schokoladenkeksen. »Nicht genau«, sagte sie dann, »es war, als Axel gerade angefangen hatte an unserer Schule. Und er ist jetzt fast fünf Jahre dabei.«

»Wie lange hat die Affäre gedauert?«

»Nicht lange, knapp vier Monate.«

Charlotte schürzte die Lippen. Sie hatte nicht das Gefühl, dass eine vier Jahre zurückliegende Affäre von vier Monaten etwas mit dem gegenwärtigen Mordversuch zu tun hatte. Allerdings wäre es interessant zu wissen, ob Anne Wieler wirklich beobachtet worden war, und wenn, von wem.

Sie blieb einen Augenblick nachdenklich sitzen, bevor sie sich erhob.

»Ich denke, das war vorerst alles«, sagte sie. »Wenn Ihnen noch etwas einfällt, das uns bei unseren Befragungen weiterhilft, dann melden Sie sich bitte.«

Charlotte wandte sich zum Gehen. Anne Wieler erhob sich ebenfalls, was Charlotte zufrieden zur Kenntnis nahm. Nur eine kleine Aktion, aber immerhin schien Anne Wieler sich aufzuraffen. Sie öffnete die große Glastür zum Wohnzimmer, wo ihre Eltern auf dem Sofa saßen. Monika Wieler mit einem aufgeschlagenen Buch auf den Knien, ihr Mann starrte auf einen Computerbildschirm, aus dem Volksmusik drang.

Charlotte verabschiedete sich. Monika Wieler antwortete mit einem Nicken, ihr Mann nahm keine Notiz von Charlotte. Anne Wieler öffnete die Haustür für Charlotte. Sie wirkte gefasster als bei Charlottes Ankunft.

»Übrigens gibt es etwas zu feiern«, sagte Anne. »Ich werde Montag die Scheidung einreichen und habe meine Eltern heute zum Essen in unser Stammlokal eingeladen.«

Charlotte blieb stehen und lächelte. »Eine wirklich gute Idee«, sagte sie. »Aber passen Sie auf sich auf, wenn Sie schon auf Personenschutz verzichten.«

»Ach, was soll mir denn hier bei meinen Eltern passieren?«

Charlotte verabschiedete sich in der tröstlichen Gewissheit, dass Anne Wieler endlich aufgewacht war.

Eine gute Stunde später stand Charlotte vor Bergheims Haus in Amelinghausen und schaute beunruhigt auf die beschädigte Haustür.

»Rüdiger!«, rief sie und stieß die Tür auf. Keine Antwort. Sie eilte an der Küche vorbei durch den Korridor, der in das sogenannte Wohnzimmer führte. Als sie den Raum betrat, blieb sie verblüfft stehen. Das Zimmer sah aus wie ein Schlachtfeld, und mittendrin auf dem Fußboden saß Bergheim und blickte erstaunt von einem Blatt Papier auf. Als er Charlotte sah, huschte ein Lächeln über sein Gesicht. Er stand auf und ging auf sie zu, um sie zu umarmen, aber sie wich zurück, fixierte seine linke Wange, die eine Schramme zierte, und seinen bandagierten linken Unterarm.

»Was ist hier passiert?«, fragte sie vorwurfsvoll.

Bergheim ignorierte die Frage zunächst und küsste sie. »Schön, dich zu sehen«, sagte er. »Warum so ernst? Geht's dir nicht gut?«

Charlotte schob ihn ungehalten zurück. »Du weißt genau, was ich meine! Was ist hier passiert, und wieso hast du mich nicht angerufen?«

Bergheim seufzte. »Komm, wir gehen raus, dann erzähl ich dir alles.«

Charlotte folgte ihm auf die Terrasse. Es war kühler geworden, und dunkle Wolken waren aufgezogen. Bestimmt würde es regnen, und Charlotte fragte sich, wo zur Hölle sie sich dann aufhalten sollten. Es blieb ihnen nur das kahle Zimmer, in dem Rüdigers Luftbett stand. Wenig verlockend.

Bergheim drückte sie auf einen Stuhl. »Ich hole uns zwei Bier.«

»Nur wenn sie verschlossen sind«, rief Charlotte hinter ihm her. Sie hatte im Moment eine Aversion gegen Flaschen, ganz besonders, wenn sie aus Rüdigers Vorrat stammten. Bergheim kam zurück und stellte zwei Flaschen Heide Pils auf den Plastiktisch. Charlotte griff danach und untersuchte die Kronkorken auf Beschädigungen.

Bergheim beobachtete sie verdutzt. »Was machst du denn da? Die hab ich erst heute gekauft.«

»Ich hab's gerade nicht so mit Flaschen, egal, ob offen oder geschlossen, und aus deinem Kühlschrank schon gar nicht.« Sie stellte die Flaschen wieder auf den Tisch. »Scheinen in Ordnung zu sein.«

Bergheim hielt den Flaschenöffner in der Hand und blickte

Charlotte ungläubig an. »Findest du nicht, dass du ein bisschen übertreibst?«

»Nein. Du wolltest mir was erzählen.« Sie nahm die geöffnete Flasche entgegen und trank.

Er setzte sich, trank ebenfalls, und dann erzählte er, was sich in den letzten Tagen zugetragen hatte. Er erzählte ihr von dem Fotoalbum, das er gefunden hatte, und berichtete von seinem Gespräch mit Vera Torfhaus.

»Ich fühle mich ein bisschen schuldig«, fügte er am Ende hinzu. »Mein Onkel muss schrecklich einsam und unglücklich gewesen sein.«

»Wahrscheinlich«, stimmte Charlotte zu. »Das ist ja alles sehr traurig, aber es erklärt weder das Chaos in deinem Haus noch die kaputte Haustür und schon gar nicht deinen verbundenen Arm und die Schramme an deiner Backe.«

Bergheim drehte gedankenverloren die Flasche in seiner Hand. »Ja, das ist eine Sache, die ich nicht verstehe. Noch nicht, denn ich werde schon noch dahinterkommen. Tatsache ist, dass jemand hier eingebrochen ist, schon mehrfach. Anfangs wollte er mich wohl nur schikanieren, vielleicht dafür sorgen, dass ich das Haus verkaufe oder einfach wieder abhaue. Mittlerweile bin ich sicher, dass dieser Jemand etwas in diesem Haus sucht. Ich kann mir allerdings nicht vorstellen, was und wo es versteckt sein soll. Ich habe nämlich alles auseinandergenommen, die Wände abgeklopft und die Treppenstufen untersucht. Ich hab nichts Verdächtiges gefunden, auch nicht in den Papieren.«

Charlotte nahm einen Schluck und klopfte mit dem Flaschenboden auf den Tisch. »Da du mir nicht sagen willst, wie das mit deinem Arm passiert ist, gehe ich mal davon aus, dass du diesen Jemand überrascht hast, es ist zu einem Kampf gekommen, und er – oder von mir aus auch sie – ist dir entwischt.«

»Leider«, Bergheim nickte, »aber ich glaube, dass es ein Mann war. Für eine Frau war der Eindringling zu groß und zu kräftig.«

»Und du konntest sein Gesicht nicht sehen?«

»Nein, hab ihn nur von hinten gesehen. Er trug einen Kapuzenpullover, Jeans und Turnschuhe, und er war verdammt schnell unterwegs.«

Mittlerweile hatte es angefangen zu regnen, sodass Bergheim den Sonnenschirm aufspannte, da die Terrasse nicht überdacht war. Sie rückten unter dem Schirm zusammen, und Charlotte blickte missmutig in den dunkelgrauen Himmel.

Sie fröstelte. »Kannst du mir mal sagen, wo wir heute Nacht schlafen sollen? In diesem Chaos fühle ich mich nicht wohl.« Sie rümpfte die Nase.

»Ich auch nicht, aber ich werde mich hier keinen Meter wegbewegen, bevor ich nicht dahintergekommen bin, was hier los ist.«

»War ja klar«, seufzte Charlotte. »Das heißt also, heute Abend wieder Pizza.«

»Nein, wir gehen zum Fehlhaber. Wer immer glaubt, hier noch mal einbrechen zu müssen und irgendwas zu finden, soll nur kommen. Er hat keine Chance.«

Er stand auf. »Komm, ich fahre.«

»Was ist mit deinem Arm?«

»Geht schon.«

Nach einem äußerst befriedigenden Abendessen bestehend aus Schollenfilet mit Salzkartoffeln für Charlotte und Rumpsteak mit Fritten für Bergheim sowie einer Flasche Grauburgunder begaben sie sich zurück zu Bergheims Anwesen.

»Vielleicht sollten wir Herrn Dunschen in seinem Dolce Vita noch einen Besuch abstatten«, schlug Charlotte gut gelaunt vor. Sie hatte den Löwenanteil vom Grauburgunder genossen. »Damit er mich nicht vergisst.«

»Nein, wir gehen jetzt schlafen«, sagte Bergheim, während er Charlotte die Beifahrertür aufhielt.

»Jetzt schon?«, fragte Charlotte ungläubig, während sie sich auf den Beifahrersitz zwängte. »Es ist gerade mal zehn Uhr.«

»Wir sind hier auf dem Land«, sagte Bergheim grinsend. »Da geht man mit den Hühnern schlafen.«

Der Abend schien ohne Komplikationen verlaufen zu sein. Bergheim hatte die Tür offen gelassen, aber nichts schien darauf hinzudeuten, dass sich während ihrer Abwesenheit jemand im Haus zu schaffen gemacht hatte.

»Und wennschon«, entgegnete Bergheim auf Charlottes diesbezügliche Frage, »es wäre mir egal. Entweder er findet es und lässt mich dann in Ruhe, oder er findet es nicht, und ich finde es.«

NEUN

Am nächsten Morgen erwachte Charlotte als Erste und blickte für einen Moment verblüfft aus dem verschmutzten Fenster in den Sonnenschein.

Dann stieß sie einen tiefen Seufzer aus und schloss wieder die Augen. Wie schön wäre es, wenn man die Sonne und das Licht ohne die Übel dieser Welt genießen könnte, dachte sie. Aber das war Wunschdenken. Es gab immer irgendetwas, das einem die gute Stimmung vermieste. Allem voran die Schlechtigkeit, Habgier und Selbstsucht mancher Menschen. Ob man die jemals in den Griff bekam? Sie drehte sich auf die andere Seite und betrachtete Bergheim, der unbeeindruckt von den Übeln dieser Welt den Schlaf der Gerechten schlief.

Wie konnte er so zufrieden sein, fragte sie sich und sah sich in dem kargen Zimmer, das er großartig das Schlafzimmer nannte, um. Die mittlerweile vergilbten Tapeten mit dem undefinierbaren Blumenmuster auf ehemals weißem Grund stammten bestimmt noch aus den sechziger Jahren. Vielleicht konnte man sie einfach mit Binderfarbe überstreichen, überlegte Charlotte. Aber das war ja Unsinn. Sie verstand sowieso nicht, was Rüdiger an diesem alten Bauernhof fand. Ob das so was wie die Midlife-Crisis war? Schon möglich. Manchmal hatte sie ja selbst das Gefühl, dass die Arbeit in der Polizeiinspektion ihr nicht guttat. Immer mit den Auswüchsen menschlicher Perversion zu tun zu haben trug nicht dazu bei, sich gut zu fühlen. Manchmal fragte sie sich, ob sie schon abgestumpft war. Aber nein, sie war überzeugt, dass sie sich ihre Sensibilität und Empathie für die Leiden der Menschen bewahrt hatte, und sie konnte trotzdem noch als Ermittlerin arbeiten. Aber was war mit Rüdiger? Er hatte sich doch nicht umsonst hierher auf diesen Einsiedlerhof zurückgezogen.

Sie ließ ihren Blick schweifen. Meine Güte, wenn es hier

wenigstens gemütlich wäre. Aber nein, es war die reinste Bruchbude. Doch womöglich offenbarte sich hier Rüdigers Wunsch nach Frieden und Idylle. Frieden hatte er hier allerdings bisher nicht gefunden. Im Gegenteil. Jemand hatte ihm Tavor in sein Getränk gemischt und ihn verletzt.

Auch wenn Charlotte es sich nicht anmerken lassen wollte, sie machte sich Sorgen. Etwas war nicht in Ordnung. Nicht so, wie Rüdiger sich das wünschte. Sein Onkel hatte ihm ein undurchschaubares Erbe hinterlassen. Das war etwas, worum sie sich kümmern musste. Etwas Wichtiges. Aber da war eben auch dieser Fall, der ihr keine Ruhe ließ.

Anne Wieler war eine schwache Person. Selbst wenn sie sich jetzt zu einer Scheidung entschlossen hatte, was Charlotte mit Erstaunen und Erleichterung zur Kenntnis genommen hatte, war sie in ihren Augen schwach. Die Tatsache, dass das Verschwinden ihrer Tochter sie mehr oder weniger nicht tangierte, fand Charlotte befremdlich. Natürlich, das Mädchen hatte bei seinen Großeltern gelebt und war somit seiner Mutter sicherlich bis zu einem gewissen Grad entfremdet. Dennoch schien ihre Tochter in Anne Wielers Leben keine große Rolle zu spielen. Ganz im Gegensatz zu ihren Eltern, die den Verlust offensichtlich nicht verarbeiten konnten. Charlotte konnte sich keinen Reim auf die Geschehnisse machen. Dabei war sie sicher, dass es einen Zusammenhang geben musste zwischen dem Verschwinden der Tochter und dem Mordanschlag auf die Mutter. Sie hatte ihn nur noch nicht erkannt.

Bergheim grunzte, öffnete die Augen und sah Charlotte aus halb geöffneten Lidern an. Dann nahm er sie in die Arme, wobei sein bandagierter Arm sich schwerfällig um ihre Schultern legte.

»Oh, Frau Kommissarin«, murmelte er, »ich bin unschuldig.«

»Spinner«, sagte Charlotte und stand auf. »Ich gehe jetzt auf diese schmuddelige Toilette und werde die ebenso schmuddelige Dusche benutzen.«

Sie klaubte seine Hand von ihrer Hüfte und machte sich

barfüßig und nackt auf den Weg zum Bad. Glücklicherweise war es warm und sonnig. Der Regen vom Vortag hatte sich verzogen.

Eine knappe Stunde später standen Charlotte und Bergheim in der Bäckerei am Stehtisch, tranken Kaffee und aßen je ein belegtes Brötchen mit Käse und Schinken.

»Was machen wir heute?«, fragte Bergheim mit vollem Mund.

»Ich muss zurück«, sagte Charlotte. »Die anderen sind immer noch mit Befragungen beschäftigt. Ich kann mich da nicht ausklinken.«

Bergheim biss in sein Brötchen. »Willst du mir nicht erzählen, worum es geht?«

»Würde ich ja gern«, antwortete Charlotte kauend.

»Okay, laufende Ermittlungen, verstehe. Aber ich bin doch nicht irgendwer.«

»Nein, aber … ach, ich erzähl es dir später.«

»Wie du meinst. Wann fährst du?«

Charlotte warf einen Blick auf ihr Handy. »Spätestens gegen Mittag.«

»Schade, ich dachte, du würdest mir beim Umgraben helfen.« Er hob seinen bandagierten Arm. »Bin fast fertig, fehlt nur noch das kleine Stück neben dem Tümpel.«

»Gestern hattest du keine Probleme mit dem Arm. Und außerdem ist heute Sonntag.«

»Ja und? Du arbeitest auch.«

»Allerdings.«

Sie gingen zurück zu Bergheims Haus, Charlotte folgte ihm in den Garten.

»Es ist so schön hier«, sagte sie und betrachtete wohlwollend die Rhododendronbüsche. »Ich wünschte, ich könnte jetzt unbesorgt hier ein paar Bohnen pflanzen.« Charlotte blinzelte in die Sonne.

Bergheim öffnete die Tür zum Gartenhäuschen und griff nach einem Spaten. »Hier«, sagte er, »das bringt das Denken in Schwung.«

»Ja, klar«, antwortete Charlotte und warf einen Blick in den Gartenschuppen.

»Meine Güte«, sagte sie, »was für ein Chaos.« Dabei stutzte sie einen Moment. »Bist du verrückt? Du hortest hier uraltes Rattengift.«

»Ich weiß, das muss ich mal fachgerecht entsorgen.«

Charlotte hob vorsichtig den Deckel von dem Eimer und erstarrte.

Dann warf sie Bergheim einen langen, alarmierten Blick zu.

»Schau dir das an«, sagte sie und wartete, bis Bergheim gesehen hatte, was sie gesehen hatte. Dann sahen die beiden sich an.

»Wie es scheint, hast du nicht hier im Schuppen gesucht.«

Bergheim schüttelte verwundert den Kopf. »Nein. Und wie es scheint, der Einbrecher auch nicht.«

Beide schwiegen einen Moment.

»Was machen wir jetzt?«, fragte Bergheim.

»Na, du gehst zur Polizei und meldest den Fund, was denn sonst.«

»Wirklich?«

»Klar.«

Bergheim nahm Charlotte den Deckel aus der Hand und schloss den Eimer wieder.

»Die werden kommen und ein Riesenbohei veranstalten. Alles noch mal durchsuchen, obwohl ich das schon erledigt habe, und Fingerabdrücke nehmen und nach Spuren suchen.«

»Natürlich, ist doch gut, das wird der Einbrecher bestimmt mitkriegen, und du hast dann deine Ruhe.«

»Hm, und dann finde ich womöglich niemals raus, was mein Onkel mit diesem Zeug zu tun hatte, und vor allem, wer seine Komplizen waren.«

»Du willst das hier als Köder benutzen? Du bist verrückt, das kommt nicht in Frage! Das sind mehr als fünf Kilogramm Kokain oder Heroin oder was auch immer. Das hier ist kein Kinderspiel. Wenn du diesen Typen im Weg bist, werden sie dich eiskalt umbringen! Oder schlimmer, sie werden dich … zum Reden bringen wollen.« Charlotte wurde blass.

»Das glaube ich nicht. Der Typ, der hier eingebrochen war, ist nicht besonders helle, sonst hätte er doch im Schuppen gesucht.«

»Dann bist du auch nicht besonders helle. Hallo!«

»Ich frage mich sowieso, wieso er nicht wusste, wo das Zeug war. Das wusste offensichtlich nur mein Onkel.«

»Eben, und jetzt du.« Charlotte machte große Augen. »Bist du eigentlich sicher, dass dein Onkel eines natürlichen Todes gestorben ist?«

Bergheim sog hart die Luft ein. »Die Todesursache war Herzversagen. Wieso es versagt hat, weiß ich auch nicht. Ich hab das nicht hinterfragt, falls du das meinst.«

»Vielleicht hättest du das tun sollen. Vielleicht solltest du das jetzt noch tun. Wer hat denn überhaupt den Tod festgestellt?«

»Ein Arzt im Krankenhaus. Armin hat auf der Straße gelegen, wo ihn ein Passant gefunden und den Rettungswagen gerufen hat.«

»Also hat er noch gelebt, als er gefunden wurde?«

»Ja, soweit ich weiß.«

Charlotte schob Bergheim zur Seite und ging hinaus in die strahlende Sonne, die sie im Moment kaum ertragen konnte.

Bergheim stellte den Eimer wieder an seinen Platz und folgte ihr.

Er legte ihr die Hände auf die Schultern und küsste ihr Haar. Sie drehte sich unwirsch zu ihm um.

»Das ist purer Leichtsinn.«

Er ignorierte ihre Bedenken. »Weißt du, was ich nicht verstehe? Das Haus hat einige Wochen leer gestanden. Wer immer hier jetzt rumstöbert, hätte doch nach Armins Tod Zeit genug gehabt, hier alles auseinanderzunehmen. Wieso erst jetzt?«

»Was weiß ich.« Charlotte schüttelte ärgerlich seine Hände ab.

»Dieser Jemand muss zu der Zeit verhindert gewesen sein. Ich muss also rausfinden, wer sich erst seit meinem Einzug hier in der Gegend rumtreibt.«

»Und wie willst du das machen? Du bist im Moment kein Ermittlungsbeamter. Du bist höchstens Privatdetektiv.«

»Mir wird schon was einfallen«, murmelte Bergheim und schien in Gedanken schon nach Lösungen zu suchen. »Auf jeden Fall weiß ich jetzt, wieso meine Mutter Onkel Armin für einen schlechten Menschen gehalten hat.«

Charlotte schluckte. »Du meinst, deine Mutter hat von … diesem Nebenverdienst gewusst?«

»Ja. Ich denke, oder ich hoffe es zumindest. Nicht dass da noch irgendwas war.«

Es war früher Nachmittag, als Charlotte sich von Bergheim verabschiedete.

»Versprich mir, dass du keine Experimente machst. Und offiziell weiß ich nichts von dem, was da in deinem Schuppen lagert. Ich gehe davon aus, dass du das Richtige tust.«

»Natürlich, du kennst mich. Ich bin …«

»… du bist Kriminaler, ich weiß.«

Charlotte rollte mit den Augen, bestieg ihren Golf und warf Bergheim noch einen warnenden Blick zu. Dann brauste sie davon.

Sie war noch keine halbe Stunde unterwegs, als ihr Handy sich meldete. Maren, Pablo und Thorsten riefen wie vereinbart an. Sie hatten jedoch nichts Neues zu berichten. Das hatte Charlotte im Grunde auch nicht anders erwartet. Natürlich war ihre Vorgehensweise mühselig und, wie sie fürchtete, auch wenig erfolgversprechend. Wer würde schon zugeben, einem Menschen ein Fläschchen Gift untergejubelt zu haben? Sie mussten sich auf ihren Spürsinn verlassen, darauf, dass sie einen Lügner erkannten, wenn sie ihn vor sich hatten. Und oft kam ihnen der Zufall zu Hilfe, auch wenn Charlotte sich darauf nicht verlassen wollte. Nein, sie hoffte darauf, dass sich irgendwann ein Zusammenhang ergeben würde, sodass alle Puzzleteile zueinanderpassten.

Immerhin hatten sie jetzt eine neue Spur. Axel Schott. Wie die Dinge lagen, hatte er ein Motiv und auch die Möglichkeit. Er wusste von Anne Wielers Angewohnheit mit dem Magenbitter, er hatte fast täglich Kontakt zu ihr, und es wäre ein Leichtes gewesen, im Lehrerzimmer in einem unbeobachteten Moment ein Fläschchen in ihre Tasche zu stecken. Außerdem war er Biologe und wusste mit Sicherheit um die Wirkung von Oleandrin, das man sich obendrein leicht beschaffen konnte. Oleander war ja keine seltene Pflanze, genau wie Fingerhut oder Tollkirsche. Aber die toxische Wirkung von Digitalis und Atropin war relativ bekannt. Wer wusste schon, dass die Blätter und der Pflanzensaft vom Oleander hochgiftig waren? Und dass Schott sein Verhältnis mit Anne Wieler um jeden Preis vor seiner depressiven Frau geheim halten wollte, war ebenfalls klar. Vielleicht war Anne Wieler gar nicht so fürsorglich, wie sie tat. Vielleicht hatte sie ihm gedroht, seiner Frau alles zu sagen. Was hätte das für Konsequenzen gehabt? Auch für die zwei Kinder? Das hätte Axel Schott doch um jeden Preis verhindern wollen.

Aber was hatte das mit dem Verschwinden von Verena vor drei Jahren zu tun? Gab es da einen Zusammenhang? Laut Anne Wieler hatte die Affäre nur vier Monate gedauert und war vor knapp vier Jahren zu Ende gegangen. Charlotte seufzte. Es half nichts, sich jetzt den Kopf zu zerbrechen. Sie mussten mit Axel Schott reden.

Außerdem machte sie sich Sorgen um Rüdiger. Was hatte er sich da aufgehalst mit diesem Erbe? Sie wünschte sich wirklich, er würde die Bruchbude mitsamt dem Land verkaufen und wieder nach Hannover zurückkommen. In ihre Wohnung und in ihr Team. Sie schaltete das Radio ein. Tina Turner schmetterte »*You're simply the best*«. Charlotte stimmte ein, »*better than all the rest*«, und schlug mit den Händen im Takt auf das Lenkrad.

Sie musste diesen Fall so schnell wie möglich lösen, und dann würde sie Rüdiger von seinem Irrweg abbringen. Sein Platz war in Hannover, nicht irgendwo in der Provinz.

***

Nachdem Bergheim Charlotte verabschiedet hatte, ging er in den Schuppen, um sich die drei gut verschnürten Päckchen genauer anzusehen. Er hütete sich, die Päckchen zu öffnen, aber der leichte Petrolgeruch, der von ihnen ausging, sprach für Kokain. Die Päckchen wogen nach seiner Schätzung etwa zehn Kilo, was einem Marktwert von mindestens dreihundertfünfzigtausend Euro entsprach. Bergheim packte die Päckchen wieder an ihren Platz.

Er fragte sich, warum sein Onkel so ärmlich lebte, wenn er in seinem Gartenhäuschen Rauschgift im Wert von über einer Viertelmillion Euro hortete. Oder waren dieses heruntergekommene Haus und der Hof nur Tarnung? Gab es womöglich irgendwo ein fettes Bankkonto in der Schweiz oder in Luxemburg, und der Dieb hatte nach der Kontonummer gesucht? Bergheim kicherte in sich hinein. Womöglich war er mittlerweile ein Krösus und hatte keine Ahnung davon.

Was sollte er jetzt machen? Seine Kollegen von der Kripo Lüneburg, die hier zuständig waren, kontaktieren? Im Grunde blieb ihm nichts anderes übrig, wenn er sich nicht selbst verdächtig machen wollte. Allerdings graute ihm vor dem Prozedere, das dann auf ihn zukam. Sie würden alles auseinandernehmen, was noch auseinanderzunehmen war. Und sie würden ihm nicht ohne Weiteres glauben, dass er keine Ahnung hatte von dem Kokain. Wenn er in solchen Fällen ermittelte, war er auch misstrauisch. Man würde ihn in jedem Fall durchleuchten, aber im Grunde war das egal. Er hatte den Dienstweg eingehalten und das Kokain abgegeben.

Fertig. Wer sollte ihm einen Strick daraus drehen? Vielleicht sollte er vorher noch mal alle Papiere genau durchgehen. Außerdem war heute Sonntag. Da hatte niemand Lust, den ganzen Apparat in Gang zu setzen. Es hatte Zeit bis morgen. Da er zu diesem Entschluss gekommen war, fühlte er sich besser.

Er griff nach dem Spaten, um den Rest Gartenland an dem kleinen Tümpel umzugraben. Wütend pflügte er mit dem Spaten die Erde um, bis sich sein verletzter Arm meldete. Missmutig warf er den Spaten auf die Scholle. Irgendwie war hier der Wurm drin, vielleicht sollte er alles verkaufen und zurückgehen nach Hannover. Er bückte sich, um den Spaten aufzuheben und ihn zurückzubringen. Dabei fiel ihm etwas Blaues auf, das aus der gelockerten Scholle ragte. Eine Aldi-Plastiktüte.

Wer, zum Kuckuck, machte denn so was? Er zog an dem Zipfel, der sich jedoch nicht bewegen ließ. Er griff mit beiden Händen zu, doch die Tüte saß fest im Erdreich. Das machte ihn jetzt wütend. Er buddelte den Zipfel frei und grub immer tiefer, bis er eine rissige, spröde Aldi-Einkaufstüte freigelegt hatte. Verdammt, dieses Plastik war echt widerstandsfähig. Er nahm den Spaten und versuchte, sie zu öffnen. Drinnen klebte ein undefinierbarer Klumpen. Bergheim zerbröselte den Klumpen mit dem Spaten und stieß auf etwas Festes, es sah aus wie ein vom Erdreich überzogenes, handtellergroßes Drahtgestell. Er warf den Spaten weg, fischte das Drahtgestell aus dem Erdklumpen und wischte es ab. Zum Vorschein kam ein rundes, ziseliertes Teil mit etwas Festem in der Mitte, einem Stein oder Ähnlichem. Bergheim wischte weiter. Das Metall könnte Silber sein, dachte er, und was das für ein Stein in der Mitte war, konnte er nicht feststellen.

Er ging in die Küche und schrubbte das Gestell mit der Spülbürste ab. Er staunte nicht schlecht, als er feststellte, was er da in der Hand hielt. Es war ein ziemliches Monstrum von einer Brosche. Der Stein, dunkel, womöglich Granat oder so was, von einer Art silbernem Gitter eingefasst. Was, zum Teufel, lag hier noch alles herum? Vielleicht ein Schatz? Bergheim kicherte wieder. Vielleicht sollte er weitergraben – falls es da noch etwas gab, das die Polizei interessieren würde, sollte er damit nicht peu à peu um die Ecke kommen. Er ging wieder in den Garten, zu dem kleinen Tümpel, und griff nach dem Spaten. Scheiß auf den Arm. Er würde der Sache jetzt auf den Grund gehen. Er kam nicht gut voran, denn der Arm behinderte ihn mehr, als ihm lieb war, aber er ließ nicht locker.

Nach der Plastiktüte kam etwas Ledernes zum Vorschein. Sah aus wie ein Riemen. Bergheim beschloss, noch fünf Minuten zu graben und dann alles wieder zuzuschütten. Nach ein paar Spatenstichen stieß er auf weiteres Plastik. Schwarz und ziemlich dick. Eine Plane. Er holte einen Besen und versuchte herauszufinden, wie groß die Plane war, grub mit der Hand weiter und fegte die Oberfläche frei, bis er die Ränder ausgemacht hatte, und kam sich dabei vor wie ein Archäologe, der vorsichtig die Erde von einem Dinosaurierskelett pinselte. Er stand mittlerweile bis zu den Oberschenkeln im Erdreich.

Als er die Plane freigelegt hatte, hob er sie vorsichtig an. Sie war nicht besonders schwer, dennoch konnte er sie mit seinem verletzten Arm nicht aus dem Loch herausziehen. Also ging er in den Geräteschuppen und holte eine Schere. Dann machte er sich daran, die Plane aufzuschneiden. Es war anstrengend, denn das Material war ziemlich dick. Er brauchte fünf Minuten, um die Plane so weit einzuschneiden, dass er sie aufklappen konnte.

Was er dann sah, ließ ihn erstarren. Vor ihm lag ein menschlicher Schädel. Das reichte. Er fuhr zurück und kraxelte hektisch aus dem Erdloch heraus. Oben stand er eine Weile wie paralysiert. Die tröstliche Hoffnung, dass sein Onkel den Garten als Friedhof für seine kranken Tiere benutzt hatte, konnte er gleich verwerfen. Es sei denn, er hatte sich einen Schimpansen als Haustier gehalten.

Bergheim kicherte vor sich hin. Jetzt werd nicht hysterisch, ermahnte er sich selbst. Das ist nicht die erste Leiche, die du findest, sagte seine Ermittler-Ratio. Nein, aber die erste auf meinem eigenen Grund und Boden, konterte sein sensibles Ego. Was für ein verdammter Mist!

Den Plan, die Polizei erst morgen über seinen Rauschgiftfund zu informieren, konnte er ja nun verwerfen. Er fragte sich sowieso, wie er das Ganze erklären sollte. Wenn die Bullen hier gute Ermittler waren, würden sie ihn auseinandernehmen. Auf jeden Fall war es bis auf Weiteres mit der Ruhe vorbei.

***

Am frühen Sonntagabend klingelten Maren und Charlotte an Axel Schotts Haustür. Die Familie Schott bewohnte ein kleines, aber feines Einfamilienhaus in Isernhagen. Maren hatte sie telefonisch angekündigt.

Axel Schott öffnete persönlich und führte sie durch einen hellen Flur in ein geräumiges Wohnzimmer. Im Haus herrschte eine familiäre Atmosphäre. Auf dem Eichenparkett lagen Legosteine verstreut, und vor dem großen Fenster, das den Blick auf ein kleines Handtuchgrundstück freigab, stand ein Puppenhaus. Der Couchtisch diente als Unterlage für ein Puzzle. Statt Fernseher gab es einen Beamer, und gegenüber dem Fenster stand ein altes Klavier.

Schott bat die beiden Ermittlerinnen sichtlich nervös, Platz zu nehmen. »Meine Frau ist mit den Kindern zum Spielplatz gegangen, sie ist erst heute Morgen aus einer Klinik in Bayern zurückgekommen«, erklärte er ungefragt die Abwesenheit seiner Familie.

Er setzte sich auf den Klavierhocker und wartete, bis Maren und Charlotte auf der Couch Platz genommen hatten. Er knetete nervös die Hände und warf immer wieder einen Blick aus dem Fenster, als ob er seine Familie von dort zurückerwartete. Er war ein gut aussehender Mann. Er hatte große braune Augen und volles Haar. Eine dunkle Locke fiel ihm in die Stirn.

»Herr Schott, nach unseren Erkenntnissen hatten Sie vor vier Jahren ein Verhältnis mit Ihrer Kollegin Anne Wieler. Ist das richtig?«

Schott zappelte auf seinem Hocker herum und rang wieder die Hände. »Meine Güte, ja, aber es hat nicht lange gedauert, und es ist lange her … Hören Sie, meine Frau ist in einer sehr labilen Phase. Sie leidet an Depressionen. Wenn sie davon erfährt, weiß ich nicht, ob sie das verkraftet.«

Charlotte zuckte innerlich mit den Schultern. Was sollte sie dazu sagen? Ach, Herr Schott, wenn das so ist, werden wir Sie nicht weiter stören? Die Menschen kamen auf absurde Ideen, auch wenn sie natürlich Verständnis hatte für seine Situation.

»Ist das der Grund, warum Sie uns bei der Befragung nichts davon gesagt haben? Oder gibt es noch einen anderen Grund?«

Schott faltete die Hände. »Ich bitte Sie, natürlich war das der Grund, warum sollte ich das sonst verschweigen?«

Charlotte warf Maren einen Blick zu. Sie sollten zum Angriff übergehen.

»Kann es sein, dass Sie Angst hatten, Anne Wieler würde Ihr kleines Geheimnis ausplaudern, dass Sie das unter allen Umständen verhindern wollten und ihr deshalb ein Fläschchen mit Gift in ihre Handtasche gesteckt haben? Sie sind Biologielehrer und kennen sich mit Giften aus. Sie hatten also Motiv, Gelegenheit und Mittel.«

Natürlich waren sich sowohl Charlotte als auch Maren im Klaren darüber, dass sie keinerlei Beweise hatten, um ihre Mutmaßungen zu untermauern. Für eine Verhaftung reichte das auf keinen Fall. Axel Schott schien diese Meinung zu teilen. Er schien plötzlich selbstsicherer, richtete sich auf und sah zuerst Maren, dann Charlotte böse an.

»Das sind unverschämte Unterstellungen«, zischte er. »Anne würde so was niemals tun und schon gar nicht jetzt noch. Nach vier Jahren!« Er kniff die Augen zusammen. »Oder hat sie so was gesagt?« Als keine der beiden Frauen antwortete, fuhr er fort: »Und von den Fläschchen wusste das ganze Kollegium, und jeder von denen hätte die Möglichkeit gehabt – wie Sie so schön sagen –, ihr ein Fläschchen in die Handtasche zu stecken. Und was das Gift betrifft. Ich habe keine Ahnung, von welchem Gift Sie reden. Arsen? Strychnin? Was?«

»Wir stellen die Fragen, Herr Schott«, sagte Charlotte, die

zunehmend zu dem Schluss kam, dass sie hier nichts weiter ausrichten konnten.

Axel Schott hatte sich wieder beruhigt. »Hören Sie«, sagte er und faltete dabei beschwörend die Hände, »wir hatten damals beide Probleme, Anne und ich. Meine Frau war in einer Nervenklinik, und sie war – und ist – in ihrer Ehe unglücklich. Sie hat das damals beendet, weil sie Angst vor ihrem Mann hatte. Und deswegen würde sie diese Affäre auch ganz bestimmt nicht publik machen. Wer weiß, was dieser Kerl sich einfallen lassen würde …«

Er blickte wieder aus dem Fenster, denn das Gartentor ging auf, man hörte Kinderstimmen und Hundegebell.

Schott stand abrupt auf. »Ich muss Sie jetzt bitten zu gehen. Sofort.«

Maren und Charlotte warfen sich einen Blick zu und standen auf. »Sie halten sich bitte zu unserer Verfügung, falls wir noch weitere Fragen haben«, sagte Charlotte.

»Pff, was glauben Sie? Dass ich abhaue? Ich bin nicht bescheuert.«

Als Charlotte und Maren zwei Minuten später in Charlottes Golf saßen, machte Maren sich Luft.

»Meine Güte, ich kam mir vor wie eins seiner Schulkinder. Das hat uns jetzt kein bisschen weitergebracht.«

»Doch«, erwiderte Charlotte und ließ den Wagen an. »Ich bin mir ziemlich sicher, dass er die Wahrheit sagt.«

Maren seufzte. »Ja, ich glaub es auch, aber vielleicht sollten wir gezielter nach dem Oleandrin fragen. Vielleicht verrät sich da jemand.«

»Was würde das bringen? Höchstens, dass der Täter weiß, dass wir Bescheid wissen. Damit hätte er die Möglichkeit, Spuren zu verwischen. Und außerdem, wenn es publik wird – und das würde es –, dann hätten wir es wieder mit falschen Geständnissen zu tun, denen wir nachgehen müssten. Du weißt doch, was läuft.«

»Ja, aber es macht die Befragung kompliziert.«

»Ich glaube nicht, dass es uns weiterbringt, wenn wir die Tatwaffe preisgeben. Wir müssen einfach weiter in Anne Wielers Umfeld graben. Und dass das Verschwinden ihrer Tochter nichts mit dem Mordanschlag zu tun hat, das will mir auch nicht in den Kopf. Irgendwo in diesem Umfeld gibt es ein Motiv. Wir haben es nur noch nicht gefunden.«

»Meinst du nicht, wir sollten uns mal mit Schotts Frau unterhalten?«

»Wir werden überprüfen, ob sie wirklich in der Klinik war. Das kann Thorsten morgen erledigen. Wenn nicht, müssen wir mit ihr reden. Depression hin oder her.«

***

Es war genau, wie er vorhergesehen hatte. Die Kripo war da und nahm sein Erbe auseinander. Zwei Streifenwagen, ein blauer Kombi und ein schwarzer Audi drängelten sich neben seinen alten Citroën in seiner schmalen Einfahrt, und im Garten wimmelte es von Menschen in weißen Schutzanzügen, die die Plane mitsamt ihrem Horrorinhalt geborgen und auseinandergefaltet hatten. Ein Hundeführer nahm sich zunächst den Schuppen vor und dann das gesamte Haus, um sicherzustellen, dass kein weiteres Rauschgift vorhanden war. Bergheim stand an sein Auto gelehnt und übte sich in Geduld. Die beiden Kripobeamten, ein Mann und eine Frau, hatten sich zuerst im Garten, dann im Haus umgesehen und kamen jetzt auf Bergheim zu. Die Frau, blonde Kurzhaarfrisur, groß und vollschlank, ganz in Schwarz gekleidet, Bergheim schätzte sie auf Anfang vierzig, zückte ihren Ausweis und stellte sich als Hauptkommissarin Gesa Topol vor, ihren etwas jüngeren Begleiter als Oberkommissar Oliver Boozen.

»Wo können wir uns denn in Ruhe unterhalten?«, fragte sie Bergheim und warf einen Blick auf das ramponierte Anwesen.

»Wenn Sie im Haus fertig sind, könnten wir in die Küche

gehen«, sagte Bergheim, »da haben wir einen Tisch, und ich hole uns noch einen zusätzlichen Stuhl von der Terrasse, wenn das okay ist.«

Die Hauptkommissarin stimmte zu, und zwei Minuten später quetschten sich die drei in der schmalen Küche an den kleinen Tisch.

»Tut mir leid«, Bergheim glaubte, sich für das Chaos ringsum rechtfertigen zu müssen, »aber ich habe das Anwesen vor zwei Monaten geerbt und bin ... war dabei, es ... bewohnbar zu machen.«

Gesa Topol nickte und sah Bergheim forschend an. »Wenn ich das richtig sehe, sind wir Kollegen.«

»Stimmt, aber im Moment bin ich nicht im Dienst.«

»Verstehe.« Gesa Topol legte ihr Handy auf den Tisch, um die Befragung aufzunehmen. Nachdem die Personendaten aufgenommen waren, stützte sie die Ellbogen auf den Tisch und legte die gefalteten Hände an die Lippen.

»Schildern Sie doch einfach mal, wie Sie die Leiche gefunden haben und das Kokain.«

Bergheim berichtete wahrheitsgemäß, was sich in den letzten Stunden abgespielt hatte. Er gab an, das Kokain am Morgen gefunden zu haben, verschwieg aber Charlottes Anwesenheit. Als er danach das kleine Feld neben dem Tümpel umgraben wollte, sei ihm ein Stück Plastiktüte aufgefallen. Er habe weitergegraben, sei dann misstrauisch geworden und habe sich gefragt, was sich hier wohl neben dem Rauschgift noch alles verborgen hielt, und sei dann auf die Plane gestoßen. Nachdem er den Schädel gesehen habe, habe er sofort bei der Polizei angerufen.

Gesa Topol nickte, während Oliver Boozen Bergheim schweigend musterte.

»Habe ich das richtig verstanden? Sie haben das Rauschgift gefunden und haben dann weiter Ihren Garten umgegraben. Wieso haben Sie den Fund nicht sofort gemeldet?«

Bergheim verzog den Mund. »Das wollte ich auf morgen verschieben. Ich dachte mir, auf einen Tag kommt es nicht an, und na ja, es ist Sonntag. Ich gönne meinen Kollegen ihr Wochenende.«

Er lächelte gewinnend, aber Gesa Topol verzog keine Miene. Oliver Boozen musterte seine Fingernägel. Bergheim hatte das Gefühl, dass er ein Grinsen versteckte.

Gesa Topol räusperte sich. »Sehr löblich, aber nicht unbedingt klug. Was glauben Sie, wie lange das Kokain schon hier lagert?«

»Ich habe keine Ahnung, mindestens, seit ich hier eingezogen bin, und das war vor zwei Monaten. Allerdings gab es seither ein paar merkwürdige Zwischenfälle.«

»Was für Zwischenfälle?«, hakte Gesa Topol nach, als Bergheim schwieg.

»Nun ja«, er deutete auf seinen verletzten Arm, »das hier hat mir ein Einbrecher verpasst, den ich überrascht habe. Das war vorgestern. Er war dabei, das Haus zu durchsuchen.«

»Können Sie ihn beschreiben?«

»Leider nicht, er trug einen Kapuzenpullover, und ich habe ihn nur von hinten gesehen. Aber ich hatte schon vorher hin und wieder das Gefühl, dass jemand im Haus gewesen war.«

»Wieso?«

»Weil Dinge nicht an ihrem Platz waren und andere Dinge woanders lagen, als ich sie hingelegt hatte.« Dass jemand Tavor in seine Colaflasche gemischt hatte, behielt er für sich. »Mir war schon klar, dass hier jemand etwas suchte, und ich habe ebenfalls angefangen zu suchen. War allerdings auf der falschen Fährte, weil ich eher an Papiere gedacht hatte. Und dann habe ich heute per Zufall einen Blick in den Eimer mit Rattengift geworfen …«

»Und haben dort mehrere Kilo Kokain gefunden, und dann haben Sie anschließend den Garten umgegraben und ein Skelett gefunden.« Gesa Topol hob die Brauen und sah ihn zweifelnd an.

»Ja, so war's, was soll ich machen?«, sagte Bergheim, für den sich die ganze Geschichte ebenso absurd anhörte wie für seine Kollegen, die ihm hier gegenübersaßen.

Topol musterte ihn eine Weile schweigend. »Haben Sie eine Ahnung, um wen es sich bei der Leiche in Ihrem Garten handeln könnte?«, fragte sie dann leise.

»Absolut nicht. Ich habe meinen Onkel, der hier vorher gelebt hat, kaum gekannt. Ich war erstaunt, als ich von dem Erbe erfahren habe. Persönlich hatten wir keinen Kontakt, weder meine Mutter, seine Schwester, noch meine Großmutter noch ich.« Es widerstrebte ihm, seinen Onkel Armin anzuschwärzen, aber wie die Dinge lagen, musste er etwas mit diesem Skelett zu tun haben.

»Warum hatten Sie keinen Kontakt?«

Bergheim seufzte. »Das weiß ich leider nicht so genau. Meine Mutter und meine Großmutter hatten die Befürchtung, dass …«, Bergheim wusste nicht, wie er sich ausdrücken sollte, »… dass mein Onkel es mit dem Gesetz nicht so genau nahm.«

Er konnte das nicht verheimlichen, und außerdem war Onkel Armin tot. Es tat ihm nicht mehr weh. Und offensichtlich hatten die beiden Frauen ja recht gehabt. Wer weiß, was sich hier noch alles verbarg. Womöglich würden sie hier den kompletten Garten umpflügen. Bitte, nur zu, dachte Bergheim, sollte ihm recht sein.

»Sie haben also keine Ahnung, wie das Rauschgift in Ihr Haus gekommen ist und wer die Leiche in Ihrem Garten vergraben hat?«

Bergheim zog die Schultern hoch. Das war ihm jetzt unangenehm. Die glaubten ihm nicht. Natürlich nicht. Er würde sich auch nicht glauben.

»Nein, ich wünschte, ich hätte eine, das können Sie mir glauben.«

Topol nahm ihr Handy vom Tisch, schaltete die Aufnahmefunktion aus und stand auf. »Na gut, das wär's fürs Erste. Sie kennen ja das Prozedere und werden sich zu unserer Verfügung halten.«

»Selbstverständlich.«

Boozen stand ebenfalls auf.

Bergheim fragte sich, ob er noch lernte, er hatte die ganze Zeit kein Wort gesagt.

Die beiden Kripobeamten verließen die Küche und gingen in den Garten, um sich mit dem Rechtsmediziner zu besprechen. Bergheim wäre ihnen liebend gern gefolgt, aber er hatte dort keinen Zutritt. Vielleicht konnte er Charlotte überreden, sich irgendwie Informationen zu verschaffen. Er wollte verdammt noch mal wissen, was es mit dieser Leiche auf sich hatte. Und er wollte wissen, wer, zur Hölle, seinen Schuppen als Rauschgiftdeponie missbrauchte. Was hatte sein Onkel hier bloß aufgezogen?

***

Als Charlotte am Abend endlich ihre Wohnung betreten hatte und die Tür hinter ihr ins Schloss fiel, klingelte es.

»Oh, bitte nicht jetzt.«

Sie hatte sich vorgenommen, sofort unter die Dusche zu gehen, sich dann ihren Jogginganzug anzuziehen und mit einem Glas Grauburgunder ihre Spaghetti carbonara zu vertilgen, die sie sich von der Osteria mitgebracht hatte. Sie betätigte die Sprechanlage und erhielt eine tadelnde Antwort von ihrer Mutter.

»Du hast wohl vergessen, dass du eine Mutter hast?«

»Oh, komm rauf.«

Sie betätigte den Türöffner und schlug sich gegen die Stirn. Sie hatte tatsächlich seit Tagen nicht an ihre Mutter gedacht, die sie mehrfach angerufen hatte. Sie konnte sie jetzt nicht einfach abwimmeln. Als ihre Mutter die Wohnung betrat, warf sie Charlotte kopfschüttelnd einen tadelnden Blick zu.

»Wieso antwortest du nicht auf meine Anrufe?«

»Komm erst mal rein.« Charlotte schloss die Wohnungstür und lotste ihre Mutter ins Wohnzimmer, wo sie sich aufs Sofa fallen ließ. »Tut mir echt leid, aber im Moment ist in der Inspektion einfach der Teufel los.«

»Das sagst du immer.«

Das stimmte wahrscheinlich, deshalb sparte sich Charlotte eine Rechtfertigung.

»Also, ich wollte dir nur sagen, dass ich übermorgen nach Fuerteventura fliege und ich dem Makler deine Adresse gegeben habe. Falls es wegen der Wohnung Fragen gibt, soll er sich an dich wenden.« Ihre Mutter setzte sich etwas geziert auf die vorderste Kante des Fernsehsessels.

»Ach, das ist aber ein spontaner Entschluss, oder liegt irgendwas Wichtiges an? Auf Fuerteventura?«

»Nein, wieso? Dorothea von unserem Hinterbliebenen-Club hat mich gebeten mitzufliegen. Sie will sich dort ein Apartment kaufen, und da ich mich ja jetzt mit der Wohnungssuche auskenne, meinte sie, es würde ihr helfen, wenn ich mitkomme. Früher hat sie sich immer auf ihren Rudolf verlassen. Na ja, ich hab zugesagt. Du bist ja immer beschäftigt, und seit Rüdiger in der Heide ist, bist du ja nur noch unterwegs. Was macht der eigentlich? Wollt ihr euch trennen?«

Charlotte rollte mit den Augen. »Nein, wieso denn? Wie kommst du darauf?«

»Na ja, du bist am Sonntagabend allein, scheinst auch allein zu wohnen.« Sie sah sich demonstrativ in der Wohnung um.

Charlotte musste ihrer Mutter insgeheim recht geben. Sie vermisste Rüdiger offensichtlich mehr als er sie. Sie fragte sich, wie er sich das in Zukunft vorstellte. In diesem Moment meldete sich ihr Handy.

»Hey, Rüdiger«, sagte sie und warf ihrer Mutter einen vielsagenden Blick zu. »Was machst du? Meine Mutter ist gerade hier … nein, erzähl, du störst nicht.« Sie lauschte angespannt, während ihr langsam die Gesichtszüge entglitten.

»Das gibt's doch nicht. Du kannst auf keinen Fall dort bleiben.« Charlotte war aufgesprungen. Sie hörte eine Weile schweigend zu, während sie im Zimmer auf und ab lief. Ihre Mutter beobachtete sie besorgt. »Ja … ja, das weiß ich, aber … dann nimm dir ein Hotelzimmer.« Sie rieb sich über die Augen.

»Meine Güte, verkauf das Haus. Da ist doch der Wurm drin! Gott weiß, was du da noch alles findest.«

Sie hörte noch eine Weile zu, ihre Mutter war ebenfalls aufgestanden und hatte die Hände vor der Brust gefaltet. »Aber du nimmst dir ein Hotelzimmer. Versprich es!«, sagte Charlotte nach einer Weile und: »Pass auf dich auf.« Dann beendete sie das Gespräch, behielt das Handy noch in der Hand und blickte ihre Mutter fassungslos an.

»Um Himmels willen«, sagte die, »was ist denn passiert? Soll ich hierbleiben?«

Charlotte schüttelte den Kopf und setzte sich wieder. »Danke, aber du kannst wirklich nichts tun. Nicht mal ich kann was tun, und ich bin bei der Kripo.«

»Nun erzähl doch. Ist sein Haus abgebrannt, oder warum soll er in ein Hotel gehen?«

Charlotte kicherte. Das wäre in der Tat die bessere Alternative gewesen, im Vergleich zu dem, was sich da in Rüdigers neuem Zuhause tatsächlich abspielte.

»Wenn es nur so wäre«, sagte sie laut. Und dann erzählte sie ihrer Mutter, was drüben in Amelinghausen passiert war. »Die Kripo war dort, und sie haben das Oberste zuunterst gekehrt und Rüdiger intensiv befragt. Natürlich.« Sie verzog den Mund. »Am liebsten würde ich sofort hinfahren.«

»Bist du verrückt! Dann bleibe ich hier. Du brauchst mich jetzt.«

Charlotte stand auf und umarmte ihre Mutter. »Das ist wirklich lieb von dir, aber völlig unnötig. Ich habe alle Hände voll mit diesem Mordfall zu tun. Rüdiger wird schon ohne mich klarkommen.« Müssen, dachte sie im Stillen.

»Bei deinem Fall geht es um diese Tote im Theater am Aegi, richtig?«

Charlotte nickte nur. Am liebsten hätte sie ihrer Mutter alles erzählt, manchmal hatten ältere Frauen verblüffende Assoziationen. Aber das verkniff sie sich. Zumindest für den Moment.

»Ich weiß, du darfst nicht drüber reden. Ich wünschte wirklich, ich könnte dir helfen.«

Charlotte sah ihre Mutter an. »Ja, das wünschte ich auch.« Sie hatte ein bisschen ein schlechtes Gewissen. Sie kümmerte sich zu wenig um ihre Mutter. Zum Glück war sie noch rüstig und gesund und kam ganz gut allein zurecht.

»Leider kann ich nicht länger bleiben, ich habe noch eine Verabredung«, sagte ihre Mutter und stand auf.

Charlotte wunderte sich ein bisschen, eben wollte sie noch ihre Reise absagen.

Charlotte erhob sich ebenfalls und begleitete ihre Mutter zur Tür. Bevor sie die Wohnung verließ, drehte sie sich noch einmal um.

»Kind, ich habe ja keine Ahnung, aber manchmal muss man sich auf das Elementare besinnen. Hast du denn vergessen, warum Menschen ihre Mitmenschen umbringen? Geld, Eifersucht, Rache. Darum geht es immer.«

Charlotte verkniff sich ein Lächeln. »Natürlich, Mama, du hast recht. Man vergisst das manchmal.«

Als sich die Tür hinter ihrer Mutter geschlossen hatte, ging Charlotte gedankenverloren in die Küche, öffnete den Kühlschrank und nahm die Flasche Grauburgunder heraus. Der Appetit war ihr vergangen, und duschen konnte sie später auch noch. Sie konnte nicht fassen, was da bei Rüdiger passierte. Was hatte er sich da nur aufgehalst? Sie machte sich Sorgen um ihn. Er sollte das verdammte Haus verkaufen und zurückkommen nach Hannover, zu ihr. Das war doch alles verrückt. Wieso sollte er sich mit den Altlasten seines Onkels abgeben? Es würde ihn nur belasten.

Sie musste ihn irgendwie davon überzeugen, diesen blödsinnigen Plan vom Leben auf dem Land aufzugeben. Nur wie? Sie nahm einen kräftigen Schluck von dem Grauburgunder und ignorierte ihren Magen, der sich verkrampfte. Und was ihre Mutter gesagt hatte, machte sie nachdenklich. Ja, es stimmte, manchmal vergaß man bei den Ermittlungen, worum es ging.

Einfach weil man den Wald vor lauter Bäumen nicht sah. Sie musste versuchen, sich auf das Wesentliche zu konzentrieren. Warum sollte jemand Anne Wieler töten wollen? Geld? Möglich, dann wäre Ben Dreyer der einzige Kandidat. Die Lebensversicherung von Anne. Aber wäre er wirklich so dumm, es auf diese Art zu versuchen? Mit einem Fläschchen Gift in ihrer Handtasche? Charlotte hielt Ben Dreyer zwar nicht für clever, aber auch nicht für dumm genug, sich zusätzlich als Hauptverdächtigen zu präsentieren, der er als Ehemann ohnehin war.

Und dann das Verschwinden ihrer Tochter. Seltsam. Es könnte natürlich sein, dass Dreyer Anne Wielers Tochter aus dem Weg geräumt hatte, weil sie in der Erbfolge im Wege war. Leider hatte er ein Alibi für das Datum ihres Verschwindens. Er könnte natürlich jemanden beauftragt haben. Wäre nicht das erste Mal, dass jemand jemanden beauftragte, seine Ehefrau zu ermorden oder sonst etwas Ungesetzliches zu tun, was man selbst nicht erledigen wollte.

Charlotte musste an Fabio Dunschen denken, den sie für einen Mörder hielt und der immer noch frei herumlief. Das würde ihr nicht noch mal passieren. Sie würde Ben Dreyer nicht vom Haken lassen. Darüber hinaus fiel Charlotte zum Geldmotiv niemand ein. Rache? Wofür? Was könnte Anne Wieler verbrochen haben, dass jemand so massiv Rache an ihr nehmen würde? Bis jetzt gaben ihre Nachforschungen in dieser Hinsicht nichts her. Anne Wieler war die Harmlosigkeit in Person. Dennoch, auch in dieser Beziehung durften sie nicht nachlassen. Eifersucht? Dann war wieder Ben Dreyer der Hauptverdächtige. Oder vielleicht Axel Schotts depressive Frau. Möglich wäre es. Immerhin hatte sich Anne Wieler beobachtet gefühlt.

Allerdings vor vier Jahren. Das war lange her. Es lag näher, dass dieses Beobachten etwas mit dem Verschwinden der Tochter zu tun hatte als mit dem Mordanschlag auf Anne Wieler. Aber vielleicht hatte das Verschwinden von Verena gar nichts mit dem Mordanschlag auf ihre Mutter zu tun. Vielleicht traf hier der seltene Fall zu, dass eine Familie zweimal innerhalb weniger Jahre Opfer eines Verbrechens wurde. Hatte es alles schon gegeben.

Charlotte trank den letzten Schluck Grauburgunder und ging zum Badezimmer. Sie würde jetzt duschen und dann schlafen. Irgendwie hatte sie das Gefühl, dass sie etwas Wichtiges übersah. Aber sie durfte jetzt nicht weiter darüber nachdenken. Es würde sie nur verwirren. Sie war todmüde.

***

Obwohl es ihm widerstrebte, hielt Bergheim sein Versprechen und nahm sich ein Zimmer im Gasthaus Fehlhaber. Das Polizeiaufgebot auf seinem Anwesen hatte ziemliches Aufsehen erregt. Als er eintrat, verstummten die Gespräche in der voll besetzten Gaststube, und viele Augenpaare warfen ihm neugierige Blicke zu.

Er ignorierte die Neugier, bestellte bei Sonja, die er mittlerweile schon gut kannte, ein Bier und Gulasch und setzte sich an die Theke. Langsam nahmen die Gäste ihre Gespräche wieder auf und widmeten sich wieder ihren Tellern.

Bergheim nahm einen kräftigen Schluck von dem Lüneburger Pils, das Sonja ihm hingestellt hatte, faltete seine Hände und stützte sich mit den Unterarmen auf der Theke ab. Er hatte nicht übel Lust, hier einfach sitzen zu bleiben und sich zu betrinken, bis er vom Hocker fiel.

Vielleicht hatte Charlotte tatsächlich recht, und er sollte das Anwesen verkaufen. Im Moment jedenfalls konnte er sich nicht vorstellen, wie er weiterhin in diesem Haus leben sollte. Bei dem Gedanken an den Schädel in der Plane musste er schlucken. Wie sollte er das einordnen? War sein Onkel tatsächlich ein Mörder? Wie sollte es anders sein?

Tatsache war, dass in seinem Garten eine Leiche vergraben worden war. Und dass jemand daherkam und im Garten anderer Leute ein Grab aushob, war mehr als unwahrscheinlich. Sein Onkel war fast siebzig gewesen, als er starb. Das alles musste während der Zeit, als er hier lebte, passiert sein. Er war hier mit seiner Schwester, Bergheims Mutter, aufgewachsen. Leider lebte seine Mutter nicht mehr, er konnte sie nicht mehr fragen, und sie hatte so gut wie nichts erzählt über ihr Heim in Amelinghausen.

Dabei war hier alles so idyllisch. Aber vielleicht war gerade das so trügerisch. Vielleicht verführte die Idylle zum Verbrechen. Immerhin war es eine gute Tarnung. Wer würde hier schon nach Rauschgift suchen? Und hatte das Rauschgift etwas mit der Leiche zu tun?

Er überlegte fieberhaft, was er unternehmen konnte, um dieser Sache auf den Grund zu gehen. Aber Charlotte hatte schon recht. Er konnte hier höchstens als Privatdetektiv ermitteln. Das machte die Sache nicht einfacher, niemand würde ihm mitteilen, was die Obduktion der Leiche ergeben hatte. Er wusste ja nicht mal, ob es eine Frau oder ein Mann war. Nach der Größe des Schädels zu urteilen, tippte er eher auf eine Frau. Und wie lange lag sie hier schon in der Erde? Natürlich, die Verwesung war durch die dicke Plane gebremst worden. Ob man noch Kleidung identifizieren konnte, ob sie überhaupt bekleidet gewesen war, würde er nicht in Erfahrung bringen können.

Dann fiel es ihm ein, und er fuhr mit der Hand in seine Jackentasche. Die Brosche. Er hatte die Brosche vergessen. Das war dumm. Aber für ihn war es ein Anhaltspunkt. Er würde morgen nach Lüneburg fahren und das Schmuckstück einem Juwelier vorlegen. Vielleicht brachte ihn das weiter. Und er musste herausfinden, ob ein junger Mann im Dorf hinkte. Er glaubte, dass der Einbrecher sich bei seinem Sprung über den Zaun verletzt hatte.

»Noch ein Bier?«, fragte Sonja und unterbrach seine Grübelei.

»Ja, bitte.«

»Gulasch kommt auch gleich«, sagte sie, während sie zapfte.

Bergheim beobachtete sie und sagte sich, er könnte eigentlich gleich anfangen zu fragen.

»Wissen Sie zufällig, ob jemand sich in den letzten Tagen am Fuß verletzt hat? Ich habe nämlich die Befürchtung, dass jemand in meine Hacke getreten ist, die mir offensichtlich auf der Straße aus dem Kofferraum gefallen ist. Ich hab sie wiedergefunden, und es war Blut dran. Ich mach mir Vorwürfe.«

Er fand, seine Geschichte war ebenso gut wie jede andere, war sogar ein bisschen stolz auf sein Improvisationsgeschick.

»Na, bei Ihnen ist ja richtig was los, oder? Nö, ich hab von keinem kaputten Fuß gehört.« Sonja legte ihr Geschirrtuch beiseite und gesellte sich zu ihm. »Stimmt es, dass bei Ihnen eine Leiche gefunden wurde?« Ihre Augen funkelten.

»Ja, aber sie lag da wohl schon sehr lange. Mehr weiß ich auch nicht. Hab sie durch Zufall gefunden.«

»Cool, das ist ja wie im Krimi«, sagte sie, zapfte eine Krone auf ein Bier, stellte es auf ein Tablett zu vier anderen und trug das Gedeck zu einem Tisch, an dem fünf Männer saßen, offensichtlich der örtliche Stammtisch, und neugierig zu ihm hinüberstarrten.

Er überlegte kurz, ob er sich dazugesellen sollte. Vielleicht könnte er einiges in Erfahrung bringen. Und wenn er tatsächlich hier wohnen bleiben würde, konnte es nicht schaden, sich mal bei den Eingeborenen lieb Kind zu machen. Aber vielleicht wollten die ja unter sich bleiben. Vielleicht musste man sich den Status des Einheimischen erst mal verdienen, bevor man sich ungefragt an den Stammtisch setzte. Dennoch, Bergheim verließ sich in diesem Fall darauf, dass die Neugier ihn willkommen heißen würde.

Gedacht, getan, er nahm sein Bier und ging zum Stammtisch hinüber. Er hatte recht, die fünf Männer, alle mittleren Alters, sahen ihm erwartungsvoll entgegen, als er auf ihren Tisch zuschritt, rückten zusammen und machten ihm Platz. Bergheim prostete ihnen zu.

»Darf ich mich zu Ihnen setzen?«, fragte er überflüssigerweise.

»Bitte«, sagte derjenige, der rechts neben dem freien Platz saß.

Bergheim rutschte auf die Bank, stellte sein Bier ab und stellte sich vor, obwohl er sicher war, dass alle genau wussten, wer er war. Die Herren nickten wohlwollend, und der rechts neben ihm, ein korpulenter Mittvierziger mit Glatze und Schnauzer, stellte die Runde vor.

»Ich heiße Herbert, das ist Willi, dann Volker und Karsten.«

Links neben Bergheim saß Konrad. »Aber alle nennen mich Conny.«

Bergheim versuchte, sich die Namen und dazugehörigen Gesichter einzuprägen.

Willi, um die fünfzig, dunkles, volles Haar und Vollbart, der ihm gegenübersaß, machte den Anfang. »Das ist ja eine wilde Geschichte, die sich da beim alten Haffner abspielt. Was genau ist denn da eigentlich passiert?«

Das hatte Bergheim natürlich erwartet. Bevor er hier etwas erfuhr, musste er erst mal liefern. Das tat er auch. Er erzählte, wie er die Leiche gefunden und ausgegraben hatte und dass sie schon sehr lange da liegen musste und dass er darüber hinaus keine Ahnung hatte, was es mit dieser Leiche auf sich hatte. Dass er auch Rauschgift gefunden hatte, verschwieg er. So viel Information wie nötig preisgeben und so wenig wie möglich. Dann blickte er fragend in die Runde. Die Männer hörten ihm gespannt zu, nickten beifällig und tranken ihr Bier.

»Haben Sie eine Ahnung, wer das sein könnte?«, fragte Bergheim.

Allgemeines Kopfschütteln und Gemurmel.

»Was für ein Hammer«, sagte Karsten. »Was glauben Sie denn, wie lange die … ich meine, der Körper da schon gelegen hat? Sie sind doch auch Kriminalbeamter und kennen sich aus, oder?«

»Ja, aber derzeit bin ich außer Dienst«, sagte Bergheim.

In diesem Moment kam der Wirt, stellte ihm seinen Teller mit Gulasch hin und blieb hinter ihm stehen.

»Gibt's irgendwas Neues von dieser Leiche?«, fragte er, ohne darauf Rücksicht zu nehmen, dass Bergheim sich gerade eine Gabel mit Gulasch in den Mund geschoben hatte. Glücklicherweise übernahm es die Männerrunde, den Wirt darüber zu informieren, dass der neue Besitzer genauso wenig wusste wie sie.

Das schien dem Wirt einstweilen zu genügen, und er widmete sich wieder den anderen Gästen. Bergheim ließ es sich schmecken und fragte wie nebenbei: »Hat jemand von Ihnen meinen Onkel gekannt?«

Willi schnaubte. »Den hat doch keiner gekannt, also ich wenigstens nicht.« Die anderen stimmten ihm zu. »Der Einzige, der ihn besser gekannt hat, war der Gustav. Der hat ja auch seine Bienen übernommen.«

Zustimmendes Gemurmel.

»Das war schon komisch«, meinte Herbert und zupfte an seinem Schnauzer. »Der hat sich immer von allem ferngehalten. Mein Vater hat ihn ja auch gekannt und hat öfter versucht, ihn mitzunehmen, zum Frühschoppen oder wenn Heidefest war. Aber der Armin wollte nie mit.«

»Stimmt«, sagte Willi, »der wollte immer nur für sich sein, und ich hab ihn nie lachen sehen. Ihr?« Er blickte fragend in die Runde. Die anderen dachten einen Moment nach und kamen dann zu demselben Schluss.

»Ne«, meinte Herbert, »jetzt, wo du's sagst. Der hat immer bierernst geschaut. Aber sagen Sie mal«, wollte Herbert wissen, »wieso fragen Sie das überhaupt? Sie müssen ihn doch besser gekannt haben als wir alle. Schließlich waren Sie ja verwandt. Und immerhin hat er Ihnen seinen Besitz vererbt.«

Bergheim schob seinen Teller weg und leerte sein Bierglas. »Nein«, sagte er dann und wischte sich über den Mund. »Leider hatte ich nie Kontakt zu meinem Onkel, er hat sich immer sehr zurückgehalten.« Er fand, dass er selbst mit dieser Notlüge besser wegkam, als wenn er hätte zugeben müssen, dass sich einfach in seiner Familie niemand um seinen Onkel gekümmert hatte. Ja, dass er eigentlich von allem ausgeschlossen worden war.

»Komischer Kauz«, sagte jemand. Die anderen nickten. »Aber wenn man bedenkt, dass er da eine Leiche auf seinem Grundstück gebunkert hatte …«, allgemeines Kopfschütteln, »dann wird ja auch klar, warum der Armin so und nicht anders war.«

»Vielleicht wusste er ja gar nichts davon«, gab Willi zu bedenken.

»Das glaubst du doch selbst nicht, dass der das nicht wusste, nach all den Jahren, die er da gelebt hat«, sagte Conny.

»Also, wenn ihr mich fragt …«, alle blickten auf Herbert, »wahrscheinlich hat er die selbst da vergraben.« Er sah Bergheim entschuldigend an. »Nix für ungut, aber wer soll das sonst gemacht haben?«

Bergheim zuckte mit den Schultern und schwieg. Was sollte er sagen?

»Weiß denn die Polizei auch nicht, wer das ist?« Die Frage war an Bergheim gerichtet.

»Nein.«

Einen Moment hing jeder seinen Gedanken nach.

»Wollen Sie denn nach Amelinghausen ziehen?«, fragte Conny dann.

»Ja, das hatte ich eigentlich so geplant.«

»Aber jetzt, mit der Leiche im Garten, wollen Sie nicht mehr, oder wie?« Karsten spielte mit seinem Bierdeckel.

»Man wird sehen«, meinte Bergheim kryptisch.

Er winkte den Wirt zu sich und bestellte eine weitere Runde, was allgemein wohlwollend zur Kenntnis genommen wurde. Dann kam Bergheim zur Sache.

»Weiß einer von euch«, Bergheim fand, es war an der Zeit, ein bisschen intimer aufzutreten, »ob sich in den letzten Tagen jemand am Fuß verletzt hat?« Er wiederholte die Geschichte mit der verlorenen Hacke und hoffte, dass alle mittlerweile benebelt genug waren, um sie zu glauben.

Fragende Blicke in die Runde und dann ratloses Schulterzucken.

»Ne, nicht dass ich wüsste«, sagte Herbert, und alle bekundeten Zustimmung.

Der Wirt brachte die Runde Bier, und alle prosteten sich zu.

»Das heißt«, Willi wischte sich mit dem Handrücken über den Mund, »als ich gestern mit dem Trecker unterwegs war, um Muttererde zu holen, musste ich anhalten, weil der Benno über die Straße gehumpelt ist. Kennt man eigentlich gar nicht von dem, wo der so sportlich ist.«

Bergheim horchte auf, verstand aber nicht, warum alle kicherten.

»Was ist so lustig an einem kaputten Fuß?«, wollte er wissen.

»Na ja«, Willi räusperte sich, »also, ich würde das jedenfalls nicht an die große Glocke hängen. Bei dem Benno weiß man nie.«

»Genau«, stimmte Herbert zu und rückte näher an Bergheim heran. »Der war nämlich bis vor Kurzem noch im Knast.«

»Ach«, sagte Bergheim. »Weswegen denn?«

»Wissen wir nicht genau, anscheinend hat er sich geprügelt.«

»Ach was, er hat auf dem Hof Haschisch angebaut und das Zeug an Halbwüchsige vertickt.« Volker hob sein Glas. Und nahm einen kräftigen Schluck.

»Sei vorsichtig«, ermahnte Herbert Volker, »hier sitzt 'n Bulle am Tisch.«

Alle lachten. Der Alkohol hob die Stimmung.

»Nicht im Dienst«, sagte Bergheim, der natürlich wissen wollte, von wem die Rede war. Aber auf seine Frage wurden plötzlich alle verschwiegen. Macht nichts, dachte Bergheim, das kriege ich schon raus.

Den Rest des Abends verbrachten sie angenehm plaudernd, was hieß, dass alle Bergheim über seinen Beruf ausquetschten. Ob man das denn überhaupt aushalten konnte, immer mit solch schrecklichen Taten konfrontiert zu werden, und ob denn die Krimis im Fernsehen realistisch seien. Bergheim antwortete so wahrheitsgemäß und so wenig desillusionierend wie möglich. Er verzichtete darauf, von den ermüdenden, endlosen Stunden am Computer und den frustrierenden Befragungen zu erzählen. Sollten die Leute sich doch weiterhin mit ihren Fernsehkrimis amüsieren.

Als Bergheim um kurz vor dreiundzwanzig Uhr leicht schwankend die Treppe zu seinem Zimmer hinaufging, war er rechtschaffen müde, und er fand außerdem, dass er sich schon ganz gut eingelebt hatte in Amelinghausen.

In seinem Zimmer ließ er sich in den bequemen Sessel vor dem kleinen Schreibtisch fallen, griff nach seiner Jacke, um Charlotte noch eine SMS zu schreiben, und zog das alte Foto von seinem Onkel aus der Tasche. Er betrachtete es lange und durchaus mit einem schlechten Gewissen. Er konnte eigentlich nicht bestätigen, dass sein Onkel traurig aussah. Zumindest nicht auf diesem Foto.

Dann stutzte er und war plötzlich hellwach. Er knipste die Schreibtischlampe an und hielt das Foto ins Licht. Dann sah er auf. Es gab keinen Zweifel. Wenn das stimmte … Er musste mit jemandem reden.

Charlotte, aber nicht jetzt. Morgen.

ZEHN

Charlotte erwachte mit schwerem Kopf, und übel war ihr auch. Sie brachte den Wecker zum Schweigen, quälte sich aus dem Bett und wankte ins Bad. Natürlich, sie hatte gestern Abend nichts mehr gegessen. Dumm von ihr, sie wusste doch, dass sie das nicht vertrug, und dann noch der Wein. Sie verzog den Mund. Zwanzig Minuten später stand sie in der Küche, brühte sich einen Kaffee und zwang sich, ein Käsebrötchen zu essen. Danach fühlte sie sich besser. Kurz überlegte sie, sich ein bisschen Bewegung zu verschaffen und den Weg zur Inspektion zu Fuß zurückzulegen, überlegte es sich aber anders und stieg in ihren Golf. Sie hatte keine Zeit für Körperertüchtigung.

Es war kurz vor acht, sie war die Erste in der Inspektion, der Rest des Teams würde hoffentlich bald auftauchen. Bis dahin würde sie sich die Akte noch mal genau vornehmen. Sie hatte das Gefühl, dass es irgendwo eine Verbindung gab, die alles erklären würde, sie musste nur genau hinsehen.

Leider kam sie mit ihrem Vorhaben nicht sehr weit, denn Bergheim hatte eine Nachricht geschrieben. Er sei der Sache auf der Spur. »Wann können wir reden?«

Charlotte rief ihn umgehend an, aber er ging nicht an sein Handy. Wieso nicht? Sie hasste das. Die Nachricht hatte er vor zehn Minuten geschrieben. Es war kurz vor halb neun. Vielleicht war er unter der Dusche, versuchte sie sich zu beruhigen. Fünf Minuten später versuchte sie es erneut. Wieder nur die Voicebox. Was dachte der sich? Ärgerlich drückte sie die Verbindung weg. Sie würde sich gedulden müssen, bis er zurückrief. Solange würde sie sich um ihren Mordfall kümmern. Es klopfte, und Thorsten trat ein, in der Hand ein abgebissenes Brötchen.

»Was ist?«, fragte er kauend. »Besprechung oder einfach weiter mit den Befragungen?«

Charlotte stand auf. »Wenn Maren und Pablo da sind, kurze Besprechung?«

***

Bergheim erwachte ebenso wie Charlotte früh und leicht verkatert. Egal, nach dem, was er gestern Abend herausgefunden hatte, musste er handeln.

Er ging ins Bad, duschte kalt und zog sich an. Bevor er zum Frühstücken ging, schrieb er eine SMS an Charlotte. Dann verließ er sein Zimmer und begab sich in den Frühstücksraum. Es duftete appetitlich nach Spiegeleiern mit Speck und Kaffee. An einem Tisch saßen drei ältere Männer, die einzigen Gäste außer ihm.

Eine Frau mittleren Alters brachte ihm die Karte. »Guten Morgen, darf ich Ihnen schon was zu trinken bringen? Kaffee, Tee?«

»Kaffee«, sagte Bergheim, »und ich nehm ein englisches Frühstück.

»Gerne«, sagte die Frau und klappte lächelnd die Speisekarte wieder zu.

»Sagen Sie, kennen Sie zufällig einen Benno? Der muss hier im Ort leben«, fragte Bergheim.

Die Frau drehte sich noch mal um. »Oh ja, Sie meinen sicher den Benno Semmler. Was wollen Sie denn von dem? Der ist doch …« Sie vollendete den Satz nicht, und Bergheim wusste natürlich, warum. Man gestand nicht gern, dass man einen Knastbruder kannte, auch wenn er nur im selben Ort wohnte.

Bergheim winkte ab. »Nichts Besonderes, ich hab einen Schlüsselbund gefunden mit einem Anhänger, auf dem ›Benno‹ steht. Will ihn nur zurückbringen.« Bergheim fand langsam Gefallen an seinem Detektivjob. Man konnte alle möglichen Geschichten erfinden.

»Na, dann seien Sie mal schön vorsichtig. Mit dem ist nicht gut Kirschen essen.«

»Ich weiß«, sagte Bergheim und dachte mit Ingrimm an seinen lädierten Arm.

Kurz darauf ließ er sich sein köstliches Frühstück schmecken und fühlte sich anschließend gestärkt genug, um es mit dem Knastbruder Benno aufzunehmen.

Natürlich musste er das alles der Polizei erzählen, aber vorher wollte er wissen, was es mit dem Kokain und der Leiche auf sich hatte, ob das eine etwas mit dem anderen zu tun hatte, und vor allem, welche Rolle sein Onkel in diesem Stück gespielt hatte. Die Kripo würde ihm kein Sterbenswörtchen verraten, so viel war sicher.

Charlotte hatte zweimal angerufen, aber er wollte hier im Gastraum nicht über das Thema sprechen. Er schrieb ihr eine SMS, dass er sie später anrufen würde. Was nützte es, sie zu beunruhigen? Sie würde ihm sowieso nur raten, sofort zur Polizei zu gehen. Und das würde er ja auch tun, nachdem ihm der Knastbruder Benno ein paar Fragen beantwortet hatte.

Er verließ den Gastraum und ging auf sein Zimmer.

Zehn Minuten später saß er in seinem Citroën, fuhr zu seinem Haus, ging in den Werkzeugschuppen und bewaffnete sich mit einem Hammer. Mit seinem Arm war er nicht so wehrhaft wie sonst.

Der Garten war zerwühlt. Das wohlbekannte Flatterband umzäunte ein großes Erdloch. Die Polizei hatte gefühlt einige Tonnen Erde zur Spurensicherung abtransportiert. Vielleicht sollte er den kleinen Tümpel zu einem Teich vergrößern, fuhr es Bergheim durch den Kopf, als er zurückging zu seinem Wagen und sich auf den Weg zu Gustav Semmler und seinem Sohn Benno machte.

***

Charlotte hatte die anderen über ihren Besuch in Celle und bei Axel Schott informiert. Pablo und Thorsten hatten ihre Befragungen fortgesetzt, und Maren war am Sonntagabend noch einigen Hinweisen aus der Hotline nachgegangen, die die Ermittlungen aber nicht weiterbrachten.

Charlotte knallte frustriert ihre Fotomappe auf den Tisch. »Leute, es muss irgendwo ein Motiv geben. Ein Giftanschlag hat immer ein Motiv, das ist ja kein Unfall gewesen. Wir müssen in der Vergangenheit von Anne Wieler graben und uns vor allem noch mal mit dem Verschwinden der Tochter beschäftigen. Das kann kein Zufall sein. Ich werde noch mal mit Anne Wieler sprechen. Es muss einen Zusammenhang geben. Wir übersehen irgendwas.«

Alle standen auf und gingen einigermaßen unmotiviert an die Arbeit.

Charlotte kehrte in ihr Büro zurück und rief in der Rechtsmedizin an.

Vielleicht hatte Dr. Schneider ja endlich das Ergebnis der DNA-Analyse. Kurz bevor sie wieder auflegen wollte, wurde endlich abgenommen. Frau Dr. Merzeler, Dr. Schneiders Assistentin, meldete sich.

»Wiegand hier«, sagte Charlotte ohne viel Hoffnung auf Erfolg. »Haben Sie das Ergebnis der DNA-Analyse Bokel?«

»Moment«, sagte Frau Dr. Merzeler. »Dr. Schneider hat gestern Abend noch lange gearbeitet, ich schau nach.«

Immerhin. Charlotte nahm anerkennend Dr. Schneiders Engagement zur Kenntnis. Sie lehnte sich zurück und schloss die Augen. Was brachte das nun eigentlich, fragte sie sich, wenn sie wussten, dass Verena Wieler die Tochter von Ralf Bokel war oder auch nicht? Hätten sie dann einen Tatverdächtigen für das Verschwinden? Nein, Ralf Bokel hatte ein Alibi. Er war zu der Zeit, als Verena verschwand, in Singapur. Und außerdem, welches Motiv sollte er haben? Vor den Alimenten hatte er sicherlich keine Angst, bei seinem finanziellen Hintergrund. Nach ihren Informationen war Bokel schwerreich.

»Also«, tönte es aus dem Hörer. »Die verschwundene Verena Wieler ist zu neunundneunzig Komma vier Prozent die Tochter von Ralf Bokel.«

»Hm, danke«, sagte Charlotte und legte auf.

Was nun? Sie würde Ralf Bokel anrufen und ihm die freudige Nachricht mitteilen. Wobei man nicht genau wissen konnte, ob das für ihn eine gute oder eine schlechte Nachricht war. Zwei Minuten später hatte ihr die Haushälterin mitgeteilt, dass Ralf Bokel vor drei Tagen einen Herzinfarkt erlitten hatte und in der MHH behandelt wurde. Mittlerweile ging es ihm aber besser.

Du meine Güte, dachte Charlotte, konnte sie ihm die Nachricht dann überhaupt zumuten? Allerdings hatte sie schon den Eindruck gehabt, dass er durchaus nicht uninteressiert war an dem Ergebnis der DNA-Analyse. Sie glaubte nicht, dass ihn die Nachricht, dass er eine Tochter hatte, umhauen würde. Und dass sie verschwunden war, das war ihm ja nicht neu. Außerdem hatte er ihrer Meinung nach ein Recht darauf, zu erfahren, dass er Vater war, bevor er starb. Sie beschloss, zur MHH zu fahren und mit Ralf Bokel zu sprechen. Laut seiner Haushälterin war er stabil.

Sie öffnete die Tür zu Thorstens Büro, der, wie immer, mit seinem PC kommunizierte. »Thorsten, kommst du? Wir fahren zur MHH.«

Thorsten sah auf und ließ die Schultern hängen. »Echt jetzt?«

»Ja.« Charlotte schloss die Tür und machte sich auf den Weg. Thorsten Bremer folgte mit gesenktem Kopf eine Minute später.

Als sie eine knappe halbe Stunde später an der Rezeption der MHH nach Ralf Bokel fragten, wurden sie zunächst an den behandelnden Arzt vermittelt.

Dr. Shiran kam ihnen auf dem Flur der Herzstation entgegen. Er verneigte sich knapp vor den beiden und ermahnte sie, den Patienten nicht aufzuregen.

Jaja, dachte Charlotte und fragte sich, wie oft sie das schon gehört hatte.

»Nein, wir haben eine gute Nachricht für ihn«, sagte sie laut und verschwieg dabei, dass sie keineswegs sicher war, wie Bokel die Nachricht, dass er Vater war, aufnehmen würde. Aber genau das war es, was sie unbedingt wissen wollte.

Er war bereits von der Intensivstation auf ein Einzelzimmer verlegt worden.

Sie klopften und traten leise ein. Bokel war nicht allein, er saß in einem Rollstuhl vor einem großen Panoramafenster, und eine attraktive, elegant gekleidete dunkelhaarige Frau, die einige Jahre jünger war als er, stand neben ihm und hielt ein leeres Glas in der Hand.

Als die Beamten eintraten, wandte sie sich ihnen zu und berührte Bokel leicht an der Schulter. Er sah sich um, und seine Miene verriet keinerlei Empfindung, als er die Ermittler sah. Die Frau drehte den Rollstuhl um. Er begrüßte beide mit einem Nicken und wies mit der Hand auf die Frau.

»Darf ich Ihnen meine Frau Helen vorstellen, ohne die wir uns heute hier nicht unterhalten könnten. Sie hat mir das Leben gerettet.« Er ergriff ihre Hand und sah dankbar lächelnd zu ihr auf. Sie lächelte zurück.

Meine Güte, dachte Charlotte, welche Harmonie. Und das bei dem Altersunterschied. Thorsten stand schweigend neben ihr und schien sich zu langweilen.

»Wie ich sehe, geht es Ihnen besser«, sagte Charlotte mit Blick auf den Rollstuhl. »Sie können das Bett schon wieder verlassen.«

»Ja«, erwiderte Bokel, »ich kann von Glück sagen, dass Helen mich gefunden hat.« Er drückte wieder die Hand seiner Frau.

»Aber Schatz, das ist doch nun wirklich selbstverständlich. Du hättest das Gleiche für mich getan.«

Oh, sie kann sprechen, dachte Charlotte, und sie fragte sich gleichzeitig, wieso sie so biestig auf die Frau reagierte.

»Nehmen Sie doch Platz«, sagte Bokel und wies auf die beiden Stühle, die an einem kleinen runden Tisch standen. Charlotte und Thorsten setzten sich.

»Warum sind Sie hier?«, fragte Bokel dann.

Sein Gesicht war grau, aber er schien ruhig und ausgeglichen. Wahrscheinlich ruhiggestellt, dachte Charlotte und sagte an Helen Bokel gewandt: »Glauben Sie, wir können mit Ihrem Mann einen Moment allein sprechen?«

»Nein«, antwortete Bokel, »ich habe vor meiner Frau keine Geheimnisse.«

Okay, dachte Charlotte, wenigstens hab ich gefragt.

»Wir haben das Ergebnis der DNA-Analyse. Sie sind mit an Sicherheit grenzender Wahrscheinlichkeit der Vater der verschwundenen Verena Wieler.«

Einen Moment herrschte Schweigen.

»Oh«, sagte Bokel dann und warf seiner Frau einen Blick zu. Die schien das nicht sonderlich zu interessieren. Sie zuckte mit den Schultern, schaute zuerst ihren Mann, dann Charlotte und Thorsten an.

Dann sprach Helen Bokel. »Wenn ich richtig informiert bin, ist diese Verena seit Jahren verschwunden, und mein Mann hat nichts von ihr gewusst. Was hat das jetzt noch mit meinem Mann zu tun?«

»Sie werden verstehen, dass wir in alle Richtungen ermitteln, zumal auf Verenas Mutter ein Mordanschlag verübt wurde. Sie haben also von Ihrer Vaterschaft nichts gewusst?«, hakte Charlotte noch mal nach.

»Nein, natürlich nicht«, antwortete Bokel gelassen. »Ich hätte mich doch um meine Tochter gekümmert. Vor allem weil wir … ich sonst keine Kinder habe.« Er schwieg einen Moment. »Wieso ist sie verschwunden? Gibt es denn da keine Hinweise? Jetzt habe ich eine Tochter und doch keine.«

»Nein, es gibt bisher keine Hinweise, was aus Verena geworden ist. Natürlich ist der Fall nicht abgeschlossen, es wird weiter ermittelt.«

Bokel nickte gedankenverloren. »Ich nehme an, dass ich jetzt, da ich ja verwandt mit ihr bin, erfahren werde, wenn Sie etwas herausfinden.«

»Ja, wenn die Mutter einverstanden ist, natürlich.«

Ralf und Helen Bokel blickten gedankenverloren vor sich hin.

Charlotte stand auf. »Wir wollten Sie nur davon in Kenntnis setzen.«

Sie wandte sich zur Tür, Thorsten folgte. An der Tür drehte sie sich noch mal um.

»Gute Besserung«, sagte sie noch und schloss die Tür.

Beide gingen schweigend den Gang entlang. Erst als sie unten auf dem Parkplatz angekommen waren und Charlotte hinter dem Steuer ihres Golfs saß, fragte sie Thorsten: »Was hältst du davon?«

Er verzog den Mund. »Ich weiß nicht so recht. Er hat verdammt gelassen darauf reagiert, dass er plötzlich Vater ist.«

»Vielleicht liegt das an den Medikamenten. Er war offensichtlich ruhiggestellt.«

»Kalt wie 'ne Hundeschnauze, wenn du mich fragst. Aber er ist ja schwer krank. Wer weiß, wie man drauf ist, wenn man weiß, dass man nicht mehr lange zu leben hat. Dann ist doch irgendwie alles egal.«

»Wohl wahr.«

Charlotte blickte versunken über den Parkplatz. Ein junger Mann fischte gerade zwei Krücken aus dem Kofferraum und half dann seiner sehr schwangeren Frau aus dem Auto. Sie hatte einen mächtigen Bauch. Bestimmt Zwillinge, fuhr es Charlotte durch den Kopf, vielleicht Drillinge.

»Was hältst du von seiner Frau?«, fragte sie Thorsten, der neben ihr saß und die Nachrichten auf seinem Handy konsultierte.

»Ziemlich attraktiv, und offensichtlich liebt sie ihren Mann, sonst hätte sie ihn ja einfach sterben lassen können«, antwortete Thorsten, ohne vom Display aufzusehen.

»Stimmt.« Charlotte ließ den Motor an und fuhr los.

***

Bergheim stand vor dem Anwesen von Gustav Semmler und überlegte, wie er vorgehen sollte. Sollte er das Kokain erwähnen? Bestimmt wusste der Alte über seinen Sohn Bescheid, und vielleicht wusste er auch, was es mit dem Kokain auf sich hatte. Er beschloss, einen Köder auszulegen. Er klingelte und wartete, bis Gustav Semmler in seinem Rollstuhl öffnete.

»Ja«, sagte der und blickte Bergheim misstrauisch an.

»Könnte ich mit Ihrem Sohn sprechen?« Bergheim hatte keine Lust auf Small Talk. »Ich glaube, ich habe was für ihn.«

Semmler sah ihn einen Moment schweigend an. »Tatsächlich. Na, dann kommen Sie mal rein.«

Bergheim folgte dem Mann in die Wohnküche, immer auf der Hut. Offensichtlich wusste Gustav Semmler Bescheid, um was es ging, denn er hatte keine Fragen gestellt.

Bergheim sah sich vorsichtig um, in der Jackentasche eine Flasche mit Pfefferspray, die er sich in der Apotheke besorgt hatte. So ganz ohne Waffe traute er sich denn doch nicht in die Höhle des Löwen. Wer wusste schon, wer noch an dieser Geschichte beteiligt war. Drogenkartelle waren nicht zimperlich mit Leuten, die sich ihnen in den Weg stellten.

Semmler rollte seinen Stuhl an den Tisch und bot Bergheim einen Platz an. Dann wartete er geduldig, bis Bergheim das Wort ergriff.

»Kann ich jetzt mit Ihrem Sohn sprechen?«

»Vielleicht sagen Sie mir erst mal, worum es geht?«

»Das werde ich Ihrem Sohn sagen. Wo ist er?«

Bergheim war fest entschlossen, sich nicht aus der Reserve locken zu lassen, und er würde hier nicht weggehen, ohne zu erfahren, was sein Onkel Armin mit diesem Rauschgift zu tun hatte. Was es mit der Leiche auf sich hatte, das würde er hinterher herausfinden.

In diesem Moment betrat ein junger Mann die Wohnküche. Bergheim erkannte den Kapuzenpullover. Der Mann spielte mit einem Messer.

»Hi«, sagte er, »wurde auch Zeit.«

Gustav Semmler sah seinen Sohn mit zusammengekniffenen Lippen an.

»Reiß dich zusammen«, raunte er.

Bergheim gewann den Eindruck, dass Benno hier nur Statist war und der Alte das Sagen hatte.

»Also«, begann Bergheim, »ich habe etwas, das Sie haben wollen.«

»Hat die Polizei das nicht gefunden?«, fragte Semmler.

»Nicht alles«, log Bergheim. »Einiges hab ich in Sicherheit gebracht.«

»Wo ist es?«

»Das sage ich Ihnen, wenn Sie mir sagen, was mein Onkel mit dieser Sache zu tun hatte.«

In diesem Moment zog der Alte einen Revolver unter der Decke auf seinen Knien hervor und richtete ihn auf Bergheim.

»Sie sagen uns, wo der Stoff ist, und wir lassen Sie leben.« Der alte Semmler grinste, und Benno fuchtelte mit dem Messer unter Bergheims Nase herum.

»Na, was sagst du dazu, Scheißbulle?« Er hielt ihm das Messer an die Kehle.

Bergheim war überrumpelt, ließ sich aber nicht beirren. »Ach, komm schon«, sagte er und schob Bennos Hand mit dem Messer zurück. »Ohne mich findet ihr das Zeug nie. Also behandelt mich gut. Alles, was ich wissen will, ist, was mein Onkel mit dieser Sache zu tun hatte.«

Gustav Semmler musterte Bergheim eine Weile, ohne ihn aus dem Schussfeld zu nehmen.

»Hm«, sagte er dann und warf seinem Sohn einen Blick zu. »Vielleicht kommen wir ja ins Geschäft? Was meinst du, Benno?«

»Doch nicht mit einem Bullen«, sagte der angeekelt.

»Ex-Bullen«, sagte Bergheim. »Wir werden nicht angemessen bezahlt«, fügte er hinzu.

»Tatsächlich«, sagte Semmler und schien zu überlegen. »Nun, wenn ich es recht bedenke, Benno, mit Armin hat die Sache immer gut geklappt, wieso nicht auch mit dem da.«

»Und wenn der uns verarscht?«, sagte Benno. »Ich gehe nicht wieder in den Knast, dass das klar ist, eher blas ich dem Bullen das Hirn weg.« Er funkelte Bergheim grimmig an.

»Ich schlage vor, ihr beiden geht jetzt zusammen die Ware holen. Dann sehen wir weiter.« Gustav reichte seinem Sohn die Waffe. »Pass auf ihn auf.«

Benno griff nach dem Revolver und hielt den Lauf an Bergheims Hals. »Keine krummen Dinger, sonst schieß ich dir dein Knie weg. Für den Anfang.«

Benno grinste diabolisch, und Bergheim schwante, dass er es hier mit einem nicht besonders cleveren, handfesten Sadisten zu tun hatte, der obendrein einen Hass auf die Polizei hatte.

Benno wedelte mit dem Revolver. »Los jetzt.«

Bergheim erhob sich und setzte sich langsam in Bewegung. Benno folgte dicht hinter ihm. Bergheim spürte den Revolverlauf im Rücken und fragte sich, ob die Waffe überhaupt geladen war. Aber das Risiko, es auszuprobieren, wollte er lieber nicht eingehen. Der alte Semmler sah ihnen nach, und Bergheim hatte das Gefühl, dass der Alte seinem Sohn nicht allzu viel zutraute, ihm aber die Gelegenheit geben wollte, sich zu bewähren und die Sache jetzt, nachdem er mehrfach versagt hatte, zu Ende zu bringen.

Benno schob Bergheim von der Beifahrerseite auf den Fahrersitz und rutschte dann auf den Beifahrersitz, die Waffe auf Bergheims Knie gerichtet.

Er fuhr los, und nach knapp zehn Minuten Fahrt stoppte Bergheim in der Einfahrt vor seinem Haus. Benno zog den Schlüssel und steckte ihn ein.

»Aussteigen.«

Bergheim hatte keinen Plan und natürlich auch kein Kokain mehr für Benno. Er musste sich zerknirscht eingestehen, dass er sich hatte täuschen lassen von dem alten Semmler, der so harmlos aussah und alt und krank war und obendrein im Rollstuhl saß. Anfängerfehler. Es war die perfekte Tarnung.

Er führte Benno in den Schuppen, ging zielstrebig zur Wand,

die der Tür gegenüberlag, wo ein alter Schrank stand, und öffnete umständlich die Schranktür. Er bückte sich und rumorte in den Tiefen des Schranks.

»Nun mach schon endlich!« Benno hinter ihm wurde ungeduldig.

Jetzt oder nie, dachte Bergheim, ballte seine linke Hand zur Faust, versuchte, nicht an die Verletzung zu denken, ließ die Faust zurückschnellen und traf Benno mitten ins Gesicht, was ein unschönes Geräusch verursachte. Benno taumelte zurück, und Bergheim drehte sich blitzschnell um, verpasste ihm einen zweiten gezielten Faustschlag mit der Rechten, setzte nach und entwand ihm die Waffe.

Aber so schnell gab sich Benno nicht geschlagen, er rappelte sich wieder hoch und wollte sich auf Bergheim stürzen, der ihm gerade noch ausweichen konnte und ihm das Knie in die Magengrube rammte.

»So viel zu meinem Knie, du Arschloch«, raunte er, schnappte sich eins der Verlängerungskabel, die an einem Haken im Schrank hingen, fesselte Benno fachmännisch und nahm ihm das Handy ab, das in seiner Gesäßtasche steckte. Er aktivierte es, was zum Glück ohne PIN funktionierte. Dann gönnte er sich eine Minute Pause, um den Schmerz in seinem linken Arm zu beruhigen.

»Das wirst du noch bereuen, du Scheißbulle«, jammerte Benno. »Du hast ja keine Ahnung, mit wem du's zu tun hast. Die werden dich kreuzigen.«

»Ja, ja«, sagte Bergheim, »kenn ich alles.«

Er kontrollierte die Waffe, sie war tatsächlich geladen. Gut, damit konnte er etwas anfangen. Er steckte sie in den Hosenbund, riss den spuckenden Benno in die Höhe und schubste ihn zum Auto zurück. Benno, der wegen der Fesseln nur tippeln konnte, ließ sich einfach fallen, sodass Bergheim ihn zum Auto schleifte und ihn dann in den Kofferraum hievte.

»Mein Vater wird mich suchen!«, schrie Benno.

»Ja, aber er wird dich nicht finden«, sagte Bergheim, ging

zurück zum Schuppen, fand eine Rolle Klebeband und klebte sie über Bennos Mund. Der randalierte, so gut es seine Fesseln erlaubten, im Kofferraum herum.

Bergheim schloss die Heckklappe, setzte sich hinters Steuer und fuhr den Wagen um das Haus herum in den Garten. Einige der Rhododendren blieben auf der Strecke, aber darauf kam es jetzt auch nicht mehr an.

Er schloss ab und machte sich zu Fuß auf den Weg zu Semmler. Dieses Mal würde er sich nicht überrumpeln lassen. Zwar fühlte er sich mit dem Revolver in seinem Hosenbund relativ sicher, aber wer wusste schon, was der Alte in seinem Haus noch an Waffen gebunkert hatte.

Er ging um das Haus herum und fand eine Kellertür. Sie war offen. Vorsichtig betrat er das Haus und schloss leise die Tür hinter sich. Er befand sich in einem gut ausgestatteten Werkzeugkeller. Er öffnete die Tür und trat auf einen Gang, von dem zwei Türen abgingen. Die eine führte in den Heizungskeller, die andere in den Waschkeller. Am Ende des Ganges führte eine Treppe ins Erdgeschoss. Er zog seine Waffe und ging langsam die Treppe hinauf, an deren Ende eine Tür nur angelehnt war. Sie knirschte leise, als er sie ganz öffnete und hindurchschlüpfte.

»Kommen Sie nur, ich bin im Wohnzimmer«, hörte er die Stimme des alten Semmler.

Okay, er wurde erwartet, dachte Bergheim, dann musste er sich ja nicht mehr vorsehen. Er schob die Tür zum Wohnzimmer auf, wo Semmler in seinem Rollstuhl am Couchtisch saß, auf den Knien ein Jagdgewehr.

»Ich hab's befürchtet«, begrüßte ihn Semmler. »Er hat's vermasselt.«

Bergheim zuckte mit den Schultern. »Kann man so oder so sehen«, meinte er und ließ sich auf das Sofa sinken.

»Wo ist er?«

»An einem sicheren Ort«, erwiderte Bergheim.

»Bei der Polizei?«

»Nein, ich dachte, ich geb ihm noch eine Chance. Immerhin hat er sich ja ziemlich viel Mühe gegeben, mein Haus zu verwüsten, und mit dem Versuch, mich zu vergraulen.«

»Stimmt.« Semmler rollte näher an den Tisch heran, auf dem ein Tablett mit Gläsern und eine Flasche Heidegeist stand. Er öffnete die Flasche, goss ein und stellte Bergheim das Glas hin. »Prost«, sagte er und kippte den Kräuterschnaps in einem Zug hinunter.

Bergheim rührte sich nicht.

»Also, wie geht's jetzt weiter?«, fragte er. »Kommen wir ins Geschäft?«

»Kommt drauf an«, sagte Bergheim und lehnte sich zurück, ohne die Waffe aus der Hand zu legen. »Zuerst will ich wissen, wie mein Onkel in dieser Sache drinhängt, und vor allem will ich wissen, was es mit dieser Leiche auf sich hat.«

Semmler lachte kurz auf. »Wie kommen Sie drauf, dass ich weiß, was es mit Ihrer Leiche auf sich hat?«

Bergheim hatte keine Lust auf Geplänkel und zuckte mit den Schultern. »Es würde die Sache für Ihren Sohn verkürzen, wenn Sie mir einfach erzählen, was Sie da für eine Sache abziehen. Sie finden ihn nie. Also.«

Semmler musterte Bergheim schweigend. Dann legte er das Gewehr auf den Tisch und faltete die Hände.

»Was passiert mit Benno, wenn ich Ihnen alles erzählt habe? Gehen Sie zur Polizei?«

»Was Sie und Benno und wer auch immer dazugehört hier abziehen, interessiert mich nicht. Ich mag nur keine Ungewissheit, und ich mag es nicht, wenn jemand in meinem Haus rumschnüffelt und mir unbekömmliche Drinks mixt.«

Semmler schüttelte langsam den Kopf. »Ja, der Junge wird einfach nicht erwachsen, ich hab ihm gesagt, er soll das lassen.«

Bergheim wartete.

»Also gut«, sagte Semmler und grinste schief. »Sie werden verstehen, dass ich in meiner Situation«, er wies auf den Rollstuhl, »auf finanzielle Mittel angewiesen bin, um mir das Leben erträglich zu machen und … sagen wir, gewisse Vorkehrungen zu treffen.«

Bergheim verzog den Mund, sagte aber nichts.

»Armin hat weiter nichts getan, als die Augen zu schließen und uns in Ruhe machen zu lassen. Verstehen Sie?«

»Was heißt das genau?«

»Nichts weiter, als dass wir ab und zu etwas bei ihm deponiert haben und er hin und wieder ein Päckchen an einen netten Bekannten von mir weitergegeben hat, ohne viele Fragen zu stellen.«

Bergheim ließ Semmler nicht aus den Augen. »Wieso?«

»Was meinen Sie?«

»Wieso hat mein Onkel das gemacht? Haben Sie ihn bezahlt? Und wenn ja, was ist aus dem Geld geworden?«

Semmler lächelte breit. »Aha, darum geht es also. Nein, wir haben ihn nicht bezahlt, er wollte kein Geld.«

»Wieso nicht?«

Semmler holte tief Luft. »Tja, jetzt wird es kompliziert. Sagen wir mal so, er hatte gute Gründe, sich anzupassen.«

»Sie haben ihn erpresst«, schoss es aus Bergheim heraus.

»So würde ich das nicht nennen. Ich habe ihm Verschwiegenheit zugestanden, und er hat mir Verschwiegenheit zugestanden. Eine Hand wäscht die andere. Sie verstehen?«

»Was haben Sie verschwiegen?«

Semmler seufzte. »Was, glauben Sie, hat es mit der Leiche auf Ihrem Grund und Boden auf sich?«

Bergheim ruckte vor. »Was hat mein Onkel mit dieser Leiche zu tun?«

Semmler musterte ihn eine Weile. »Na, er hat sie dort vergraben, was glauben Sie denn?«

Bergheim schluckte. »Erzählen Sie mir nicht, dass mein Onkel jemanden getötet hat.«

»Wie man's nimmt.« Semmler grinste süffisant.

»Nun rücken Sie schon raus damit!« Bergheim erregte sich zunehmend, und er hasste das.

Semmler wischte über die Decke, die seine Beine bedeckte, und schien einen Entschluss gefasst zu haben.

»Also gut, er ist tot, ihm kann ja nichts mehr passieren. Mir schon, aber niemand kann mir irgendwas beweisen, und alles, was ich Ihnen hier erzähle, werde ich vor der Polizei abstreiten, damit das klar ist.«

Bergheim nickte stumm.

»Die Tote auf Armins Grundstück heißt Maria Schulmann, und ihr eigener Vater hat sie umgebracht.«

Das musste Bergheim jetzt erst mal sacken lassen. »Woher wissen Sie das?«

Semmler lachte auf. »Ich hab es gesehen. Und ich habe gesehen, wie Armin Marias Vater ertränkt hat.«

Bergheim schwieg, vergaß einen Moment, Semmler in Schach zu halten, und ließ die Waffe sinken. Dann sah er Semmler an. »Wieso haben Sie nicht eingegriffen, wenn Sie es beobachtet haben?«

»Was glauben Sie?«, antwortete Semmler zornig und wies auf seine Beine. »Ich hab damals zwar noch nicht im Rollstuhl gesessen, aber sehr beweglich war ich trotzdem nicht.«

»Wieso hat mein Onkel diesen Mann ertränkt?«

»Weil der ein Schwein war. Ein Vergewaltiger und Schläger, und irgendwie fand ich, es geschah dem Typen recht. Der hatte nämlich vorher im Suff seine Tochter misshandelt.« Er schwieg eine Weile und fuhr dann fort. »Ich bin zwar kein Heiliger, aber Leute, die ihre Kinder vergewaltigen, kann ich nicht ausstehen.«

»Und wieso … wieso ist die Frau im Garten von meinem Onkel begraben?«

Bergheim stellte die Frage, obwohl er die Antwort kannte.

»Armin war ein Guter. Der hat sie in sein Haus getragen, obwohl sie schwer verletzt war. Bestimmt hatte er auch Angst vor der Polizei. Immerhin hatte er ja den alten Schulmann ertränkt. Und dann, ja dann ist Maria gestorben, und er wusste nicht, was er tun sollte.«

Bergheim war den Tränen nahe. Er schluckte und fasste sich an die Stirn.

»Ich verstehe das nicht, wieso hat er den Mann ertränkt?«

»Weil der auf seine Tochter eingeprügelt hat. Sie wollte nämlich abhauen, und er ist ihr hinterher.«

»Mein Gott«, entfuhr es Bergheim.

Sein Onkel war ein Heiliger gewesen, und niemand hatte es gewusst. Alle hatten ihn verkannt und ihn alleingelassen. Er fühlte sich schlecht. Und dann wurde ihm bewusst, wer da vor ihm saß.

»Und Sie haben die Situation ausgenutzt und ihn erpresst.« Er fasste die Waffe fester. Am liebsten würde er dieses Arschloch erschießen. Er war schuld daran, dass sein Onkel so einsam war und alle ein falsches Bild von ihm hatten. Wie schrecklich musste es für ihn gewesen sein, allein mit alldem fertigzuwerden.

Deswegen war er traurig und menschenscheu gewesen. Aber wie hätte man ihm helfen können? Er hatte seine große Liebe verloren und einen Mord auf dem Gewissen. Jedenfalls dachte er das. Er hatte selbst entschieden, wie er damit umgehen wollte. Aber was hatte seine Mutter gewusst? Hatte er sich ihr geöffnet, und wenn ja, was hatte er ihr erzählt? Nicht genug, so viel war sicher, dachte Bergheim.

Er schaute gerade noch rechtzeitig auf sein Gegenüber. Semmler hatte langsam das Gewehr vom Tisch genommen und wollte in dem Moment auf Bergheim anlegen, als der aus seiner Lethargie erwachte und seinen Revolver zückte. Semmler hielt in der Bewegung inne und legte dann das Gewehr zurück auf den Tisch.

»Wo ist mein Sohn?«

Bergheim stand auf. »Ich schicke ihn heim«, sagte er und behielt dabei für sich, dass ihn sein nächster Gang zur Kripo führen würde. Dort würde er alles zu Protokoll geben. Der Rest war nicht seine Baustelle.

***

Charlotte hatte etliche Male versucht, Bergheim zu erreichen, aber der hatte sein Handy abgestellt, worüber sie furchtbar wütend war. Wieso beunruhigte er sie und wollte mit ihr reden und kappte dann die Verbindung? Die Fahrt von der MHH zurück zur Polizeiinspektion war relativ still verlaufen. Thorsten hatte sein Handy bearbeitet und Charlotte hin und wieder einen mahnenden Blick zugeworfen.

»Was ist eigentlich los? Du fährst, als wolltest du jemanden verprügeln«, sagte er, als sie einmal mit quietschenden Reifen vor einer tiefgelben Ampel bremste.

»Nichts weiter«, hatte Charlotte geantwortet. Was hätte sie auch sagen sollen? Dass Rüdiger sein Handy ausgestellt hatte? Lachhaft.

Als sie wieder in der KFI hinter ihrem Schreibtisch saß, trommelte sie ungeduldig mit den Fingern auf der Schreibtischplatte herum. Maren und Pablo waren noch dabei, einem Hinweis aus der Hotline nachzugehen, der mit Sicherheit genauso in einer Sackgasse enden würde wie alle Befragungen bisher. Allerdings hatte Charlotte das ungute Gefühl, dass die Antworten auf alle Fragen vor ihrer Nase lagen. Besonders stark war dieses Gefühl, seit sie die MHH verlassen hatte. Sie fragte sich bloß, wieso.

Zugegeben, aus Bokels Reaktion auf seine Vaterschaft konnte man rein gar nichts herleiten. Sie war nicht mal sicher, ob er nicht schon vorher Bescheid gewusst hatte. Er hatte nicht gerade euphorisch reagiert. Aber vielleicht kam einem alle Euphorie abhanden, wenn man sterbenskrank und gerade dem Teufel von der Schaufel gesprungen war. Und mal angenommen, er hatte es bereits gewusst. Was würde es bedeuten? Sollte er tatsächlich etwas mit dem Verschwinden seiner Tochter zu tun haben? Was? Und vor allem: Wieso sollte er sie entführen oder umbringen oder was immer mit Verena geschehen war?

Wo war ein Motiv? Okay, Verenas Vater war ein reicher Mann. Angenommen, Anne oder ihre Eltern hätten von seinem Reichtum erfahren. Vielleicht hätten sie für Verena auf ein Erbe gepocht. Aber da Bokel keine weiteren Kinder hatte, konnte ihm das doch egal sein. Und was war mit seiner Frau? Dieser Helen? Die hatte ihrem Mann gerade das Leben gerettet. Unklug, wenn man jemanden beerben wollte.

Oder Anne Wieler spielte ihnen nur Theater vor und wusste genau darüber Bescheid, dass Verenas Vater wieder im Lande und obendrein reich war. Da ging es um eine Menge Geld. Wie passte dann jedoch der Tod von Ella Vormwald in die Geschichte? Konnte es sein, dass sie alle auf dem Holzweg waren und in Wahrheit tatsächlich Ella Vormwald das gewollte Opfer war? Aber warum sollte Anne Wieler ihre Freundin töten? Weil sie irgendwas wusste? Vielleicht über Verenas Verschwinden? Konnte es sein, dass Anne Wieler mit dem Verschwinden ihrer Tochter etwas zu tun hatte? Sie war zu dem Zeitpunkt des Verschwindens mit ihrem Mann Ben Dreyer zusammen gewesen. Ob die beiden in der Geschichte drinhingen und sich gegenseitig ein Alibi gaben? Doch warum?

Nein, wenn Ella Vormwald etwas über Anne Wieler gewusst hatte, dann musste das etwas anderes gewesen sein. Und was war mit Ben Dreyer? Was, wenn er von Verenas reichem Vater gewusst hatte? Dann hätte er sich bestimmt weder an Verena noch an seiner Frau vergriffen. Er wäre wahrscheinlich kurzfristig zum besten aller Ehemänner mutiert.

Nein, so kam sie nicht weiter. Vielleicht lag sie ja gänzlich falsch, wenn sie eine Verbindung zwischen Verenas Verschwinden und dem Anschlag auf ihre Mutter drei Jahre später vermutete.

Charlotte fuhr sich durch die Haare, mit denen Rüdiger so gerne und oft spielte und die immer noch voll waren, auch wenn sich graue Strähnchen immer weiter vorkämpften. Apropos Rüdiger. Sie versuchte erneut, ihn zu erreichen. Langsam machte sie sich Sorgen.

Sein Handy war zwar nicht mehr abgeschaltet, aber er drückte ihren Anruf weg.

Was, zur Hölle, fiel dem ein? Sie warf ihr Handy auf ihren Schreibtisch und sprang auf. Der konnte sie mal. Sie würde jetzt erst mal in die Markthalle essen gehen. Sie griff nach ihrer Jacke, hängte sie sich um die Schulter und hielt plötzlich inne. Endlich fiel ihr ein, worüber sie sich die ganze Zeit den Kopf zerbrochen hatte. Sie hatte etwas gesehen, das sie anfangs nicht einordnen konnte. Sie ließ sich auf ihren Stuhl plumpsen. Ganz langsam fügten sich die Puzzleteile zu einem Bild zusammen.

Als es klopfte und Thorsten den Kopf zur Tür reinsteckte, hob sie nur warnend die Hand, ohne ihn anzusehen. Er stutzte, schwieg aber und zog sich dann lautlos zurück, auf seinem Gesicht den wissenden Ausdruck: Die Chefin kombiniert, und dabei lässt man sie am besten in Ruhe.

Charlotte saß mehrere Minuten bewegungslos vor ihrem Schreibtisch, den Blick in eine imaginäre Ferne gerichtet. Wenn das stimmte, dachte sie dann und schluckte. Aber … dann passte einfach alles zusammen.

Sie nahm ihr Handy und rief Anne Wieler an. Nachdem sie die gewünschte Auskunft erhalten hatte, drückte sie das Gespräch weg und klappte ihren PC auf, um sich von Tante Google etwas bestätigen zu lassen, von dem sie sicher war, dass sie es bereits wusste. Nach einer Minute hatte sie die Bestätigung. Ja, so würde alles einen Sinn ergeben. Aber wie sollte sie das jemals beweisen? Wo sollte sie anfangen?

Am besten mit Pablo. Er war zwar ein ziemlich auffälliger Typ, einfach weil er so gut aussah, aber er hatte auch ein Faible für Verkleidungen, was bei einer Observierung hilfreich war. Am liebsten ging er als Clochard. Dunkles Schlabbershirt, leicht angeschmutzte, viel zu große Jeans, ausgetretene Schuhe und eine alte Tweedjacke waren sein Lieblingsoutfit, das er mit gebeugter Haltung schlurfend spazieren führte. Dazu eine mittelblonde Minipli-Perücke und eine Plastiktüte vom Lidl mit seiner Normalo-Kleidung, wie er es nannte, damit er sich, falls nötig, blitzschnell wieder in den smarten spanischen Womanizer verwandeln konnte.

Charlotte ging zu seinem Schreibtisch, der dem von Maren gegenüberstand. Aber er war nicht da, ebenso wie Maren.

Sie griff zum Handy, Pablo meldete sich aus seinem Auto, er komme gerade von dem Hausmeister der Schule, in der Anne Wieler unterrichte, habe aber keine Neuigkeiten und sei auf dem Weg zur Inspektion.

»Nicht nötig«, sagte Charlotte, »hast du deine Verkleidung im Auto?«

Natürlich hatte er das.

»Prima«, sagte Charlotte, »dann pass mal gut auf.« Sie gab ihm ihre Instruktionen, die er verblüfft zur Kenntnis nahm. »Lass dich nicht abwimmeln und mach Fotos, die eindeutig sind.«

»Ja, was denn sonst?«, murrte Pablo und fuhr die nächste Kneipe an, wo er sich auf der Toilette in einen Clochard verwandeln würde.

Jetzt konnte Charlotte nichts anderes tun als warten, bis Pablo geeignete Fotos lieferte. Sie rief Maren an, die noch einige fruchtlose Kundenbefragungen in dem Kosmetikstudio durchgeführt hatte.

»Komm gleich zur Inspektion«, sagte sie. »Wir müssen reden.« Dann steckte sie den Kopf in Thorstens Büro. »Wenn Maren kommt, treffen wir uns in meinem Büro. Pablo ist unterwegs.«

***

Bergheim hatte Benno aus seinem Kofferraum befreit und in seinem Haus im Badezimmer eingesperrt. Es stand zwar zu befürchten, dass Gustav Semmler ihn genau dort suchen würde, wenn er nicht nach Hause kam, aber das war Bergheim egal. Die beiden würden nicht weit kommen, wenn sie vorhatten abzuhauen.

Dann hatte er Gesa Topol angerufen und sie um ein Gespräch gebeten. Er habe wichtige Hinweise, stapelte er tief. Es widerstrebte ihm, der Kommissarin bereits am Telefon mitzuteilen, dass er die Lösung für mindestens zwei Fälle anzubieten hatte. Wobei Semmler und sein Sohn im Rauschgiftgeschäft mit

Sicherheit kleine Fische waren, aber das war nun wirklich nicht mehr seine Aufgabe. Gesa Topol, die gerade auf dem Weg nach Amelinghausen war, hatte im Gasthof Fehlhaber einen Raum gemietet und dort ein Büro eingerichtet. Sie erwartete Bergheim in einer halben Stunde.

Na, bestens, dachte Bergheim, verließ sein Zimmer, ging in den Gastraum und bestellte sich einen Kaffee. Dann setzte er sich an einen Tisch, trank den Kaffee und wartete. Charlotte hatte ein paarmal versucht, ihn zu erreichen, aber er hatte sein Handy ausgeschaltet, während er mit Bennos Handy das Gespräch mit Semmler aufgenommen hatte. Er wollte gerade Charlotte zurückrufen, als Gesa Topol mit ihrem Praktikanten die Gaststube betrat.

»Ah, da sind Sie ja. Ich wollte mich sowieso noch mal mit Ihnen unterhalten«, sagte sie mit etwas verkniffenem Gesichtsausdruck.

»Dachte ich mir schon«, antwortete Bergheim und folgte ihr in einen Nebenraum, der kleinen Gruppen für Feierlichkeiten diente, aber schon teilweise zu einem Büro umfunktioniert war.

Sie setzten sich an den großen runden Tisch, und Bergheim legte Bennos Handy, die Brosche und das Bild von seinem Onkel und Maria Schulmann auf den Tisch.

»Was ist das?«, wollte Gesa Topol wissen.

Bergheim erklärte, worum es ging, und spielte dann die Aufnahme ab, was einige Zeit in Anspruch nahm. Zwischendurch rief Charlotte an, aber er drückte ihr Gespräch weg. Später. Topol und der Praktikant lauschten zunächst gespannt, dann fassungslos dem, was der alte Semmler da von sich gab. Am Ende schwiegen alle eine Weile.

»Wo sind die beiden jetzt?«, fragte Topol dann.

»Der alte Semmler sitzt im Rollstuhl zu Hause und wartet auf seinen Sohn, der in meinem Haus im Badezimmer eingesperrt ist.«

Topol gab dem Praktikanten den Auftrag, einen Streifenwagen anzufordern, oder zwei, wegen des Rollstuhls, und die beiden herzubringen.

Der Praktikant tat wie ihm geheißen, und Topol musterte Bergheim mit verkniffenem Gesicht.

»Ich würde Ihnen ja gern den Vorwurf machen, die Ermittlungen behindert zu haben, aber ich finde keine Begründung dafür. Also muss ich mich wohl bedanken.«

»Wie Sie meinen«, sagte Bergheim und stand auf. »Das Handy führt Sie vielleicht zu den Hintermännern dieser Drogenbande.« Er grinste. »Oder muss ich auch Hinterfrauen sagen?«

»Wie Sie meinen.« Topol stand ebenfalls auf. »Ich glaub, ich brauch jetzt einen Kaffee. Was ist mit Ihnen?«

Bergheim stimmte zu, entschuldigte sich aber, um zuallererst Charlotte zu benachrichtigen. Bestimmt machte sie sich Sorgen.

***

Charlotte hatte tatsächlich ganz andere Sorgen. Sie hatte Maren und Thorsten von ihrer Theorie erzählt, aber beide waren skeptisch.

»Das wäre ja abenteuerlich«, sagte Maren.

»Das wäre es allerdings«, stimmte Charlotte zu, »aber so passt alles zusammen. Maren, ich möchte, dass du dich mit Pablo in der Observierung ablöst, und du, Thorsten, nimmst dir deinen Computer vor. Ich möchte alles über diese Person wissen. Alles.«

Maren und Thorsten verließen mit skeptischen Gesichtern Charlottes Büro. Sie blieb noch eine Weile gedankenverloren sitzen, haderte mit sich, dass sie nicht früher geschaltet hatte.

Dann rief sie Bergheim an, der tatsächlich abnahm.

»Hallo, Liebste«, sagte er gut gelaunt. Charlotte war weniger gut gelaunt. »Wieso gehst du nie an dein Handy?«, blaffte sie.

»Gemach, gemach, ich hatte hier … sagen wir mal so, ein paar Sachen zu klären.«

»Und? Hast du?«

»Ja, es gibt einiges zu erzählen. Wann sehen wir uns?«

»Kann ich noch nicht sagen. Wir haben eine Spur.« Dass die Spur ziemlich vage war, verschwieg sie.

»Das heißt, du bist vorerst unabkömmlich.«

»Ja, leider. Bist du im Gasthof?«

»Ja, aber ich werde wieder zurückgehen in mein trautes Heim, jetzt, wo alles geklärt ist.«

»Hört sich ja spannend an.«

»Ich erzähl dir alles, wenn wir uns sehen, und bis dahin werde ich versuchen, das Haus in Ordnung zu bringen.«

»Na, da hast du dir ja was vorgenommen. Drück mir die Daumen, dass wir auf der richtigen Spur sind. Dann hab ich hoffentlich auch bald was zu erzählen.«

Sie plänkelten noch eine Weile und beendeten dann das Gespräch.

Charlotte rieb sich über die Augen. Dann klappte sie ihren PC auf und öffnete die Suchmaschine.

ELF

Maren und Pablo hatten beschlossen, das Angenehme mit dem Nützlichen zu verbinden, und waren essen gegangen. In einer Pizzeria in Celle, in der auch Anne Wieler mit ihrer Familie oft zu Gast war. Der Chef ging zu fortgeschrittener Stunde höchstpersönlich von Tisch zu Tisch und befragte die Gäste, und eine höchst ansehnliche junge Frau, Pablos Zielperson, hielt ebenfalls Hof. Ja, alle waren zufrieden, auch Maren und Pablo, die sich wie ein albernes Pärchen aufführten und sich ständig fotografierten.

Pablo hatte sich zuverlässig an die Fersen seiner Zielperson geheftet, die sich in der noblen Georgstraße in Hannover einen ausgiebigen Einkaufsbummel gegönnt hatte, wofür seine Verkleidung als Clochard eher hinderlich gewesen war. Dann hatte sie ihr Porsche-Cabriolet aus der Tiefgarage am Opernplatz geholt und war losgefahren. Pablo hatte ihr in seinem alten BMW aufgelauert und war ihr gefolgt.

Maren, in ihrem Mini, hatte sich ihm angeschlossen, und die kleine Prozession war schließlich in Celle vor dem Bari, einem der drei Restaurants von Fabio Dunschen, gelandet.

Pablo hatte sich dann im Wagen umständlich aus seiner Verkleidung geschält, und Maren und er waren übereingekommen, gemeinsam im Restaurant zu essen.

»Sollen wir noch was trinken?«, fragte Pablo, und Maren wollte schon ablehnen und ihre Brieftasche zücken, als er große Augen bekam. »Nicht hinsehen, weißt du, wer da reingekommen ist? Anne Wieler.«

Maren, die sich gerade noch rechtzeitig bremsen konnte, bevor sie reflexartig den Kopf wendete, fluchte leise. »Mist, die erkennt mich doch.« Sie neigte automatisch den Kopf und fasste sich an den Hinterkopf, in dem Versuch, ihre kupferroten Haare zu verbergen.

»Sie kann dich nicht sehen«, flüsterte Pablo, »sitzt am Tresen und spricht mit unserer Zielperson.« Er beobachtete eine Weile schweigend. »Die beiden scheinen sich gut zu kennen … jetzt trinken sie was.«

»Bei Ihnen alles in Ordnung?« Der Kellner war an ihren Tisch getreten, und Pablo bestellte hastig noch einen Espresso, um ihn loszuwerden.

Glücklicherweise war das Lokal gut besucht, und sie hatten einen Tisch, der weit genug von der Theke entfernt war. Wenn Anne Wieler Maren erkannte, wäre die ganze Aktion für die Katz. Der Kellner brachte den Espresso, und Pablo trank andächtig einen Schluck, während Maren intensiv auf ihrem Handy herumdaddelte.

»Jetzt ist der Chef aufgetaucht«, sagte Pablo, »dieser Dunschen, auf den Charlotte so fixiert ist.«

»Was machen sie?«

»Sie reden und lachen und trinken.«

»Wir sollten Charlotte anrufen. Das wird hier zunehmend mysteriös.«

Maren sprach, ohne den Blick von ihrem Handy zu nehmen. Pablo nickte und wählte Charlotte an, die bereits auf dem Weg nach Celle war. Sie ging sofort dran.

Pablo gab kurz und mit einem harmlosen Lächeln im Gesicht einen Lagebericht durch. »Jetzt verlassen sie alle drei den Gastraum durch eine Tür hinter der Theke.«

»Zusammen mit Anne Wieler?«, schnappte Charlotte.

»Ja.«

»Lasst sie nicht aus den Augen!«

»Und wie, bitte, sollen wir das machen? Ihnen in die Küche oder wohin auch immer folgen?«, fragte Pablo pikiert.

»Keine Ahnung«, sagte Charlotte hilflos. »Ich bin sowieso gleich da. Passt auf, dass sie nicht wegfahren, und wenn ja, dann hinterher.«

»Okay.« Pablo beendete das Gespräch und winkte dem Kellner. »Zahlen bitte.«

»Was war denn?«, fragte Maren, die sich aufrichtete und den Nacken rieb.

»Charlotte ist ziemlich panisch, wir sollen sie nicht aus den Augen lassen.«

»Und wie stellt sie sich das vor?«

»Hab ich sie auch gefragt. Wir sollen darauf achten, dass sie nicht wegfahren. Sie ist unterwegs und müsste jeden Moment hier ankommen.« Pablo seufzte. »Hoffentlich lohnt sich dieser ganze Aufwand. Sie hat nichts weiter als vage Vermutungen.«

Maren hob die Brauen. »Charlottes Vermutungen entpuppen sich oft als Tatsachen. Du bist noch nicht so lange im Team, aber ich rate dir, ihre Vermutungen immer ernst zu nehmen.« Sie stand auf. »Ich gehe schon mal raus und passe auf, dass niemand ohne uns wegfährt.«

»Okay, okay«, brummte Pablo und kramte seine Bankkarte hervor.

Just als Maren ihren Mini aufschloss, steuerte Charlotte ihren Golf auf den Parkplatz. Sie parkte hinter Maren und sprang aus dem Auto.

»Irgendwas Neues?«, fragte sie aufgeregt.

»Nein«, antwortete Maren, »wir können doch nicht einfach ins Haus stürmen.«

Charlotte zupfte nervös an ihrer Unterlippe herum. »Ich gehe rein und lass mir was einfallen.«

»Mach keinen Quatsch, du gefährdest die Ermittlungen«, versuchte Maren einzuwenden.

In diesem Moment trat Pablo aus der Tür und wedelte mit der Hand. »Einsteigen, sie kommen raus«, zischte er.

»Pablo, zu mir!«, kommandierte Charlotte und drückte ihm den Schlüssel in die Hand. »Maren, steig bei dir ein.«

Sie schafften es gerade, die Türen zu schließen, als Fabio Dunschen mit einer betrunken wirkenden Anne Wieler im Arm zu einem parkenden BMW ging und sie auf den Beifahrersitz bugsierte.

»Sie ist sediert«, sagte Pablo, »wir sollten eingreifen.«

»Und dann?«, zischte Charlotte. »Dann sagt er, er bringt sie nach Hause, sie ist betrunken. Dann haben wir nichts.«

Pablo schaute ungläubig. »Was willst du? Ihn auf frischer Tat dabei ertappen, wie er versucht, sie umzubringen?«

Charlotte schluckte. Ja, genau das wollte sie. Sie war sich bewusst, dass sie Anne Wieler als Köder missbrauchte, aber sie hatte nicht den kleinsten Beweis, und sie wollte diesen Mistkerl endlich festnageln. Sie musste ihn festnageln.

»Du bist ganz schön mutig«, murmelte Pablo.

»Er fährt los.« Charlotte ignorierte seinen Einwand. »Pass auf, dass du ihn nicht verlierst.«

Pablo ließ den Wagen an und folgte dem BMW in gebührendem Abstand. Hinter ihm schloss sich Maren an.

»Wir sollten zumindest Verstärkung anfordern«, schlug Pablo vor.

»Sobald ich weiß, dass er nicht zu ihren Eltern fährt.«

Das war ziemlich schnell klar. Dunschen fuhr zügig auf die B 214 nach Südosten. Charlotte rief Thorsten in der KFI an. »Wir brauchen Unterstützung, wir observieren einen dunkelblauen BMW mit Celler Kennzeichen …« Sie gab das Kennzeichen und den Wagentyp durch. »Möglicherweise handelt es sich um eine Entführung. Vorerst nicht eingreifen. Kümmere dich darum, Thorsten.«

»Du pokerst hoch«, sagte Pablo nicht ohne Bewunderung.

»Ich weiß. Wenn das schiefgeht, kann ich meinen Job an den Nagel hängen. Also bleib dran!«

Das tat Pablo. Sie folgten dem BMW von der B 214 auf die B 3. »Er fährt Richtung Hannover.« Charlotte runzelte die Stirn.

»Vielleicht fährt er sie ja zu ihrer Wohnung in Linden«, mutmaßte Pablo.

»Würde mich wundern.«

Sie fuhren weiter auf der B 3 Richtung Hannover. Die Dämmerung setzte bereits ein.

»Es wird dunkel, dann wird es schwierig mit der Verfolgung.«

»Das weiß ich auch«, erwiderte Charlotte pampig. Der BMW wechselte von der B 3 auf die B 6 und fuhr an Hannover vorbei Richtung Südwesten. Mittlerweile wurden sie von zwei weiteren Zivilfahrzeugen der Kripo Hannover unterstützt.

»Nach Linden fährt er auch nicht. Was hat er vor?«, grübelte Pablo.

Charlotte wurde zunehmend nervös. Sie passierten Ronnenberg und fuhren weiter Richtung Süden.

»Fährt der etwa zum Deister?«

Der Deister war ein bewaldeter Höhenzug im Südwesten Hannovers und ein beliebtes Ausflugsziel der Hannoveraner. Hier konnte man unter ausgedehnten Laubwäldern wandern, Rad fahren, picknicken, einfach die Natur genießen. Was wollte Dunschen hier? Wenn er tatsächlich einen der Wanderparkplätze ansteuerte, würde es schwierig werden, ihn zu verfolgen, ohne entdeckt zu werden.

Als sie Springe passierten und Dunschen in Richtung Nordwesten abbog, war die Sache klar. Sein Ziel war der Deister. Charlotte gab den beiden Zivilwagen und Maren die Anweisung, zu parken und auf weitere Anweisungen zu warten. Die Straße war jetzt gesäumt von dichtem Laubgehölz.

»Mach das Licht aus«, sagte Charlotte.

Etwa vierhundert Meter vor ihnen fuhr Dunschen die schmale, gewundene Straße entlang. Um diese Zeit war hier sonst niemand unterwegs.

Plötzlich löschte auch Dunschen die Lichter seines Wagens. Sie konnte gerade noch erkennen, dass er nach rechts in den Wald abbog.

»Mist«, sagte Pablo und kniff die Augen zusammen.

Charlotte wandte sich nach hinten, öffnete einen Koffer und zog ein Nachtsichtgerät hervor.

»Oh, geil«, Pablo gluckste begeistert. »Hast du das immer dabei?«

»Ja«, sagte Charlotte und verschwieg dabei, dass sie das Gerät privat erstanden hatte, nachdem sie einmal in einer ähnlichen

Situation wie dieser gewesen war. Nur dass sie damals ein Auto durch die Heide verfolgten und Rüdiger in Gefahr war. Sie hatte sich geschworen, das nächste Mal vorbereitet zu sein.

»Er fährt querfeldein, immer geradeaus«, lotste Charlotte Pablo durch das Gehölz, während sie ihm das Nachtsichtgerät über den Kopf zog. Wahrscheinlich würde sie ihren Wagen neu lackieren müssen, aber das war unwichtig.

»Ich übernehme keine Garantie, wenn ich hier einen Baum mitnehme«, sagte Pablo.

»Egal«, erwiderte Charlotte. »Verlier ihn nicht!«

»Ich glaube, er hält an …«, sagte Pablo. »Er steigt aus.«

»Schnell, wir müssen zugreifen!«, rief Charlotte.

Pablo gab Saft, und in wenigen Sekunden standen sie hinter dem BMW, und Charlotte schaltete die Scheinwerfer an.

Dunschen, der dabei war, die leblose Anne Wieler auf den Fahrersitz zu zerren, starrte in ihre Richtung. Pablo sprang aus dem Wagen und leuchtete ihm mit einer Taschenlampe ins Gesicht.

»Lassen Sie die Frau los und legen Sie die Hände hinter den Kopf!«

Dunschen verharrte einen Moment regungslos. Dann warf er einen Blick über die Schulter, ließ Anne Wieler los und rannte davon.

»Oh bitte«, seufzte Charlotte und versetzte Pablo einen Stoß. »Hol ihn dir!«

Pablo rannte los.

Charlotte stürzte zu Anne Wieler, die aus dem Wagen gerutscht und mit dem Kopf aufgeschlagen war und nun leblos und bleich auf dem Waldboden lag.

Atemlos suchte Charlotte nach einem Puls und stieß einen Schrei der Erleichterung aus, als sich Anne Wieler bewegte. Sie hatte teuflische Angst gehabt, zu spät gekommen zu sein, und schwor sich im selben Moment, nie wieder so hoch zu pokern. Das hielten ihre Nerven einfach nicht aus.

Kaum zwanzig Minuten später glich der stille Forstweg im Deister einem Rummelplatz. Blinkendes Blaulicht, grelle Scheinwerfer und Gestalten, die geschäftig hin und her liefen. Pablo hatte keine fünf Minuten gebraucht, um Dunschen zu überwältigen. Der war in der Dunkelheit nach kaum zweihundert Metern Flucht über eine Wurzel gestolpert und gestürzt. Pablo, durch das Nachtsichtgerät im Vorteil, hatte ihn schnell eingeholt und nach kurzer Rangelei unter Kontrolle gebracht.

Charlotte, die bei Anne Wieler, die immer wieder ohnmächtig wurde, ausgeharrt und den Rettungswagen angefordert hatte, blickte den beiden mit unbeweglicher Miene entgegen. Dunschen würdigte sie keines Blickes, aber das war egal. Charlotte empfand eine unbeschreibliche Genugtuung. Sie hatte ihn. Endlich. Aus dieser Sache konnte er sich nicht rauswinden. Dann kam der Notarzt, klopfte Anne Wieler mehrfach auf die Wange.

»Hallo! Können Sie mich hören?«

Zu Charlottes großer Erleichterung schlug sie die Augen auf.

»Ja«, murmelte sie halblaut lallend, »was ist denn los?«

Während der Notarzt sich um Anne Wieler kümmerte, ging Charlotte zu ihrem Golf und setzte sich auf den Fahrersitz. Sie fühlte sich völlig erschöpft, hatte das Bedürfnis, sich hier und jetzt hinzulegen und zu schlafen. Aber das ging nicht, sie durfte sich jetzt keine Blöße geben. Vor allem nicht vor diesem Monster. Es gab noch eine Menge zu tun. Während Anne Wieler zum Rettungswagen getragen wurde, raffte sie sich auf und ging zu Pablo, der Dunschen bereits zu den Kollegen in einen Streifenwagen verfrachtet hatte.

Maren stand neben ihm und klopfte Charlotte auf die Schulter.

»Geschafft. Alles gut gegangen«, sagte sie und musterte Charlotte. »Bist du okay?«, fragte sie besorgt. »Du siehst aus, als würdest du gleich umkippen.« Sie griff nach Charlottes Arm.

Charlotte legte ihre Hand auf Marens. »Geht schon.« Und mit Blick auf Pablo. »Das war knapp.«

Der nickte nur. »Kann man sagen.«

ZWÖLF

Am nächsten Morgen um halb zehn saßen Charlotte und Thorsten Fabio Dunschen und seinem Anwalt im Befragungszimmer gegenüber. Trotz aller Erschöpfung hatte Charlotte schlecht geschlafen und war schon früh um acht in der KFI erschienen. Dunschen hatten sie eine gute halbe Stunde im Befragungsraum warten lassen.

Nachdem die Formalitäten erledigt waren, sah Charlotte Dunschen eine Weile an, bevor sie sprach. »Nun erzählen Sie mal, was Sie mit Frau Wieler im Wald vorhatten.«

Dunschen lächelte matt. »Sie war betrunken, und ich habe ihr beim Aussteigen geholfen. Ihr war nämlich schlecht.«

»Dazu mussten Sie in den Deister auf einen verbotenen Forstweg fahren und die Lichter Ihres Wagens ausschalten.«

»Sie wollte dahin. Ein Schäferstündchen, Sie wissen schon.« Er zwinkerte Charlotte zu. Die hatte sich natürlich schon Gedanken darüber gemacht, welche Ausreden sich Dunschen dazu einfallen lassen würde, und war darauf vorbereitet.

»Ach, hören Sie auf, das glaubt Ihnen doch kein Mensch. Diese Aktion von Celle in den Deister ist mehr als verdächtig. Sie wollten Frau Wieler umbringen und es als Selbstmord tarnen. Wie sonst sollten wir uns die Flasche Wodka und die Packung Valium in Ihrer Tasche erklären? Sie wollten sie auf den Fahrersitz zerren, als Sie dann dummerweise direkt im Scheinwerferlicht standen.«

»Den Wodka und die Pillen hab ich ihr abgenommen.«

Dunschen warf seinem Anwalt, Dr. Hartmann, einen Blick zu. »Muss ich mir das anhören?«

Der reagierte sofort. »Nein, es sei denn«, er wandte sich Charlotte zu, »Sie haben Beweise für diese Anschuldigung.«

Die hatten sie natürlich nicht, noch nicht, aber das würde sie diesem schnöseligen Anwalt bestimmt nicht auf die Nase binden.

»Wir werden Anne Wieler dazu befragen. Es geht ihr schon besser.« Charlotte warf Dunschen einen triumphierenden Blick zu. »Einstweilen gehen wir von einer Entführung aus.«

Dunschen musterte Charlotte und wandte sich dann an seinen Anwalt. »Diese Frau führt einen Privatkrieg gegen mich. Sie hat auch schon behauptet, ich hätte einen Killer auf meine Ex-Frau angesetzt. Ohne jeglichen Beweis. Seitdem stalkt sie mich.«

Der Anwalt notierte sich das und blickte Charlotte an. »Wenn das alles ist, kann ich meinen Mandanten ja gleich wieder mitnehmen.«

»Nein, können Sie nicht. Nicht bevor wir Anne Wieler zu dem Fall gehört haben. Außerdem haben ihre Eltern aufgrund der Vorkommnisse Anzeige erstattet. Laut ihrer Aussage wollte ihre Tochter lediglich drei bestellte Pizzen bei Ihnen abholen. Dass Sie mit dem Auto der Eltern unterwegs waren, interpretieren sie als Autodiebstahl.«

Charlotte raffte ihre Papiere zusammen. »Ich schlage vor, Sie erzählen Ihre Version der Geschichte dem Staatsanwalt. Der wird dann entscheiden, wie glaubwürdig sie ist.«

Damit verließ sie mit Thorsten das Verhörzimmer.

Zehn Minuten später hatte sich das Team im Besprechungsraum versammelt.

»Der Typ ist ziemlich abgebrüht.« Pablo, der seinen Kaffeebecher kreisen ließ, nickte bewundernd.

»Ja, das findest du toll, was?«, fuhr Maren ihn an.

»Das Problem ist«, sagte Thorsten, »wir können ihm die Tötungsabsicht nicht nachweisen.«

»Aber mindestens die Entführung«, sagte Maren. »Und letztlich entscheidet der Richter. Ich meine, was sollte er denn sonst in dem Wald vorgehabt haben, als die Frau umzubringen? Ich frage mich bloß, wie das mit dem Auto funktionieren sollte. Er musste doch irgendwie zurückkommen.«

»Ich nehme an, dass seine Komplizin schon auf dem Weg

war, um ihn abzuholen. Wahrscheinlich hat sie dann den ganzen Fuhrpark der Polizei dort gesehen und ist wieder abgedreht.«

»Ja, so könnte es gewesen sein.« Thorsten kratzte sich grübelnd am Kinn.

»Wie auch immer«, sagte Charlotte, während sie auf ihrem Handy herumwischte und Pablo ansah, »deine Fotos sind gut. Wir werden Ralf Bokel damit konfrontieren müssen.«

»Meinst du wirklich?« Maren guckte zweifelnd. »Wo der doch herzkrank ist.«

»Immerhin lebt er noch, was man von Ella Vormwald nicht behaupten kann.«

Sie stand auf. »Maren und Thorsten, ihr beide geht zu Anne Wieler, und du, Pablo, kommst mit mir zu Ralf Bokel.«

Sie trafen Ralf Bokel in seiner Villa im Zooviertel an. Er schien sich gut erholt zu haben, denn er öffnete ihnen selbst. Zwar stützte er sich auf einen Spazierstock, doch er wirkte recht agil. Als er Charlotte und Pablo erblickte, seufzte er resigniert.

»Wieso wusste ich, dass ich Sie nicht loswerde.« Dabei öffnete er die Tür und ließ die beiden eintreten. »Meine Frau ist unterwegs, und Maja ist einkaufen.«

»Sie kommen allein zurecht?«, fragte Charlotte, während sie auf dem Sofa Platz nahm.

Pablo setzte sich neben sie.

»Ja, es geht mir wieder recht gut. Meine Frau … nun ja, Maja ist nur für ein paar Minuten einkaufen. Sie wird gleich zurück sein. Womit kann ich Ihnen dienen?« Bokel setzte sich etwas vorsichtig in einen der Sessel. »Im Grunde ist es ja egal, denn ich sagte Ihnen ja bereits, dass meine Tage gezählt sind. Merkwürdig«, er blickte versonnen aus dem Fenster in den blühenden Garten, »man gewöhnt sich selbst daran.«

Bokel schien in seltsamer Stimmung zu sein. Charlotte war nicht sicher, ob sie das beruhigen sollte. Sie räusperte sich und warf Pablo einen Blick zu, der nur mit den Schultern zuckte und mit dem Kopf in Bokels Richtung wies, ein Hinweis, dass sie endlich zur Sache kommen sollte.

»Herr Bokel«, Charlotte wusste nicht recht, wie sie fortfahren sollte, »Ihre Frau ist Krankenschwester ...«

»Ja«, unterbrach Bokel sie, »das hat sich als sehr nützlich erwiesen.« Er lachte kurz auf.

»Nun«, Charlotte zog die Schultern hoch, »wissen Sie, wo Ihre Frau sich zurzeit aufhält?«

Bokel blickte von Charlotte zu Pablo und rümpfte die Nase. »Bei ihrem Liebhaber, nehme ich an.«

Charlotte riss die Augen auf. Pablo und sie starrten sich einen Moment verblüfft an. »Dann wissen Sie davon?«, fragte Charlotte erstaunt und erleichtert.

»Natürlich, ich bin zwar krank, aber nicht blöd.« Das klang ein bisschen ärgerlich.

»Seit wann wissen Sie davon?«

»Noch nicht lange, seit ein paar Wochen. Ich habe sie beobachten lassen.«

»Oh.« Charlotte überlegte. »Seien Sie ehrlich, Sie wussten auch, dass Verena Ihre Tochter ist.«

»Natürlich. Ich habe auch Anne beobachten lassen.«

Aha, dachte Charlotte, hat Anne Wieler sich das also nicht eingebildet.

»Wie lange ist das her?«, fragte sie.

»Oh, einige Jahre, ich hatte damals meine Diagnose bekommen und habe beschlossen, nach Deutschland zurückzukehren. Irgendwie zieht es einen am Ende doch wieder in die alte, vertraute Umgebung der Kindheit zurück.« Er lachte kurz auf. »Es war wie ein Wunder, damals. Ich habe vor einem Kosmetikstudio auf Helen gewartet, um sie abzuholen, und da kam Anne heraus. Mit ihrer Tochter, die genauso aussah wie meine verstorbene Schwester. Ich konnte es nicht fassen.« Er seufzte und malte mit seinem Stock Muster in den Teppich. »Und Anne sah noch genauso aus wie früher. Ich wollte wissen, ob sie verheiratet war und ob es für ihre Tochter einen Vater gab. Mein

Privatdetektiv hat dann herausgefunden, dass Anne zwar verheiratet ist, aber ihr Mann nicht der Vater von Verena ist. Er hat dann, na ja, sich eine DNA-Probe von Verena verschafft. Ich habe sie in Singapur mit meiner vergleichen lassen, und ... plötzlich hatte ich eine Tochter.« Er schwieg einen Moment. »Wissen Sie, ich hab mir immer Kinder gewünscht, aber mit Helen ... na ja, es hat nicht geklappt.«

Charlotte und Pablo saßen mit offenem Mund auf dem Sofa und schwiegen.

Die Haustür wurde aufgeschlossen, und wenige Sekunden später trat die Haushälterin ins Wohnzimmer.

»Hallo, Maja«, sagte Bokel, »wie Sie sehen, habe ich Besuch von der Polizei. Bringen Sie uns doch was zu trinken. Kaffee?« Er blickte Charlotte und Pablo fragend an. Beide nickten Zustimmung, fühlten sich wie benommen. »Wasser für mich.« Er lächelte Maja an, und sie lächelte zurück.

Charlotte erkannte, dass beide auf sehr vertrautem Fuß standen. Das war mehr als ein Arbeitgeber-Arbeitnehmer-Verhältnis.

»Und warum, wenn ich fragen darf, haben Sie das nicht gleich gesagt?«, fragte Charlotte erbost. »Das hätte uns viel Zeit und Aufwand erspart.«

»Das glaube ich gerne, aber meine Frau hat mir davon abgeraten. Damit ich nicht ins Kreuzfeuer der Polizei gerate. Immerhin ist Verena verschwunden, und – da muss ich Helen recht geben – ich habe keine Lust, mich für den kargen Rest meiner Lebenszeit mit der Polizei herumzuärgern.«

»Sie wissen, dass der Liebhaber Ihrer Frau versucht hat, Anne Wieler, die Mutter Ihrer Tochter, umzubringen?«

Bokel schürzte die Lippen und klopfte mit dem Stock auf den Teppich. »Ja, auch das muss ich wohl akzeptieren.«

Charlotte konnte es nicht fassen. »Aber wieso denn bloß?«, fragte sie ärgerlich.

»Weil ich sie in meinem Testament bedacht habe. Nachdem Verena verschwunden war und nicht wiederauftauchte, habe ich das Erbe von Verena auf Anne übertragen. Eine respektable Summe. Ich denke, das war Helen nicht recht.«

»Das glaube ich gern«, murmelte Charlotte vor sich hin. »Ihre Frau wusste also, dass Verena in Ihrem Testament bedacht war.«

»Ja.«

»Und daraufhin verschwindet Verena.« Pablo hatte endlich auch etwas zu sagen.

Bokel blickte erstaunt auf, als nähme er ihn erst jetzt wirklich wahr.

»Ja, daraufhin verschwindet Verena.« Bokel starrte auf den Teppich. »Ich habe eine Weile gewartet und gehofft, dass sie wiederauftaucht. Doch nach drei Jahren beschloss ich, statt Verena Anne im Testament einzusetzen. Natürlich bekommt sie das Erbe nur, wenn sie sich vorher von diesem Nichtsnutz scheiden lässt.«

Maja kam und brachte Kaffee für Charlotte und Pablo und Wasser für Bokel. Sie nickte ihm kurz zu und verließ dann das Wohnzimmer. Irgendwie hatte Charlotte das Gefühl, dass Maja über alles Bescheid wusste. Sie würden sie befragen müssen.

»Und dann gab es einen Mordanschlag auf Anne«, sagte Pablo und trank einen Schluck von dem vorzüglichen Kaffee. »Und da wurden Sie stutzig?«

Bokel zuckte mit einer Schulter und nickte dann. »Ja, da wurde ich stutzig.«

Charlotte war sich nicht bewusst, dass sie mit offenem Mund dasaß und Bokel anstarrte. Dann fasste sie sich. »Das gibt's doch nicht. All das haben Sie gewusst und für sich behalten. Das ist Behinderung der Ermittlungen.«

Bokel schmunzelte. »Verklagen Sie mich.«

Pablo stellte seine Tasse mit einem lauten Klirren auf die Untertasse.

»Heißt das, Sie glauben, dass Ihre Frau mit dem Verschwinden von Verena und dem Mordanschlag auf Anne Wieler zu tun hat?«

Bokel seufzte tief. »Ich halte es für möglich, dass dieser … Möchtegern-Adonis Helen den Kopf verdreht hat.«

Charlotte nickte innerlich, aber wütend war sie trotzdem.

»Sie sagen uns jetzt sofort alles, was Sie wissen.« Ihre Stimme klang drohend.

»Das habe ich gerade getan«, erwiderte Bokel. »Mehr weiß ich nicht, und, ehrlich gesagt, ich habe mit dem Leben abgeschlossen. Es ist mir egal, was aus der ganzen Sache wird.«

»Eins verstehe ich nicht.« Charlotte rührte heftig ihren Kaffee um. »Wieso haben Sie sich Anne Wieler nicht offenbart? Sie hat sich beobachtet gefühlt und war völlig verunsichert. Es wäre doch ganz einfach gewesen, mit ihr zu reden und ihr zu sagen, dass Sie sich Ihrer Verantwortung als Vater stellen. Wieso diese ganze Heimlichtuerei?«

Bokel schürzte die Lippen. »Tja, da muss ich wohl Farbe bekennen. Diese Nacht damals, in der Verena gezeugt wurde, war ziemlich chaotisch. Und, ehrlich gesagt, ich hatte immer das Gefühl, dass Anne nicht … wie soll ich das sagen … nun, nicht ganz freiwillig bei der Sache gewesen war. Sie war ja auch noch sehr jung. Ich hatte einfach Angst, ihr gegenüberzutreten. Am Ende würde sie mich noch vor Gericht zerren.« Er lachte kurz auf. »Mittlerweile ist mir auch das egal.«

Darauf wusste weder Pablo noch Charlotte etwas zu sagen. Eine Weile blieben sie sitzen, dann erhob sich Charlotte.

»Ich darf Sie bitten, baldmöglichst zur Inspektion zu kommen und Ihre Aussage zu Protokoll zu geben.« Sie wusste nicht, ob sie Mitleid mit Bokel haben sollte oder zornig sein durfte. Sie beschloss, höflich zu bleiben, was ihr besser gelang als Pablo, der Bokel grimmig anstarrte und grußlos hinter Charlotte das Haus verließ.

Wieder im Auto, machte Charlotte sich endlich Luft.

»Ist das die Möglichkeit?« Sie fasste sich an die Stirn.

»Ja, siehst du doch, der hat uns alle zum Narren gehalten.«

Charlotte biss sich auf die Lippe. »Das stimmt«, sagte sie

lahm, »aber wir haben wohl auch auf der Leitung gestanden. Wir hätten ihm ja nicht glauben müssen. Aber er wirkte so ehrlich.«

»Oh ja, das haben sie drauf, diese Wirtschaftstypen, ehrlich aus der Wäsche gucken und dabei die Leute verarschen. Genau wie die Politiker«, meckerte Pablo, während Charlotte den Wagen anließ und die Berliner Allee ansteuerte.

Charlotte war zornig auf sich selbst. Sie hatte sich blenden lassen von ihrem Mitleid. Aber andererseits, was hätten sie tun können? Höchstens die Daumenschrauben anlegen. Ob das bei einem Todeskandidaten funktionierte? Das war wohl der einzige Vorteil, wenn man wusste, dass der eigene Tod nicht fern war. Man musste sich über die Konsequenzen seines Tuns keine Sorgen mehr machen. Man musste sich eigentlich überhaupt keine Sorgen mehr machen.

Maren und Thorsten warteten in der Inspektion schon auf sie. Beide standen, je einen Becher Kaffee in der Hand, an Marens Schreibtisch.

»Gut, dass ihr kommt«, begrüßte sie Maren. »Wir sollten noch eine Verhaftung vornehmen.«

»Ach ja? Helen Bokel. Nehme ich an.« Charlotte warf ihre Jacke auf Marens Schreibtischstuhl und umfasste mit beiden Händen die Lehne.

»Stimmt. Woher weißt du das?«, fragte Thorsten. »Und wie bist du überhaupt darauf gekommen, dass sie was mit der Sache zu tun hat?«

»Ich habe sie zusammen mit Dunschen in seinem Lokal in Amelinghausen gesehen. Leider ist es mir ein bisschen spät eingefallen. Na ja, nicht mehr zu ändern. Was hat Anne Wieler ausgesagt?«

»Nicht viel, aber alles Wichtige.« Thorsten stellte seinen Becher auf Marens Schreibtisch. »Sie wollte für die Familie Pizza abholen. Das Lokal ist wohl ihre Stammkneipe, dann haben Helen Bokel und Fabio Dunschen ihr ein paar Drinks ausgegeben.

Sie wurde furchtbar müde. Die Bokel hat gesagt, sie bringen sie nach Hause, und sie haben sie ins Auto verfrachtet. Sie ist aufgewacht, als Dunschen sie auf den Fahrersitz ziehen wollte.«

»Was sagen die Blutproben?«

»Eins Komma zwei Promille Alkohol und eine stramme Menge Benzodiazepin.«

»Und sie selbst hat nichts eingenommen?«

»Nein.«

»Na prima«, sagte Charlotte. »Ich werde dann jetzt einen Durchsuchungsbeschluss für die Pizzeria und die Wohnung von Dunschen beantragen, und ihr holt euch Helen Bokel. Bin gespannt, was sie zu sagen hat.«

Eine gute Stunde später saß Helen Bokel mit der ganzen Würde ihrer schönen Erscheinung im Befragungszimmer und sah Charlotte vorwurfsvoll an. Thorsten und Maren hatten sie in Bokels Villa angetroffen, wo sie gerade dabei war, einen Koffer zu packen. Sie war der Aufforderung der Beamten mit kühlem Blick gefolgt und hatte ihre langen Beine in den Streifenwagen verfrachtet.

Auf die Frage, was ihr vorgeworfen wurde, nannte Maren Verstoß gegen das Betäubungsmittelgesetz und versuchte Entführung. Mehr konnten sie ihr nicht nachweisen. Noch nicht. Und selbst was sie hatten, stand auf tönernen Füßen. Sie konnten nur hoffen, dass die Hausdurchsuchung sie weiterbringen würde.

Beide, sowohl Dunschen als auch Helen Bokel, entpuppten sich als harte Brocken. Während Dunschen bei seiner Aussage vom Schäferstündchen blieb, sagte Bokel dazu gar nichts.

Charlotte und Thorsten nahmen die Befragung vor.

»Sie wurden beobachtet, wie Sie mit Anne Wieler getrunken haben. Dann sind Sie in den privaten Bereich des Lokals verschwunden, und kurz darauf haben Sie gemeinsam mit Herrn Dunschen Anne Wieler ins Auto verfrachtet.« Charlotte zeigte ihr das Foto auf dem Handy, was sie aber nur mäßig interessierte.

»Ja, und? Sie soll doch froh sein, dass wir uns um sie kümmern.« Bokel warf ihre dunklen Haare über die Schulter und kreuzte die Arme vor der Brust. Sie trug ein elegantes dunkelgrünes Kostüm.

Charlotte schätzte, der Stoff war Seide, und sie fragte sich, wie viel Geld Helen Bokel wohl im Monat für Kleidung ausgab. Wahrscheinlich mehr, als sie selbst in derselben Zeit verdiente.

»Kennen Sie Verena Wieler persönlich?«

Bokel hob die Brauen. »Was hat die denn jetzt damit zu tun? Und nein, ich kenne sie nicht.«

»Anne Wieler und ihre Eltern behaupten aber, dass Sie sie kennen, weil sie Stammgast im Lokal von Fabio Dunschen sind und Sie dort ja wohl ein und aus gingen.«

»Ja und? Trotzdem kenne ich sie nicht.« Helen Bokel sah Charlotte herausfordernd an.

Sie fühlt sich sicher, dachte Charlotte, und sie hat auch allen Grund dazu.

»Sie wissen aber, dass Verena Wieler die Tochter Ihres Mannes ist und er sie in seinem Testament bedacht hatte.«

»Ja, und?«

»Geld, das jetzt Anne Wieler bekommen soll. Verena ist verschwunden, und auf ihre Mutter wurde ein Mordanschlag verübt.«

»Warum erzählen Sie mir das?«

»Weil es weit und breit kein Motiv für das Verschwinden von Verena und den Mordanschlag auf ihre Mutter gibt, außer dass sie einen siebenstelligen Betrag aus dem Erbe Ihres Mannes erhalten. Geld, das Ihrer Meinung nach Ihnen zusteht.«

Helen Bokel rollte mit den Augen. »Ja und? Für mich bleibt noch genug.«

»Tatsächlich? Für Ihren Liebhaber auch?«

»Ach, denken Sie doch, was Sie wollen.« Helen Bokel wandte den Blick ab und wischte einen imaginären Fussel von ihrer Schulter.

»Sie sind Krankenschwester«, fuhr Charlotte fort. »Vor der

Pizzeria stehen mehrere Kübel mit Oleander. Sie wissen um die Giftigkeit von Oleandrin, dem Gift, durch das Ella Vormwald den Tod gefunden hat. So ein Pech, denn eigentlich war das Gift für Anne Wieler vorgesehen. Sie verlieren durch Anne Wieler viel Geld, und sie ist oft Gast im Restaurant von Fabio Dunschen, mit dem Sie ein Verhältnis haben. Fabio Dunschen steht kurz vor dem Ruin und Ihr Mann kurz vor seinem Tod. Praktisch, nicht? Und da taucht plötzlich eine Tochter auf, und der reiche todgeweihte Gatte wird plötzlich nostalgisch und vererbt seinem Kind eine Menge Geld. Also muss das Kind verschwinden.«

Helen Bokel saß ungerührt da und begutachtete schweigend ihre manikürten Fingernägel.

Charlotte wurde immer wütender, und Thorsten rutschte unruhig auf seinem Stuhl hin und her. Beide wussten, dass Charlotte sich weit aus dem Fenster lehnte. Sie hatte für all diese Behauptungen, so plausibel sie auch sein mochten, nicht den kleinsten Beweis.

»Okay«, fuhr Charlotte fort, »die Tochter ist also verschwunden. Das Problem ist gelöst. Denken Sie. Aber falsch, Ihr nostalgischer Depp von einem Ehemann überträgt das viele Geld von der Tochter, die nicht wiederauftaucht, auf die Mutter. Ärgerlich, nicht wahr?«

Bokel verschränkte wieder die Arme und blickte gelangweilt an die Decke.

»Was also tun? Eins steht fest, Anne Wieler muss weg. Sie steht Ihren Plänen im Weg. Welche haben Sie? Mit diesem Mann?«

Charlotte fixierte diese abgebrühte Frau, die anscheinend kein Gewissen hatte. Dass Charlotte ihren Geliebten für den Mörder seiner ersten Frau hielt, behielt sie für sich. Aber wahrscheinlich war ihr auch das egal.

»Anne Wieler ist Stammkundin im Lokal von Fabio Dunschen. Sie wissen also, dass sie sich ab und zu ein Fläschchen Magenbitter gönnt, weil sie einen nervösen Magen hat. Und da haben Sie eine Idee. Eine geniale Idee, zugegeben, denn niemand wird wissen, wann sie aus dem Fläschchen trinkt. Praktisch. Sie werden mit ziemlicher Sicherheit mit Anne Wielers Tod nicht in Verbindung gebracht, wo auch immer er stattfinden wird.«

Helen Bokel grinste selbstgefällig, aber Charlotte hatte das Gefühl, dass die kalte Fassade bröckelte. Helen Bokel zog die Schultern zusammen und seufzte, sagte aber nichts.

»Aber wieder Pech. Die Würfel fallen anders als geplant, Anne Wielers Freundin erwischt das Fläschchen und stirbt an ihrer statt.«

Charlotte lehnte sich zurück. Sie war überzeugt, dass alles, was sie sagte, der Wahrheit entsprach. Ihr fehlte nur der Beweis. Genau wie damals. Sie bekam Herzklopfen und ermahnte sich, die Nerven zu behalten. Sie räusperte sich.

»Sie haben eins Ihrer Magenbitterfläschchen mit Gift präpariert und ihr bei einem ihrer Besuche in die Tasche geschoben. Ganz einfach. Sie hatten Mittel, Motiv und Gelegenheit.«

Helen Bokel ließ sich nicht aus der Ruhe bringen und sah auf ihre Armbanduhr. »Sind wir jetzt fertig? Ich würde dann gehen.«

»Sie bleiben«, sagte Charlotte streng und fuhr fort.

»Sie beschließen, sich etwas Zeit zu lassen, aber Ihrem Mann geht es schlecht. Wenn Anne Wieler zu seinen Lebzeiten stirbt, fällt das Geld Ihnen zu. Also müssen Sie handeln. Ihrem Mann retten Sie das Leben, aus Eigennutz. Anne Wieler muss vor ihm sterben. Und die kommt Ihnen entgegen. Sie kommt zum Lokal, um bestelltes Essen für ihre Familie abzuholen. Sie nutzen die Gelegenheit, machen sie betrunken und mischen ihr Valium in ihren Drink. Dann verfrachten Sie sie in den Wagen, und Fabio Dunschen sorgt dafür, dass sie diesen Ausflug nicht überlebt. Genau wie Verena.«

Charlotte lehnte sich zurück und seufzte. In ihrer Argumentationskette passte alles perfekt zusammen. Ihr fehlten nur die Beweise.

Helen Bokel schien derselben Meinung zu sein. »Haben wir's dann jetzt hinter uns? Kann ich gehen?«

»Nein«, Charlotte stand auf. »Sie werden eine Nacht auf Staatskosten verbringen. Nicht dass Sie's nötig hätten«, setzte sie spitz hinzu.

Sie verließ den Verhörraum, Thorsten folgte mit zweifelnder Miene.

Charlotte ließ sich erschöpft auf ihren Stuhl fallen, stützte ihre Ellbogen auf den Schreibtisch und ihr Kinn auf die gefalteten Hände. Sie musste nachdenken, diese Typen waren schlau. Alle beide. Aber sie war auch schlau, nahm sie wenigstens an. Sie würde sich nicht überlisten lassen. Das war diesem Monster ein Mal gelungen, es würde kein zweites Mal geben.

Sie hatte die Spurensicherung auf die Autos der beiden angesetzt, die seit mindestens drei Jahren im Besitz von Dunschen beziehungsweise Helen Bokel waren. Wenn Verena in einem dieser Autos gesessen hatte, würden sie möglicherweise noch DNA von ihr finden. Mit ein bisschen Glück eventuell sogar Blut, wenn denn Blut geflossen war.

Es klopfte, und Thorsten steckte den Kopf zur Tür rein.

»Gibt's irgendwas Neues?«, fragte Charlotte ohne viel Hoffnung.

Thorsten trat ein und schloss die Tür. »Nein, sie sind aber noch nicht fertig.«

Charlotte seufzte.

»Wir übersehen irgendwas. Hast du eine Idee, was?«

Thorsten zuckte mit den Schultern. »Nicht wirklich, obwohl ich glaube, dass du mit deinem Verdacht richtigliegst.«

»Hundertprozentig.« Charlotte nickte und grübelte. Dann kniff sie die Augen zusammen. »Sag mal, wieso hat sich Dunschen eigentlich genau diese Stelle ausgesucht, um Anne Wieler zu töten? Ich meine … er kannte sich dort genau aus.«

Thorsten und sie sahen sich schweigend an. »Was meinst du damit?«, fragte er.

Charlotte sprang auf. »Vielleicht liege ich völlig daneben, aber vielleicht auch nicht. Sag Pablo Bescheid, wir treffen uns bei meinem Wagen. Und besorgt euch Spaten. Und bestell einen Hundeführer zum Tatort.«

Thorsten runzelte die Stirn. »Spaten? Hundeführer?«

»Frag nicht, mach einfach.«

Charlotte griff sich ihren Autoschlüssel und stürmte an Thorsten vorbei aus ihrem Büro.

Nach einer neunzigminütigen Fahrt, durch den Feierabendverkehr in Hannover reichlich verzögert, erreichten sie endlich die Stelle im Deister, die Dunschen am gestrigen Abend angesteuert hatte. Auf der Fahrt hatte sie heftig mit Thorsten und Pablo diskutiert, die ihren Plan für aberwitzig hielten.

»Du steigerst dich da in was rein«, sagte Pablo, der auf dem Beifahrersitz saß, kopfschüttelnd. »Und außerdem, wo sollen wir denn da anfangen und aufhören zu suchen?«

»Das weiß ich auch nicht, dafür haben wir ja den Hund.« Charlotte schickte einem vor einer grünen Ampel trödelnden Toyota einen Fluch hinterher.

»Ob das noch Sinn macht, nach drei Jahren«, sagte Thorsten.

»Natürlich«, antwortete Pablo. »Wahnsinn, was die noch erschnüffeln. Ich hab zwei angefordert. Dann haben wir mehr Zeit, die können nämlich nicht ewig lange schnüffeln.«

»Sehr vernünftig.«

»Trotzdem.« Thorsten war nicht überzeugt. »Warum sollte Dunschen die Mutter an derselben Stelle umbringen wie die Tochter?«

»Was weiß ich denn, was in so einem kranken Hirn alles vorgeht.« Charlotte war ein bisschen wütend, erstens weil ihre Teamkollegen so destruktiv waren und zweitens weil dieser verdammte Verkehr sie am Fortkommen hinderte. Und sie war ungeduldig, hin- und hergerissen zwischen Hoffnung und Resignation.

»Hm«, meldete sich Pablo, »möglich ist es natürlich. Er muss nicht lange rumsuchen, kennt sich aus und denkt sich, was ein Mal klappt, das klappt auch noch mal.«

»Genau«, stimmte Charlotte zu. »Und wenn es da wirklich etwas zu finden gibt, und die Mutter hat sich quasi am Grab der Tochter das Leben genommen … na? Was glaubt ihr, welche Schlüsse kann man daraus ziehen?«

»Dann hatte die Mutter mit dem Verschwinden der Tochter etwas zu tun. Und man selbst ist aus der Schusslinie.« Thorsten nickte beifällig. »Ganz schön raffiniert.«

»Genau«, wiederholte Charlotte.

Pablo und Thorsten gruben, während Charlotte, die Hände in die Hüften gestemmt, die Arbeiten überwachte. Der Hund hatte nach etwa fünfzehnminütiger Suche zwei Meter hinter der Polizeiabsperrung angeschlagen. Pablo fluchte leise vor sich hin, während er Erdreich aus dem mittlerweile etwa sechzig Zentimeter tiefen Loch auf einen Haufen schaufelte. Thorsten machte gerade Pause, lehnte sich mit beiden Händen auf den Spatengriff und beobachtete seinen Kollegen, dessen Hemd mittlerweile schweißdurchtränkt war.

Pablo sah Charlotte missmutig an. »Wieso muss ich hier alleine graben? Der macht überhaupt nichts«, meuterte er und wischte sich den Schweiß von der Stirn.

»Der ist auch ein bisschen älter als du«, erwiderte Charlotte, was Thorsten plötzlich zu motivieren schien.

Mit Verve schlug er seinen Spaten in den weichen Waldboden und stöhnte sogleich auf. »Scheiße, hier ist was!«

»Bestimmt eine von diesen elenden Baumwurzeln«, schnaufte Pablo, während er weitergrub.

»Nein«, Thorsten schob vorsichtig mit dem Spaten Erdreich zur Seite, »das sieht aus wie eine Schuhsohle.«

Pablo warf seinen Spaten weg und half Thorsten, ebenso wie Charlotte, das, was er gefunden hatte, mit den Händen freizuschaufeln.

Sie arbeiteten emsig, und keine fünf Minuten später lag ein Sneaker, in dem ein knöcherner Fuß hing, frei.

Es dauerte eine gute halbe Stunde, bis die Spurensicherung vor Ort war. Mittlerweile war es dunkel geworden. Charlotte, Pablo und Thorsten standen still an dem einsamen Grab und hingen ihren trüben Gedanken nach.

»Wenigstens regnet es nicht«, sagte Thorsten in die Stille. Niemand antwortete.

Sie warteten, bis die Leiche weitgehend freigelegt war. Es war zweifellos Verena, denn Reste der Kleidung, die sie zuletzt getragen hatte, waren noch zu erkennen. Charlotte hatte sich bei den Hundeführern bedankt und sie heimgeschickt. Die drei Ermittler machten sich ebenfalls bald auf den Heimweg. Alles Weitere hier war Aufgabe der Spurensicherung. Sie konnten nur auf die Ergebnisse warten und Anne Wieler und ihre Eltern über den Leichenfund informieren, bevor sie es aus den Medien erfuhren.

Charlotte beschloss, Thorsten und Pablo in der KFI abzusetzen und dann nach Celle zu fahren. Sie würde erst nach Mitternacht dort ankommen, aber das hier duldete keinen Aufschub.

Um kurz vor ein Uhr nachts öffnete eine blasse Anne Wieler im Morgenmantel die Haustür ihres Elternhauses in Celle. Mit unnatürlich großen Augen sah sie Charlotte an. Beide schwiegen einen Moment in dem Bewusstsein, dass etwas in Bewegung geraten war.

»Sie bringen Neuigkeiten«, sagte Anne Wieler dann und trat zur Seite, damit Charlotte eintreten konnte.

»Ja«, sagte Charlotte, die im Flur stehen geblieben war. Anne Wieler schloss die Tür und sah Charlotte mit einer Mischung aus Gespanntheit und Scheu an, so als wisse sie nicht, ob sie hören wollte, was die Besucherin zu sagen hatte.

Charlotte räusperte sich. »Wir haben … etwas gefunden.«

Anne Wieler schlug die Hände vor den Mund. »Verena?«

»Das wissen wir noch nicht.« Charlotte schluckte. »Es ist aber möglich. Ich wollte, dass Sie es von mir persönlich erfahren.

Es stehen noch einige Untersuchungen aus, bis wir ganz sicher sein können.«

»Sie haben sie gefunden.« Beide Frauen drehten sich erschrocken um. In der offenen Tür stand Monika Wieler im Nachthemd und starrte Charlotte an.

»Wir haben eine Tote gefunden, können aber noch nicht mit Sicherheit sagen, dass es Verena ist. Wenn Sie morgen, oder besser gesagt heute Nachmittag, zur Polizeiinspektion nach Hannover kommen, können wir Ihnen ein paar Fotos von der Kleidung der Toten zeigen.«

»Wo?« Monika Wieler atmete schwer.

»Im Deister.«

»Es ist Verena, ich weiß es.« Anne Wieler ließ die Arme hängen, wirkte erschöpft.

Charlotte wandte sich zur Tür. »Ich denke, wir sehen uns morgen.« Damit ließ sie die beiden Frauen allein.

DREIZEHN

Charlotte war gegen halb drei Uhr in der Nacht todmüde ins Bett gefallen und um kurz nach acht am Mittwochmorgen aus einem tiefen Schlaf halbwegs erholt erwacht. Jetzt stand sie in Jeans und T-Shirt an der Kaffeemaschine und kontrollierte ihre Nachrichten auf dem Handy. Thorsten hatte den Bericht noch in der Nacht geschrieben, wofür Charlotte ihm dankbar war. Außerdem hatte er am Morgen Fotos von der Kleidung der Leiche vorab an Anne Wieler geschickt, die ihm sofort bestätigt hatte, dass es sich um Verenas Kleidung handelte.

Rüdiger hatte ein paarmal versucht, sie zu erreichen. Immerhin hatte er sein Rätsel gelöst. Das hatte er auf die Voicebox gesprochen, und er war wieder in seine Hütte zurückgekehrt, um dort Ordnung zu machen. Er habe viel zu erzählen. Aber das musste warten. Denn heute würde sie Fabio Dunschen überführen. Sie wusste noch nicht, wie, denn was genau mit Verena geschehen war, lag noch im Dunkeln. Aber die Forensik würde es herausfinden, und dann war da noch Anne Wielers Aussage, dass sie betäubt worden war. Auch wenn in diesem Fall nur Aussage gegen Aussage stand. Im Zusammenhang war die Sache klar.

Auf dem Weg zur KFI rief sie Thorsten an, der bereits dort war, und bat ihn, Dunschen in einen der Befragungsräume zu verfrachten.

Als die beiden sich eine halbe Stunde später Dunschen gegenüber an den Tisch setzten, guckte dieser gelangweilt an die Decke.

»Meine Anwältin wird gleich hier sein. Bis dahin sage ich kein Wort.«

»Müssen Sie gar nicht.« Charlotte setzte sich zurück und schlug die Beine übereinander. »Sie kommen sowieso nicht raus aus dieser Sache. Es gibt nämlich Neuigkeiten.« Sie grinste hämisch und schwieg dann.

Dunschen verzog keine Miene. In diesem Moment klopfte es, und eine attraktive, in elegantes Dunkelblau gekleidete Frau mit langen, kastanienbraunen Haaren betrat den Raum. Sie lächelte Dunschen an und nickte den beiden Ermittlern zu. »Dr. Amberger«, stellte sie sich vor. »Wir kennen uns ja bereits«, sagte sie grinsend zu Charlotte.

Allerdings, dachte Charlotte, mit dir habe ich noch eine Rechnung offen. Sie konnte sich noch gut an die Untersuchung des Mordes an Margret Dunschen erinnern. Dr. Amberger hatte Fabio Dunschen damals erfolgreich verteidigt. Dieses Mal würde ihr das nicht gelingen. Charlotte räusperte sich und erledigte die Formalitäten, bevor sie sich an Dunschen wandte und ihn mit dem Leichenfund konfrontierte.

Er wirkte für einen Moment überrascht und vergaß, dass er eigentlich schweigen wollte.

»Was für eine Leiche?«

»Ich denke, Sie wissen, von wem ich rede. Von Verena Wieler, die seit drei Jahren vermisst wird. Ihre Leiche lag exakt neben dem Platz, den Sie heute Nacht mit ihrer betäubten Mutter angesteuert haben.«

»Das ist ja 'n Ding. So ein Zufall«, sagte Dunschen.

»Natürlich. Ein Zufall. In einem riesigen Waldgebiet wie dem Deister fahren Sie zielstrebig *zufällig* zu einem Platz, wo die Leiche eines jungen Mädchens begraben liegt, das *zufällig* mit Ihnen bekannt und in Ihrem Restaurant Stammgast war. Im Gepäck haben Sie *zufällig* die Mutter der Ermordeten, die sich praktischerweise selbst betäubt hat, leider aber einen Eid darauf schwört, dass sie von Ihnen genötigt wurde, Wodka zu trinken, was sie normalerweise nie tut. *Zufälligerweise* haben Sie auch eine Wodkaflasche in Ihrer Tasche, von der Sie behaupten, sie Anne Wieler abgenommen zu haben. Dummerweise sind auf der Flasche keine Fingerabdrücke von Frau Wieler zu finden. Auch etwas, das Sie uns noch erklären müssen. Obendrein haben Sie ein Verhältnis mit einer Frau, die *zufällig* die Frau des Vaters der Ermordeten ist. Der ist ebenso schwerreich wie schwer krank und hat nicht mehr lange zu leben. Seine Frau, Ihre Geliebte, ist also eine gute Partie, bis, ja, bis der Vater von der Existenz einer Tochter erfährt und diese mit einer erheblichen Summe in seinem Testament bedenkt. Und – rein *zufällig* natürlich – verschwindet die reiche Miterbin von der Bildfläche und taucht nicht wieder auf. Daraufhin setzt der Vater die Mutter des verschwundenen Mädchens als Erbin ein, um auf diese Weise einen kleinen Teil seiner Vaterpflichten zu erfüllen. Und was passiert? Auch auf diese Erbin wird ein Mordanschlag verübt, der aber blöderweise ihre Freundin trifft. Was für ein Pech, jetzt fängt die Polizei an zu ermitteln und Fragen zu stellen. Sie beschließen zu warten, bis sich die Aufregung gelegt hat, und dann noch mal zuzuschlagen.«

Charlotte hatte sich in Rage geredet. Dunschen und seine Anwältin schwiegen sichtlich beeindruckt von ihren Ausführungen. Aber Charlotte war noch nicht fertig.

»Und dann bekommt der reiche, kranke Gatte einen Herzanfall, und seine liebende Frau kann seinen Tod verhindern und somit auch verhindern, dass Anne Wieler das Erbe antreten kann, das im Falle ihres Todes an sie zurückfällt. Tja, jetzt müssen Sie handeln. Nicht dass der reiche Gatte vor Anne Wieler stirbt. Sie muss also weg, und die Gelegenheit ergibt sich bald, als sie in Ihr Restaurant kommt, um bestellte Pizzen abzuholen.«

Charlotte schwieg einen Moment und musterte Dunschen mit zusammengekniffenen Augen. Der erwiderte ihren Blick mit eisiger Miene. Dr. Amberger machte sich fleißig Notizen.

Charlotte fuhr fort: »Sie und Ihre Komplizin haben sie genötigt, Wodka zu trinken, der mit Valium versetzt war. Das hat die Laboruntersuchung ergeben. Das Valium hatten Sie ebenfalls in Ihrer Tasche. Und was ist mit Fingerabdrücken von Anne Wieler auf der Packung? Fehlanzeige. Dann haben Sie beschlossen, sie zum Grab ihrer Tochter zu fahren, ihr den Rest des Wodkas und das Valium einzuflößen und das Ganze als Selbstmord zu tarnen. Die Polizei würde dann, falls die Leiche der Tochter gefunden würde, sicherlich zu dem Schluss kommen, dass die

Mutter für deren Tod verantwortlich war, mit der Schuld nicht fertigwurde und am Grab ihrer Tochter sterben wollte. Warum sonst hätte sie sich genau dort umbringen sollen? Und wenn die Leiche nicht gefunden würde, auch egal. Sie wären auf jeden Fall aus der Schusslinie.«

Thorsten räusperte sich, er hatte wohl das Bedürfnis, sich irgendwie bemerkbar zu machen, wenn er schon nichts zu sagen hatte.

Charlotte lehnte sich zurück. Sie fühlte sich ein bisschen erschöpft, wollte sich aber nichts anmerken lassen. »Ihre Restaurants stehen kurz vor der Pleite, und zwar alle drei. Und da, dachten Sie sich, kommt eine reiche Erbin mehr als gelegen. Wie haben Sie sie dazu gebracht, mitzuspielen?«

Das war reine Provokation. Charlotte wusste keineswegs, wer von den beiden diese Geschichte initiiert hatte. Dunschen war skrupellos und geldgierig, das wusste sie. War Helen Bokel genauso? Würden sie sich dann irgendwann gegenseitig umbringen?

Alle saßen bewegungslos und warteten.

Dann sprach Dr. Amberger. »Nun, das ist ja eine nette Geschichte, aber, wenn ich das richtig verstehe, beruht sie auf reiner Spekulation Ihrerseits.« Sie sah Charlotte herausfordernd an.

Die fand diese Schlussfolgerung ziemlich frech.

»Wenn Sie meinen«, antwortete sie und stand auf. »Herr Dunschen bleibt in Gewahrsam.«

Dr. Amberger hatte offensichtlich nicht die Absicht zu protestieren. Sie raffte ihre Unterlagen zusammen. »Ich möchte mit meinem Mandanten allein sprechen.«

»Tun Sie das.«

Charlotte und Thorsten ließen die beiden allein.

»Ich brauch 'ne Pause«, sagte Thorsten draußen auf dem Flur. »Du hast so viel geredet, dass ich ganz verwirrt bin.« Er grinste. »Aber ich muss schon sagen, alle Achtung. Glasklar auseinanderdividiert.« Er klopfte seiner Chefin auf die Schulter, was diese ein bisschen gönnerhaft fand.

»Bringst du mir einen Kaffee mit?«, fragte sie. »Ich brauche eine Stärkung, bevor wir uns seiner Komplizin widmen. Wo sind Pablo und Maren?«

»In der Rechtsmedizin.«

»Okay, ich hoffe, sie bringen Informationen mit.«

Die beiden tranken ihren Kaffee.

»Wir brauchen ein Geständnis. Es wird dauern, bis die KTU und das Labor Ergebnisse haben«, sagte Thorsten.

»Ich weiß«, sagte Charlotte und leerte ihren Kaffeebecher. »Und das kriegen wir jetzt.«

Sie betraten einen weiteren Befragungsraum, in dem Helen Bokel mit ihrem Anwalt wartete. Sie empfing sie mit einer Schimpftirade, der Anwalt legte begütigend die Hand auf ihren Arm.

Charlotte und Thorsten setzten sich. Nachdem der Anwalt sich als Gerd von Halle vorgestellt hatte, kein Doktor, dafür ein »von«, dachte Charlotte, begann sie, ihre Geschichte zu wiederholen.

Helen Bokel und von Halle hörten schweigend zu. Bokel schluckte mehrmals und starrte mit ihren großen Augen auf den Fußboden.

Als Charlotte fertig war, beugte sie sich vor und sah Bokel fest an. Die wich ihrem Blick aus.

»Was hatten Sie eigentlich mit Ihrem Mann vor? Hätten Sie ihn auch umgebracht oder so viel Geduld aufgebracht zu warten, bis sich die Sache von selbst erledigt? Und wie haben Sie Dunschen dazu gebracht, Ihnen zu helfen?«

Helen Bokels Kopf ruckte hoch. »Hat er das etwa gesagt?«

»Was glauben Sie? Und von wem sollte er denn auch von dem Testament wissen, wenn nicht von Ihnen? Er hatte doch keine Ahnung. Und warum sollten Sie ihm davon erzählen, so ganz ohne Hintergedanken?« Charlotte schüttelte den Kopf. »Sie haben ihn ausgenutzt.«

Helen Bokel blickte Charlotte zornig an.

»Was ist mit Verena passiert? Haben Sie sie umgebracht?«

»Nein!« Helen Bokel sprang auf und setzte sich gleich wieder. Dann legte sie die Hände vors Gesicht und fing an zu schluchzen.

»Ich habe niemanden getötet! Das war er!«

Na endlich! Charlotte schloss für einen kurzen Moment die Augen, bemüht, sich ihre Erleichterung nicht anmerken zu lassen. Aus den Augenwinkeln konnte sie sehen, dass Thorsten lächelte.

»Erzählen Sie«, sagte Charlotte. »Es ist alles vorbei.«

Und dann erzählte Helen Bokel, wie sie Dunschen kennengelernt hatte, als sie vor Jahren mit ihrem Mann in einem seiner Restaurants zu Gast war. Wie aufmerksam er war zu ihrem Mann und zu ihr. Klar, dachte Charlotte, dieser Mann hatte ein Auge für Geld.

»Wusste er, dass Ihr Mann krank war?«, fragte Charlotte.

»Ja, ich hatte es ihm gesagt, weil Ralf am Tisch plötzlich zusammengebrochen war. Er war so hilfsbereit und charmant, hat sich so gut um Ralf gekümmert.«

Helen Bokel guckte versonnen an Charlotte vorbei. Dann wurde sie ernst.

»Glauben Sie, dass Verena umgebracht worden ist?«

»Was hat er Ihnen erzählt?«

»Er hat gesagt, sie hat mit ihm geflirtet, war wohl ein bisschen in ihn verknallt.«

Wie konnte sich eine Fünfzehnjährige in einen fast Fünfzigjährigen verknallen, fragte sich Charlotte. Oder kam da die Theorie vom Vaterersatz ins Spiel?

»Sie hätten sich verabredet, nachdem er das Restaurant geschlossen hatte. Er wollte sie von dieser Party abholen. Sie wäre allerdings total betrunken gewesen und ihm direkt vor den Wagen gelaufen. Sie war sofort tot. Da ist er in Panik geraten. Wie sollte er das der Polizei erklären? Sie war ja erst fünfzehn. Und dann hat er sie einfach begraben. Es war ja nichts mehr zu ändern.« Bokel blickte jetzt störrisch. »Das war ein Unfall!«

Natürlich, dachte Charlotte, die kein Wort davon glaubte.

Hoffentlich lieferte die Obduktion ein paar Fakten, die ihnen weiterhalfen.

»Und wer ist auf die Idee mit dem Oleandrin gekommen?«

»Er! Das war er! Ich wusste nicht mal was davon. Ich hab erst durch Sie davon erfahren.«

Charlotte seufzte. Diese Frau war mit allen Wassern gewaschen, genau wie ihr Komplize. Am Ende würde jeder den anderen beschuldigen, der Drahtzieher zu sein, und sie standen mit ihren Ermittlungen wieder am Anfang.

Helen Bokel schluchzte in ihr Taschentuch.

»Was ist vorgestern Abend in der Pizzeria mit Anne Wieler passiert?«

»Gar nichts, sie kam, um eine Bestellung abzuholen, und dann ist ihr schlecht geworden. Wir haben sie mit nach hinten ins Büro genommen, und Fabio wollte sie dann nach Hause fahren.«

Charlotte stützte den Kopf in die Hände und sah Helen Bokel mit nicht geringer Verwunderung an. Es hörte sich alles so einfach an. So plausibel. Hoffentlich fand die Spusi etwas. Irgendetwas.

»Ich fasse also zusammen«, sagte Charlotte. »Sie behaupten, Sie haben nichts von dem Oleandrin gewusst. Ferner haben Sie nicht gewusst, dass Dunschen mit Anne Wieler zum Deister unterwegs war, und Sie wussten natürlich nicht, was er dort vorhatte.«

Helen Bokel schob die Unterlippe vor und nickte, wie ein störrisches Kind.

»Wieso haben Sie der Polizei keinen Hinweis gegeben, als man überall nach Verena gesucht hat?«

Bokel fuhr sich mit der Zunge über die Lippen. »Weil Fabio mir leidgetan hat, natürlich. Ich konnte ihn doch nicht verraten.«

»Natürlich.«

Charlotte sah Helen Bokel eine Weile schweigend an. Was sie sah, war eine schöne Frau, die versuchte, ihren Hals zu retten.

Und sie machte ihre Sache gut, das musste ihr der Neid lassen. Für den Anwalt gab es fast nichts zu tun, außer dass er natürlich darauf bestand, seine Mandantin mitzunehmen, da ihr ja nichts vorzuwerfen war, wenn man mal von der Sache mit Verena absah. Und bisher habe man ja wohl noch keinen Haftbefehl gegen seine Mandantin.

Charlotte ignorierte den Mann und stand auf. »Kurze Pause.«

»So ein raffiniertes Luder«, sagte Thorsten, kaum, dass sie den Raum verlassen hatten. »Ich glaube ihr kein Wort.«

»Ich auch nicht«, stimmte Charlotte zu. »Ich glaube, dass die beiden das gemeinsam ausgeheckt haben. Sie liefert das Geld, wenn er die Drecksarbeit erledigt.«

Sie gingen in Charlottes Büro, wo Charlotte sich erschöpft in ihren Stuhl fallen ließ. Thorsten setzte sich auf die Schreibtischkante.

»Wahrscheinlich hatten sie auch vor, Ralf Bokel zu töten, wenn der ihnen nicht den Gefallen täte, so oder so bald das Zeitliche zu segnen, ganz ohne ihr Zutun.«

»Praktisch«, sagte Thorsten und ließ seinen Unterschenkel baumeln.

In diesem Moment klopfte es, und Maren und Pablo betraten das Büro.

Pablo warf Charlotte bewundernde Blicke zu. »Also, wie du diese Leiche aufgestöbert hast ... Alle Achtung. Nicht schlecht.«

Maren nickte.

»Danke für die Blumen«, antwortete Charlotte. »War Anne Wieler dort?«

Maren nickte. »Ja, mit ihrer Mutter.«

»Haben sie die Kleider identifiziert?«

»Ja«, sagte Pablo, »sie wollten auch unbedingt Verena sehen.«

»Beide waren eigentlich recht gefasst. Ich glaube, es war die Erleichterung, endlich zu wissen, was mit Verena passiert ist.«

»Ja.« Charlotte nickte. »Eine Tragödie.«

»Ich habe ihnen in groben Zügen erzählt, was wir herausgefunden haben. Das hat sie dann doch einigermaßen geschockt. Monika Wieler sagte sogar, dass Bokel sich, verdammt noch mal, aus ihrem Leben hätte heraushalten sollen.«

»Stimmt eigentlich«, sagte Charlotte, dann räusperte sie sich. »Was hat die Obduktion ergeben?«

Maren lächelte. »Das Zungenbein ist gebrochen. Sie ist erwürgt worden.«

Charlotte frohlockte. »Keine Verletzungen am Skelett?«

»Nein, bis auf einen alten Armbruch, aber der lag schon einige Jahre zurück.«

»Sie ist also nicht durch Verletzungen, wie sie ein Autounfall verursachen könnte, gestorben?«

Maren und Pablo sahen sich verwundert an. »Nein, Dr. Schneider war ganz sicher. Sie ist erwürgt worden. Wie kommst du auf einen Autounfall?«

Charlotte erklärte, was Helen Bokel ausgesagt hatte.

»Sie lügt«, sagte Pablo.

»Oder sie gibt nur wieder, was er ihr erzählt hat.« Charlotte seufzte. »Immerhin haben wir ihre Aussage, dass Dunschen Verena von der Party abgeholt hat und er ihre Leiche entsorgt hat. Darauf können wir ihn festnageln. Was genau passiert ist, müssen wir noch aus den beiden rauskitzeln.«

»Es gibt noch eine gute Nachricht«, sagte Pablo. »Die Spusi hat im Müllcontainer bei Dunschens Restaurant in Celle eine Spritze sichergestellt mit Spuren von Oleandrin.«

Charlotte reckte beide Fäuste in die Höhe. »Was ist mit Fingerabdrücken?«

Pablo nickte. »Auch die, allerdings nicht von ihm, sondern von Helen Bokel, und zwar auf der Plastiktüte, in die sie eingewickelt war. Die Spritze an sich ist so sauber wie ein polierter Löffel.«

Thorsten schlug sich auf den Schenkel. »Das ist 'n Ding. Also hat sie gelogen.«

»Ja, zumindest wusste sie davon. Ob sie das Fläschchen allerdings auch präpariert und in Anne Wielers Tasche gesteckt hat, ist nicht bewiesen. Vielleicht hat sie die Spritze auch nur entsorgt.«

»Pah.« Thorsten stand auf und steckte die Hände in die Hosentaschen. »Glaubst du das? Sie ist Krankenschwester, die kennt sich aus.«

»Anzunehmen«, sagte Charlotte. »Wir werden jetzt Dunschen mit Helen Bokels Aussage und dem, was wir herausgefunden haben, konfrontieren. Mal sehen, was er dazu zu sagen hat.«

Fabio Dunschen saß erkennbar wütend im Befragungsraum. Seine Anwältin versuchte ihn zu beschwichtigen, indem sie ihm leicht auf die Schulter klopfte, was er mit genervtem Augenrollen quittierte.

Als Charlotte und Thorsten eintraten, empfing er sie mit einem pampigen »Schon wieder Sie! Gibt's hier keine anderen Ermittler? Solche, die nicht befangen sind?«.

»Warum so schlechte Laune?«, sagte Charlotte unbeeindruckt und setzte sich.

Thorsten blieb stehen.

»Es gibt neue Erkenntnisse.« Charlotte konnte sich ein hämisches Grinsen nicht verkneifen.

»Ach.«

»Ja, Verena Wieler ist eindeutig erwürgt worden, und wir haben die Aussage von Helen Bokel, dass Sie sie damals von der Party abgeholt haben. Was immer Sie ihr erzählt haben, sie hat Ihnen wohl vertraut. Vielleicht haben Sie ihr gesagt, Sie wüssten, wer ihr Vater ist? Welches junge Mädchen in ihrer Situation will das schließlich nicht wissen? In Wirklichkeit hatten Sie von Anfang an vor, Verena zu töten. Wie hatten Sie sich das im Folgenden vorgestellt? Die reiche Witwe heiraten und dann dafür sorgen, dass sie auch verschwindet?«

Charlotte musste sich zusammenreißen, um sich einen Hinweis auf seine erste Ehefrau zu verkneifen. Sonst würde die Anwältin ihr tatsächlich noch Befangenheit unterstellen – womit sie natürlich recht haben würde –, aber Charlotte wollte sich keinen Fehler bei ihren Ermittlungen nachsagen lassen.

Dunschen starrte Charlotte an und verzog zunächst keine Miene. Dann kniff er die Augen zusammen.

»Ich glaube, Sie verarschen mich hier. Das kann sie gar nicht gesagt haben.«

»Offenbar doch.«

»Dann lügt sie.«

»Ach ja? Sie sagt auch, dass Sie Anne Wieler das vergiftete Fläschchen in die Tasche gesteckt haben.«

Schweigen. »Dann lügt sie auch.«

»Oh, ich bitte Sie, wir haben die Spritze mit Spuren von Oleandrin in Ihrem Müllcontainer gefunden. Und mit Ihrem Abenteuer im Deister haben Sie sich auch nicht gerade als Unschuldsengel geoutet.«

Dunschens Wangenknochen arbeiteten. Er lehnte sich zurück und atmete schwer. Charlotte wartete einen Moment, dann legte sie ihre Unterarme auf den Tisch und sah Dunschen fest an.

»Der Staatsanwalt wird Anklage gegen Sie erheben, wegen Mordes an Verena Wieler und Ella Vormwald und wegen zweifachen Mordversuchs an Anne Wieler.« Dann lehnte sie sich wieder zurück. »Sie kommen da nicht mehr raus.«

Sie nickte der Anwältin zu, die nervös mit ihrem Kugelschreiber spielte, und wollte das Verhör beenden.

»Sie lügt«, platzte Dunschen plötzlich heraus. »Es war alles ihre Idee.«

Charlotte, die sich schon halb erhoben hatte, setzte sich wieder. Ihr Herz klopfte. Endlich!

»Erzählen Sie«, sagte sie ruhig.

Dunschen rieb sich über die Oberschenkel. »Sie kamen damals in mein Restaurant in Hannover, und er … ich meine, ihr Mann … hatte so eine Art Zusammenbruch. Ich habe ihnen geholfen und … so fing es jedenfalls an. Wir haben uns dann öfter getroffen. Sie sagte, sie sei nicht glücklich in ihrer Ehe, könnte aber ihren Mann nicht verlassen, weil er schwer krank sei. Sie hat auch erwähnt, dass er steinreich ist und sie die alleinige Erbin. Das war wohl auch ein Grund, weshalb sie bei ihm geblieben ist.«

Darauf möchte ich wetten, dachte Charlotte, sagte aber nichts.

»Und dann erschien plötzlich seine Tochter auf der Bildfläche, und sie sollte einen Großteil des Erbes erhalten. Sie war furchtbar wütend.« Dunschen grinste.

»Auf jeden Fall war sie es, die Verena von dieser Party weggelotst hat. Was sie mit ihr angestellt hat, weiß ich nicht. Interessiert mich auch nicht. Ich hab damit jedenfalls nichts zu tun.«

»Sie wollen also sagen, dass Helen Bokel Verena erwürgt hat, mit ihr in den Deister gefahren ist und sie dort begraben hat?«

»Genau.«

Charlotte kicherte. »Klasse, und woher wussten Sie, wo Verena begraben war, und sind mit ihrer Mutter genau dorthin gefahren?«

»Das wusste ich ja gar nicht. Das war Zufall.«

Dazu fiel Charlotte zunächst keine Erwiderung ein.

Nach einer Weile doch. »Das ist absurd, und das wissen Sie.«

Dunschen zuckte mit den Achseln.

»Okay. Helen Bokel sagt aus, dass Sie Anne Wieler vergiften wollten.«

»Das war auch Helens Idee, sie ist Krankenschwester und hat das mit dem Gift gedeichselt.«

»An dem dann eine völlig Unbeteiligte gestorben ist.«

»Ja, das war Pech.«

»Mehr fällt Ihnen dazu nicht ein?«

Dunschen schwieg und blickte zu Boden. Seine Zukunft sah ziemlich düster aus, und er schien das zu realisieren.

Charlotte gab Thorsten einen Wink und beendete das Verhör mit den Worten: »Wir machen später weiter. Vielleicht wollen Sie Ihre Aussage ja noch mal überdenken.«

»Wer kann deiner Meinung nach besser lügen?«, fragte Thorsten auf dem Weg in Charlottes Büro.

»Das sind mir zwei Herzchen«, murmelte Charlotte. »Beide versuchen, ihren Kopf aus der Schlinge zu ziehen, aber wenn du mich fragst, sie haben diese Morde gemeinschaftlich geplant und durchgeführt. Und ich bin sicher, dass Dunschen Verena mit bloßen Händen erwürgt hat und Helen Bokel das Gift in Anne Wielers Handtasche gezaubert hat. Wir werden die beiden weiter vernehmen. Diese Lügengebäude kann kein Mensch auf Dauer aufrechterhalten. Sie werden sich in Widersprüche verwickeln. Aber das sind nur noch Details. Sie gehen beide in den Knast, so viel ist sicher.«

Pablo und Maren hatten die Vernehmungen verfolgt.

»Die haben ja beide überhaupt kein Gewissen«, sagte Pablo fassungslos, als die vier sich im Besprechungsraum trafen.

»Echt, so was von abgebrüht.« Ausnahmsweise waren sich Maren und Pablo mal einig.

»Ich denke, morgen nehmt ihr beiden euch Dunschen noch mal vor«, sagte Charlotte an Thorsten und Maren gewandt. »Und Pablo und ich machen mit Helen Bokel weiter.« Dann schob sie ihren Stuhl zurück. »Leute, ich lade euch ein. Was haltet ihr von Sushi?«

Allgemeine Zustimmung, Stühle wurden verschoben, und alle verließen die Inspektion und folgten Charlotte zu Fuß Richtung Aegi.

VIERZEHN

Charlotte hatte am Abend noch lange mit Bergheim telefoniert. Sie hatte ihm berichtet, dass ihr Fall kurz vor dem Abschluss stand und nur noch einige Ungereimtheiten ausgebügelt werden mussten. Bergheim hatte nach einigem Hin und Her versprochen, das Wochenende bei Charlotte in Hannover zu verbringen. Sie hatte sich geweigert, in seinem häuslichen Chaos zu nächtigen.

Gegen halb zehn am Donnerstagmorgen betrat sie, bewaffnet mit einem Becher Kaffee und einem Croissant, ihr Büro. Thorsten und Maren vertrieben sich die Zeit mit Dunschen, der sich darauf verlegt hatte, zu schweigen. Die einzige Aussage, die sie ihm entlocken konnten, war, dass er unschuldig und Helen Bokel an allem schuld sei.

Charlotte ließ sich Zeit, schaltete ihren PC an und kontrollierte ihren Posteingang, der überquoll von ungelesenen E-Mails. Frustriert klappte sie den Bildschirm zu und widmete sich ihrem Frühstück. Sie hatte kaum den ersten Bissen geschluckt, als es klopfte.

»Hier ist jemand, der dich sprechen möchte«, sagte Pablo. »Ein Stefan Süder, er ist Privatdetektiv. Es geht um Helen Bokel.«

»Immer herein mit ihm.« Charlotte leerte ihren Kaffeebecher und knüllte die Croissant-Tüte zusammen.

Stefan Süder war der geborene Privatdetektiv. Zumindest, wenn es um Beschattungen ging. Ein völlig unauffälliger, mittelgroßer Mensch in Jeans und grauer Anzugjacke. Sein schütteres Haar war mittelblond, die Augen grau, passend zur Anzugjacke. Er verneigte sich knapp.

»Hauptkommissarin Wiegand, nehme ich an.« Seine Stimme war angenehm, er sprach akzentuiert und ruhig.

»Richtig, setzen Sie sich.«

Stefan Süder nahm Platz und kam zur Sache. »Herr Bokel schickt mich. Ich soll Ihnen einige Aufnahmen übergeben, die für ihn keine Bedeutung mehr haben. Er glaubt, dass sie für Sie wichtig sein könnten.«

Er schob einen DIN-A4-Umschlag über den Tisch. Charlotte öffnete ihn. Er enthielt zwölf Fotos von Helen Bokel. Sie zeigten sie beim Shoppen in Hannover, bei einem Treffen im Mövenpick am Kröpcke mit einer Freundin, beim Verlassen des Beautyshops, den auch Anne Wieler besuchte, und im Restaurant von Fabio Dunschen. Eindeutige Fotos, die bewiesen, dass die beiden ein Verhältnis hatten. Charlotte schürzte die Lippen. Schön und gut, das war ja nun weiter nichts Neues. Das letzte Foto zeigte sie plaudernd am Tisch, ihr gegenüber saß Anne Wieler, Fabio Dunschen stand hinter Anne, stützte sich mit einer Hand auf die Stuhllehne und mit der anderen … Charlotte schnappte nach Luft. »Haben Sie die auch digital?«

»Natürlich.« Süder reichte ihr den USB-Stick.

»Unglaublich«, murmelte Charlotte.

»Wie bitte?«, fragte Süder.

»Herr Süder, ich danke Ihnen, Sie haben uns sehr geholfen.« Sie reichte ihm die Hand, schob ihn quasi aus ihrem Büro und bat eine der anwesenden Beamtinnen, ihn hinauszubegleiten. Das war zwar unhöflich, aber das war jetzt auch egal. Sie ging zu Pablos Schreibtisch und zeigte ihm das Foto.

»Schau dir das an.«

Er starrte auf das Bild.

»Das sind Dunschen und Bokel zusammen mit Anne Wieler und … Wow!«

»Genau.«

Die beiden gingen, ohne zu zögern, zum Befragungsraum, wo Pablo Maren und Thorsten herausbat und ihnen das Foto zeigte.

»Oh Mann«, hauchte Maren, »das wär's ja dann wohl.«

Thorsten lächelte. »Na, da freut sich doch jedes Ermittlerherz.«

Er nahm das Foto und ging mit Charlotte zurück in den Befragungsraum, wo sie Dunschen das Foto vorlegten. Es zeigte ihn und Helen Bokel zusammen mit Anne Wieler in Dunschens Restaurant in Celle. Die beiden Frauen saßen einander gegenüber und unterhielten sich angeregt, während Dunschen, der hinter Anne Wieler stand, den rechten Arm auf die Stuhllehne stützte und mit der linken, behandschuhten Hand zwei Fläschchen Magenbitter in Anne Wielers Handtasche, die über der Lehne hing, steckte. Charlotte beobachtete Dunschens Reaktion auf dem Monitor.

Er schaute zunächst gelangweilt hin, doch dann schien er zu realisieren, was das für ihn bedeutete. Die Anwältin blickte stirnrunzelnd auf das Motiv, brauchte etwas länger, um zu verstehen. Vielleicht hatte sie sich noch nicht intensiv genug mit der Akte beschäftigt.

»Wo haben Sie das her?«, fragte Dunschen dann.

»Wir stellen die Fragen«, sagte Thorsten.

Dunschen war kaltschnäuzig genug, das Foto dann mit einem Achselzucken abzutun.

»Ja und, ich habe ein Restaurant und verkaufe auch Magenbitter.«

»Pause«, sagte Thorsten, »wir werden Helen Bokel dazu befragen. Und vielleicht möchten Sie sich mit Ihrer Anwältin besprechen, ob ein Geständnis nicht die bessere Alternative zu Ihren Lügengeschichten ist.«

»Wieso eigentlich zwei Fläschchen?«, fragte Pablo, als sie sich wenig später alle vor der Kaffeemaschine versammelten.

»Pokern«, antwortete Charlotte, »das erhöht die Chance, möglichst viel Zeit zwischen den Restaurantbesuch und den Tod des Opfers zu bringen. Und, wenn sie das Giftfläschchen als Erstes erwischt und noch ein anderes, harmloses in der Handtasche hat, dann schadet das auch nichts, denn niemand würde an dem Magenbitter irgendwas verdächtig finden. Vielleicht hatten sie gehofft, dass man die Ursache für ihren Tod nicht finden würde. Nach Oleandrin wird wohl nicht oft gesucht.«

Charlotte nahm einen Schluck Kaffee, der schmeckte heute besonders gut.

»Dann können wir unserer Rechtsmedizinerin ja richtig dankbar sein, dass sie so helle ist«, sagte Thorsten amüsiert.

Er wusste, dass Charlotte und Dr. Schneider sich nicht grün waren. Er argwöhnte, dass ein wenig Eifersucht im Spiel war. Dr. Schneider hatte eine offensichtliche Vorliebe für Rüdiger Bergheim, der ja leider im Moment durch Abwesenheit glänzte.

»Stimmt, das können wir wohl«, gab Charlotte zu, die sich vornahm, das Dr. Schneider bei nächster Gelegenheit auch persönlich zu sagen.

»Zusammen mit den Fingerabdrücken auf der Plastiktüte dürfte das beide überführen«, sagte Maren.

»Ja«, sagte Charlotte und blickte versonnen in ihren Kaffeebecher. »Mir wäre nur wohler, wenn er die Sache mit Verena gestehen würde.«

»Sieht nicht so aus«, meinte Thorsten, »aber die Spusi hat DNA in seinem Wagen gefunden. Er fährt immer noch denselben wie vor drei Jahren. Wenn eine davon mit Verenas übereinstimmt, wäre das ein weiteres Indiz. Aber er ist sowieso fällig. Und da ist ja auch noch Ella Vormwald.«

»Genau.«

»Oh«, sagte Maren, »das habe ich ganz vergessen. Die Trauerfeier für Ella Vormwald ist morgen. Anne Wieler hat sie organisiert und mir eine Karte mitgegeben. Vielleicht möchte einer hingehen?«

Sie blickte fragend in die Runde.

»Ja, die arme, vergessene Ella Vormwald«, murmelte Charlotte. »Ich gehe hin.«

Plötzlich erscholl Geschrei auf dem Flur.

»Was ist denn da los?«

Charlotte stellte ihren Kaffeebecher auf dem nächstbesten Tisch ab und ging, gefolgt von den anderen, zu den Befragungsräumen. Auf dem Flur spielte sich eine bizarre Szene ab. Offensichtlich waren Bokel und Dunschen dort aufeinandergetroffen, und Bokel hatte sich schreiend auf Dunschen gestürzt und auf ihn eingeprügelt.

»Du mieses Schwein!«, schrie sie, während ihre Fäuste gegen seine Brust trommelten. »Wenn ich untergehe, gehst du mit!«

Dunschen und die Uniformierten, die die beiden in ihre Zellen bringen sollten, waren völlig überrumpelt und reagierten etwas verspätet auf den Ausbruch, sodass Dunschen noch eine schallende Ohrfeige kassierte, bevor die Beamten Bokel unter Kontrolle brachten.

Dunschen hielt sich die Wange. »Du miese kleine Nutte!«, feuerte er zurück. »Das wirst du bereuen!«

Der Beamte zerrte Bokel den Flur entlang, während die ihrem Ex-Geliebten diverse Schimpfwörter hinterherschrie.

Charlotte und die anderen hatten die Szene aus sicherer Entfernung beobachtet.

Thorsten sprach als Erster: »Wo waren ihre Handschellen?«

Charlotte zuckte mit den Schultern. »Keine Ahnung. Interessiert mich eigentlich gar nicht. Euch etwa?«

Die anderen schüttelten die Köpfe.

»Die werden sich gegenseitig zerfleischen«, sagte Pablo. »Vielleicht sollten wir sie mal gemeinsam befragen. Bestimmt aufschlussreich.«

»Das denke ich auch«, antwortete Charlotte, die sich, obwohl sie Dunschen die Ohrfeige herzlich gönnte, die mentale Notiz machte, den Beamten einzubläuen, dass auch Frauen Handschellen zu tragen hatten, wenn sie unter Mordverdacht standen.

***

Am späten Donnerstagabend schloss Rüdiger Bergheim die Tür zu Charlottes Wohnung auf. »Hallo! Jemand zu Hause?«

»In der Badewanne!«, hallte es aus Richtung Badezimmer.

Badewanne! Was für ein Luxus, dachte Bergheim und beschloss, sich diese Gelegenheit nicht entgehen zu lassen. Seinen verletzten Arm würde er einfach trocken halten. Den Verband hatte er sowieso schon abgerissen und in die Mülltonne geworfen. Wunden brauchten Luft zum Heilen, hatte seine Mutter schon immer gesagt.

Eine halbe Minute später stieg er zu Charlotte in die Wanne und staunte. »Ist das etwa Sekt, was du da trinkst?«

»Allerdings.« Charlotte nahm einen Schluck aus der Flasche und reichte sie ihm dann.

»Es gibt also was zu feiern«, stellte er fest.

»Allerdings«, wiederholte Charlotte.

»Erzähl.«

»Ich hab ihn endlich.«

»Wen? Den, von dem du besessen bist?«

»Warst. Ich denke, er wird eine lange Zeit sitzen.«

»Hast du ihn also endlich überführt?«

»Wie man's nimmt.« Sie holte sich die Flasche zurück. »Aber schließlich ist es egal, für welchen Mord er büßt, Hauptsache, er büßt überhaupt und ist aus dem Verkehr gezogen, bevor er noch mehr Unheil anrichten kann.« Sie nahm noch einen Schluck. »Aber jetzt muss ich wissen, was aus der Geschichte mit deinem Onkel geworden ist.«

Bergheim erzählte, was er herausgefunden hatte, und Charlotte hörte mit wachsendem Erstaunen zu.

»Du meine Güte, der arme Kerl. Völlig verkannt.«

»Ja. Übrigens, die Flasche ist leer.«

»Ich hab noch eine im Kühlschrank«, sagte Charlotte schläfrig.

Bergheim sah sie forschend an. »Ich glaube, du hast genug, nicht dass du mir hier im Suff ertrinkst.«

»Du bist doch da.«

Sie sparten sich die zweite Flasche und stiegen aus der Wanne. Charlotte torkelte, ohne sich abzutrocknen, Richtung Schlafzimmer und rutschte natürlich aus. Bergheim, der versuchte, sie zu halten, rutschte ebenfalls aus. Glücklicherweise gab es keine Knochenbrüche oder sonstigen schweren Verletzungen, sodass beide eine halbe Minute später kichernd ins Bett fielen.

***

Die Trauerfeier für Ella Vormwald am nächsten Tag machte ihrem Namen alle Ehre. Es war eine trostlose Veranstaltung. Außer Anne Wieler, ihren Eltern und einer Gruppe von fünf jungen Frauen waren nur Charlotte, Maren und Bergheim anwesend.

Nach einer knappen Stunde war alles vorbei. Die Urnenbeisetzung würde später stattfinden.

Charlotte und Maren gesellten sich zu Anne Wieler und ihrer Mutter.

»Ralf hat mich angerufen«, sagte Anne Wieler. »Er ist am Boden zerstört.«

»Das sind wir auch«, sagte ihre Mutter, die ihren Mann untergehakt hatte.

Der zuckte bei der barschen Reaktion seiner Frau zusammen, schien aber nicht mehr zu realisieren, worüber gesprochen wurde.

Anne Wieler warf ihrer Mutter einen warnenden Blick zu. »Er kann nichts dafür, er hat es gut gemeint.« Sie wandte sich an Maren und Charlotte. »Er möchte sich mit mir treffen und über sein Erbe sprechen.«

»Sag ihm, er kann sich sein Geld an den Hut stecken, und er selbst kann zum Teufel gehen«, ranzte Monika Wieler. »Wäre er nicht gewesen, wäre Verena noch am Leben.«

»Mutter, hör auf damit«, schnappte Anne Wieler. »Er hat es gut gemeint.«

»Scheiß drauf.« Monika Wieler drehte sich um und ging. Ihren Mann zog sie unwirsch hinter sich her.

»Sie wird sich schon beruhigen.« Anne seufzte. »Ich werde mich jedenfalls mit Ralf treffen.«

»Tun Sie das«, sagte Charlotte.

»Eigentlich unfassbar, dass Dunschen, den ich gut zu kennen glaubte, so ein Monster ist. Wir haben viele Abende in seinem Restaurant verbracht.« Sie schluckte. »Jedenfalls wissen wir jetzt, dass Verena die ganze Zeit, in der wir gehofft und gebangt hatten, nicht mehr am Leben war. Was haben wir uns alles ausgemalt …« Sie schwieg und rang um Fassung. »Endlich können wir Abschied nehmen.«

Charlotte und Maren nickten. Sie verabschiedeten sich.

Bergheim, der schwatzend mit den fünf jungen Frauen zusammengestanden hatte, gesellte sich wieder zu ihnen.

»Was haltet ihr von Kaffee und Kuchen am Maschsee?«, fragte Charlotte. »Ab morgen soll es erst mal vorbei sein mit dem schönen Wetter.«

Alle waren einverstanden.

Danksagung

Ich danke dem Team im Verlag und meiner Lektorin
Dr. Marion Heister für die stets engagierte
und freundliche Unterstützung.

Lesen Sie weiter

MARION GRIFFITHS-KARGER

TOD IM HARZ

Eine Hexe hatte sie sich ganz anders vorgestellt. Diese hier war blond. Platinblond. Mit ein bisschen Häme könnte man es auch grau nennen. Aber Tonja neigte nicht zur Häme. Die Hexe trug ihr gepflegtes Haar offen. Immerhin. Es umrahmte ihre Schultern wie ein seidener Vorhang. Ihr Gesicht war durchaus ansehnlich. Nicht schön, das wäre zu viel des Wohlwollens. Ansehnlich passte. Und die dunklen Augen bildeten einen reizvollen Kontrast zu ihrer sonst lichten Erscheinung. Eine gute Hexe, dachte Tonja, mit gerader Nase, deren linken Flügel ein kleines Muttermal zierte. Eine Alibiwarze, fuhr es Tonja durch den Kopf, sonst könnte man sie ja gar nicht erkennen. Die Tarot-Karten, die sie liebevoll durch ihre schwer beringten Finger gleiten ließ, waren ein unzureichendes Accessoire, um sie als Hexe zu kennzeichnen. Sie saß in einer abgeschiedenen Ecke der Brunnenschenke, die Tonjas Mutter seit ihrer Rückkehr nach Goslar mied wie der Teufel das Weihwasser. Und das lag nur an ihr, der »Brunnenhexe«, wie sie alle nannten. Man fragte sich schon, warum die Wirtin der Schenke sie dort duldete. Aber das war im Grunde ganz einfach zu beantworten. Sie war eine Touristenattraktion. Das jedenfalls hatte Tonjas Mutter, Adele, mit leisem Grollen in der Stimme ihrem Enkel Otto erklärt, als in der Bäckerei am Marktplatz von der Brunnenhexe die Rede gewesen war.

Als Otto dann wissen wollte, was eine »Touristenattraktion«

sei, hatte seine Oma etwas von »verlogenen, wichtigtuerischen Weibern« gemurmelt. Mit dieser eigenwilligen Erklärung war Otto zufrieden gewesen, und sein Interesse war erloschen. Das von Tonja hingegen erwacht. Was hatte es mit dieser Brunnenhexe auf sich? Ihre Mutter hatte sich immer in Schweigen gehüllt, wenn Tonja sie nach ihrem Vater oder ihrer Kindheit in Goslar gefragt hatte. »Vergangenes sollte man ruhen lassen, wenn es einem nicht guttut«, lautete ihre stereotype Antwort auf Tonjas Neugier. Hatte die Brunnenhexe womöglich Antworten auf ihre Fragen?

Tonja hatte ihren Vater seit über zwanzig Jahren nicht gesehen und nichts von ihm gehört. Bis vor einem halben Jahr, als er ihr das Haus in Goslar vererbt hatte. Ihr Sohn, Otto, hatte seinen Großvater nie kennengelernt. Ebenso wie er seinen Vater wohl nie kennenlernen würde. Ein Umstand, der Tonja ganz und gar nicht gefiel. Sie wusste schon heute kaum, was sie ihrem Sohn antworten sollte, wenn er nach seinem Vater fragte. Ich kann ihn nicht finden, war keine besonders befriedigende Antwort, auch wenn es die Wahrheit war. Glücklicherweise waren alleinerziehende Mütter keine Seltenheit, sodass er in seiner Klasse nicht der einzige »vaterlose« Junge war. So hatte sich seine Lehrerin beim Einschulungsgespräch ausgedrückt und Tonja dabei angesehen, als wäre sie ein bemitleidenswertes, unvollkommenes Wesen. Vielleicht war sie das ja auch.

Wenn Tonja sich ihre Mutter zum Vorbild nahm, die nie eine Beziehung gehabt hatte, außer der Ehe mit ihrem Vater natürlich, dann konnte von Unvollkommenheit keine Rede sein. Jedenfalls hatte ihre Mutter eine ziemlich hohe Meinung von sich selbst. Über ihre Ehe redete sie nur als von »dem Fehler«. Immer im Singular. So, als wäre es der einzige in ihrem Leben gewesen. Dabei konnte Tonja ihr mindestens einen zweiten attestieren: nämlich ihre Tochter nach ihrem Großvater Anton benannt zu haben. Antonia war ihr vollständiger Name, aber alle hatten sie Tony genannt. Tonja hatte sich damit wie ein Junge gefühlt. Aber dann hatte sie den Film »Doktor Schi-

– Leseprobe –

wago« gesehen, und aus Tony wurde Tonja. Das versöhnte sie mit ihrem Namen, auch wenn sie ihren Großvater, den alten Grantler, nicht mochte.

Vor einundzwanzig Jahren wurde die Ehe ihrer Mutter geschieden, kurz nachdem sie beide nach Hannover gezogen waren, wo sie bis vor einem halben Jahr gelebt hatten. Tonja war der Abschied schwergefallen, aber auf ihr Erbe verzichten wollte sie auch nicht. Das Haus, in dem Tonja die ersten fünf Jahre ihrer Kindheit verbracht hatte. Die Mutter hatte ihr geraten, es zu verkaufen, aber Tonja wollte nicht. Sie war eine leidenschaftliche Köchin und hatte sich in den Kopf gesetzt, in dem alten, verkommenen Haus am Schieferweg in Goslar ein Restaurant zu eröffnen. Ihre Mutter hatte alles versucht, um sie von ihrem Vorhaben abzubringen, aber Tonja im Grunde nur darin bestärkt.

Als sie das Haus dann gesehen hatte, waren Tonja allerdings Zweifel gekommen. Ihr Vater hatte zwar hier gelebt, aber Haus und Grundstück vollkommen sich selbst überlassen. Den Garten konnten sie nicht betreten, denn er war vollständig von Brombeeren überwuchert. Tonja fühlte sich an das Märchenschloss von Dornröschen erinnert und war geneigt, dem Prinzen, der Dornröschen aus ihrem Dornengefängnis befreit hatte, eine durchaus noble Arbeitsmoral zuzugestehen. Sie hatte nämlich angefangen, das dornige Gestrüpp zu entfernen, was sich als langwierig und äußerst anstrengend erwiesen hatte.

Ihre Mutter hatte es kategorisch abgelehnt, ihr zu helfen. Immerhin hatte sie sich bereit erklärt, ihren Job bei einem Callcenter in Hannover aufzugeben und mit der Tochter die Landeshauptstadt zu verlassen. Wenn auch unter Protest, zumindest, was den Wohnortwechsel betraf. Den Job hatte sie erleichtert gekündigt. Mit einem Restaurant in Goslar und einer ambitionierten Köchin ließ sich wahrscheinlich mehr Geld verdienen. Obendrein würde es mehr Spaß machen, auf eigene Rechnung zu arbeiten, als sich den ganzen Tag von unzufriedenen Kunden eines Online-Anbieters anmeckern zu lassen.

– Leseprobe –

Das größte Problem war Großvater Anton, der alte Grantler, gewesen. Immerhin wurde er bald achtzig und konnte wohl erwarten, dass seine Tochter sich um ihn kümmerte. So hatte er sich ausgedrückt. Dabei war Opa Anton bei bester Gesundheit, was ihn nicht daran hinderte, mit der Welt, seinem Familienstand als Witwer und seinem Alter zu hadern. Seit dem Tod von Tonjas Großmutter vor sechs Jahren teilte er sich in Hannovers Stadtteil Limmer eine Zweizimmerwohnung mit seinem Freund und ehemaligen Arbeitskollegen Rudi. Und es war ausschließlich Rudis unerschütterlichem Gleichmut zu verdanken, dass die Wohngemeinschaft der beiden bisher ohne größere Katastrophen funktionierte. Anton war nämlich nicht nur grantig, sondern auch ein wenig zerstreut, was ihn noch grantiger machte.

Wie auch immer, Tonja und ihre Mutter hatten den Mietvertrag ihrer Dreizimmerwohnung in Linden gekündigt, hatten ihre geringe Habe zusammengepackt und waren in den Harz gezogen. Tonja wusste nicht viel über das norddeutsche Mittelgebirge, hatte von der Walpurgisnacht und den Brockenhexen gehört, von der Kaiserpfalz in Goslar und vom Bergwerksmuseum Rammelsberg. Alles Dinge, die sie als Kind so sehr interessiert hatten wie die »Tagesschau«, nämlich gar nicht. Als sie dann von dem Erbe erfahren hatte, hatte sie sich im Internet schlaugelesen. Wusste nun, dass Goslar zum UNESCO-Weltkulturerbe zählte und diverse Kaiser vor tausend Jahren hier Hof gehalten hatten. Wusste auch, dass der Brocken oder der Blocksberg, wie Otto ihn nannte, mit – ihrer Meinung nach mickrigen – eintausendeinhunderteinundvierzig Metern der höchste Berg im Harz war. Sie hatte sich den Hexentanzplatz und die Rosstrappe bei Thale angesehen, war mit Otto durch dichte Nadelwälder gewandert und hatte verstört die wunderlichen Ortsnamen Elend und Sorge zur Kenntnis genommen. Wie sich das wohl anfühlte, in »Elend« oder »Sorge« zu leben?

Die Vielzahl von Wanderern, die ihr bei ihren Ausflügen begegnet waren, und die pittoreske Fachwerkstadt Goslar hatten sie letztlich überzeugt. Sie würde eine Pension eröffnen und

– Leseprobe –

ein kleines, aber feines Restaurant, wenn es sein musste, gegen den Willen ihrer Mutter. Die hatte aber am Ende klein beigegeben. Otto allerdings war der Abschied von seinem Freund Nils ungleich schwerergefallen. Das war der größte Makel an ihrem Vorhaben gewesen. Glücklicherweise war ihr Vater so rücksichtsvoll gewesen, kurz vor der Einschulung seines Enkels das Zeitliche zu segnen. So musste sie ihrem Sohn keinen Schulwechsel zumuten. Und vor einer halben Stunde war der erste Elternabend zu Ende gegangen.

Es waren überwiegend Ehepaare anwesend gewesen, und die wenigen einsamen Mütter kannten sich alle. Tonja hatte sich ziemlich isoliert gefühlt und sich an Ottos ersten Schultag erinnert, als der Junge mit trotziger Miene, allein und gemächlich neben seiner Mutter hergegangen war und sich geweigert hatte, ihre Hand zu nehmen. Das war vor drei Wochen gewesen. Mittlerweile hatte sich Otto ganz gut eingelebt und war vorgestern bei seinem Tischnachbarn Enno zum Mittagessen eingeladen gewesen. Zwar freute sich Tonja darüber, sie wusste aber auch, dass sie sich revanchieren musste. Und da ihr Heim im Moment ein einziges Provisorium war, wusste sie nicht, wann das sein sollte. Und Ennos Mutter platzte offensichtlich vor Neugier. Da war sie nicht die Einzige. Sie hatte Tonja heute Abend mit ihren kleinen blauen Augen lauernd beobachtet und ihrer Nachbarin etwas zugeflüstert, die sie dann ebenfalls angestarrt hatte wie ein seltenes Tier. Tonja hatte sich unwohl gefühlt. Was dachten diese Frauen über sie? Es war ihr unangenehm, und Tonja hatte sich am Ende schnell aus dem Klassenzimmer verdrückt.

Warum sie dann den Weg zur Brunnenschenke eingeschlagen hatte, wusste sie nicht genau. Vielleicht war es einfach die Neugier gewesen. Neugier auf die Bewohner dieser idyllischen Stadt. Oder auf die seltsame Frau, die Brunnenhexe, die dort in ihrer Ecke saß und einer jungen Frau die Karten legte, vor sich ein Glas mit einer undefinierbaren Flüssigkeit. Nun war sie hier und stand unschlüssig in der Eingangstür. Bei ihrem Eintritt hatten sich ihr alle Köpfe zugewandt, was vielleicht noch nicht ungewöhnlich war, aber dass die etwa zwei Dutzend Gäste bei ihrem Anblick verstummten und sie anstarrten, das war doch seltsam.

Okay, wenn sie aussehen würde wie Naomi Campbell oder Quasimodo, dann wäre es nachvollziehbar, aber weder das eine noch das andere traf auf sie zu. Natürlich war sie hübsch, das jedenfalls hatte Opa Anton gesagt, damals auf der Beerdigung ihrer Großmutter. »Ganz hübsch, das Mädel, aber bisschen dürr.«

Letzteres war für Tonja damals das größere Kompliment gewesen. Dünn war sie immer noch und vielleicht auch hübsch. Die junge Frau, die der Brunnenhexe gegenübersaß, wandte sich nach ihr um und zog die Augenbrauen hoch. Dann warf sie der Hexe einen Blick zu, die nickte kaum merklich, und die Frau musterte sie von Neuem mit unverhohlener Neugier. Tonja straffte die Schultern, und die Gäste wandten sich wieder ihrer eben unterbrochenen Unterhaltung zu. Tonja setzte sich an die Theke und bestellte ein Radeberger. Die Wirtin war eine dralle Mittvierzigerin mit dunklem Haar, das sie zu einem Knoten zusammengebunden hatte. Mit hängenden Mundwinkeln und dünnen Lippen musterte sie Tonja mürrisch, während sie ihr Bier zapfte.

Durch eine Schwingtür, die wahrscheinlich in die angrenzende Küche führte, betrat ein zierlicher Mann, zwei prall gefüllte Teller balancierend, den Schankraum. Als er Tonja sah, blieb er einen Moment verdutzt stehen.

»Was glotzt du so? Willst du das Essen kalt servieren?«, fuhr die Zapferin ihn an.

Der Mann wandte schnell den Blick ab und eilte an der Theke vorbei in den hinteren Teil der Gaststube, wo er die Teller vor zwei jungen Männern absetzte.

Tonja betrachtete die Frau hinter der Theke unauffällig. Ob die beiden verheiratet sind?, fuhr es ihr durch den Kopf. Wenn ja, ist hier alles irgendwie verdreht. Die Frau zapft, und der Mann serviert. Warum nicht, dachte sie und bedankte sich mit einem Lächeln, als die Wirtin ihr schweigend das Bier hinstellte. Tonja trank mit Genuss. Es ging doch nichts über ein frisch gezapftes Bier, vor allem, wenn das Wetter einen so dermaßen mit Wärme und Sonne verwöhnte wie in den letzten Wochen. Die Sommerferien waren in diesem Jahr bereits Anfang August zu Ende gegangen. Aber der Juli war tropisch warm gewesen, und die Wärme hielt unvermindert an.

Die junge Frau, die bei der Hexe gesessen hatte, stand auf, nahm ihren Rucksack und verließ mit gesenktem Kopf die Schenke. Die Hexe mischte ihre Karten, hob den Blick und sah Tonja herausfordernd an. Jetzt oder nie, dachte Tonja, nahm ihr Glas, rutschte vom Barhocker und ging langsam unter den forschenden Blicken der anderen Gäste auf die Hexe zu.

»Setz dich, Antonia«, sagte die mit einer jugendlichen Stimme, die ebenso wenig wie ihr Äußeres zu einer Hexe passte, und wies mit einer zierlichen Hand auf den Stuhl, den die junge Frau soeben verlassen hatte.

»Ich heiße Tonja.«

»Von mir aus. Ich heiße Veritas.«

Tonja schluckte. »Veritas. Ist das Ihr Ernst?«

»Ja, Künstlername. Steht für Wahrheit.« Die Hexe lächelte. »Eigentlich heiße ich Veronika.«

Tonja zuckte mit den Mundwinkeln und setzte sich. »Und woher wissen Sie, wer ich bin?«

»Liebchen, ich weiß vieles. Aber in deinem Fall ist das keine Kunst. Dich kennt hier jeder.«

»Ach.«

Tonja sah sich reflexartig um. Sie wurden beobachtet. Die Brunnenschenke war gut besucht. Es gab einen Stammtisch, an dem fünf Männer in mittleren Jahren und eine junge Frau saßen. Sie unterhielten sich leise und sahen immer wieder zu den beiden Frauen herüber. An einer langen Tafel saß ein Dutzend Leute beieinander, die jetzt ihre Gläser hoben und eine aus ihrer Mitte, eine Frau mit einem Strohhut, von dessen Krempe buntes Geschenkpapier wie ein Schleier auf ihre Schultern fiel, hochleben ließen. Aber das Interesse galt hauptsächlich dem Geschehen in der Ecke.

Die Hexe nahm ihr Glas, kippte den Inhalt hinunter und gab der Wirtin ein Zeichen.

»Und wieso?« Tonja wurde ärgerlich, diese blöde Hexe behandelte sie wie ein kleines Mädchen. »Hab ich irgendwas Verwerfliches an mir? Jemanden verprügelt, eine Revolte verursacht, mich als Bürgermeisterin zur Wahl gestellt oder mich sonst wie danebenbenommen?«

Die Hexe sah sie mit leichter Verwunderung an, legte ihre Karten beiseite und nahm Tonjas Hand.

»Du hast das Haus deines Vaters geerbt, Liebchen. Das Haus im Schieferweg, nicht wahr?«

»Ja, und?« Tonja entriss der Hexe ihre Hand. »Lassen Sie das.« Tonja blieb konsequent beim Sie.

Die Hexe lächelte milde. »Ein andermal«, sagte sie leise. Die Wirtin trat an ihren Tisch, brachte der Hexe ihr Getränk. »Noch 'n Bier?«, fragte sie Tonja, die gar nicht bemerkt hatte, dass sie ihr Glas bereits geleert hatte.

»Nein«, sagte sie barsch, und an die Hexe gewandt: »Und Sie sagen mir jetzt, wieso ich hier für alle so interessant bin.«

»Mein Liebchen …«

»Nennen Sie mich nicht so!«

Die Hexe sah sie erstaunt an, ließ sich aber nicht beirren. »Mein liebes Kind … du bist deiner Mutter so ähnlich. Sie war auch so schnell wütend wie du … und auch so schön.«

Tonja kicherte. »War? Lassen Sie sie das nicht hören. Woher kennen Sie sie überhaupt?«

Die Hexe hob verwundert die Brauen. »Hat deine Mutter dir denn nichts erzählt? Wir sind zusammen zur Schule gegangen, waren … Freundinnen.«

»Tatsächlich.« Das hatte ihre Mutter in der Tat nicht erwähnt, als sie über die Brunnenhexe gesprochen hatten. Tonja hatte eher den Eindruck gehabt, dass sie die Hexe nicht ausstehen konnte. Und nun erfuhr sie, dass sie früher befreundet gewesen waren.

»Ist das der Grund, warum mich hier alle kennen? Weil ich

meiner Mutter so ähnlich bin? War sie denn so eine Berühmtheit?«

Die Hexe nahm den Kartenstapel wieder auf. »Mir scheint, deine Mutter hat etwas entschieden, und ich will mich nicht noch einmal in ihre Angelegenheiten einmischen. Sag ihr das.« Sie nahm einen kräftigen Schluck von der dunklen Flüssigkeit aus ihrem Glas. Es roch nach Kräutern. Tonja verzog das Gesicht.

»Vielleicht kommst du wieder, und wir befragen die Karten. Sie geben dir viele Antworten.«

»Quatsch.« Tonja stand abrupt auf. »Ich gehe jetzt.« Sie tippte sich an die Stirn und sah herausfordernd in die Runde. »Wir sehen uns«, sagte sie lauter, als sie wollte, und selbstsicherer, als sie sich fühlte. Sie knallte einen Fünfer auf die Theke, was ihr Budget für Luxusgüter wie Bier für den Rest des Monats unverhältnismäßig belastete. »Stimmt so.« Damit verließ sie die Schenke und trat auf die Straße.

Wärme empfing sie, wenige Touristen waren noch unterwegs, wohl auf dem Heimweg zu ihren Hotels oder Pensionen. Sie sah auf die Uhr. Kurz nach zehn. Zu früh zum Schlafengehen, fand sie. Aber wenn man den ganzen Tag auf Bergen herumkraxelte, blieb nicht mehr viel Energie für den Abend übrig. In diesem Moment vermisste sie Hannover. Die Kneipen, die Kultur, die vielen Menschen, die auch spätabends die bunte Lindener Szene bevölkerten. Sie schüttelte sich. Das war gestern. Hier und jetzt wartete etwas Neues auf sie. Und etwas Unbekanntes. Ihre Mutter verheimlichte ihr etwas. Etwas Wichtiges, und sie wollte herausfinden, was es war. Es musste mit ihrer Kindheit in Goslar zusammenhängen. Sie ging entschlossen ihres Wegs.

Alle Bücher von Marion Griffiths-Karger

Auch als eBook erhältlich

Tod am Maschteich
ISBN 978-3-89705-711-1

Das Grab in der Eilenriede
ISBN 978-3-89705-797-5

Der Teufel von Herrenhausen
ISBN 978-3-89705-923-8

Die Tote am Kröpcke
ISBN 978-3-95451-147-1

Rathausmord
ISBN 978-3-95451-683-4

Maschsee-Mord
ISBN 978-3-7408-0057-4

Inspector Bradford trinkt Friesentee
ISBN 978-3-95451-551-6

Inspector Bradford sucht das Weite
ISBN 978-3-95451-973-6

Inspector Bradford und der fiese Friese
ISBN 978-3-7408-0269-1

Wenn der Mähdrescher kommt
ISBN 978-3-7408-0511-1

Tod im Harz
ISBN 978-3-7408-0627-9